魔王軍の
幹部になったけど
事務仕事しかできません
悪一 WARUICHI
Illust. オウカ
TOブックス
I became an executive of the Magus Army but I can only do office work.

I became an executive of
the Magus Army
but I can only do
office work.

Illustration：オウカ
Design：AFTERGLOW

contents

プロローグ

窓もなく、明かりもなく、ただ天井から注がれる光によって微かに照らされているホールのような大広間で、１人の女性と、幾人もの従者が立っている。

光照らす大広間の中心には、幾何学的《きかがく》に描かれた大きな魔術陣があり、それを囲むように人影がある。

「――普《あまね》く生命、普く世界。全ての力を以《も》って、我、神聖なる儀式を執《と》り行う」

女性が静かに言葉を紡《つむ》ぐ。

彼女の言葉に呼応するかのように、魔術陣が仄《ほの》かに光る。

「我に忠実なる僕《しもべ》を」

「我らに救いをもたらす救世主を」

「世界に革新をもたらす革命家を」

「此方《ここ》に」

女性と、従者の口から言葉が放たれる。

言葉は力となり、力は光となり、光が魔術陣に吸い込まれる。

魔術陣の光度は、彼女らが言葉を放つ度に、呪文の言葉を口にする度に増していく。

やがて魔術陣は、大広間を明るく照らし、従者の目から視力を奪うほどの明るさを、力を、そして救いを世界にもたらす。

「我の名は、ヘル・アーチェ」

女性は名乗る。

神聖なる儀式は完成しつつある。

彼女らに救いをもたらし、
彼女に忠実なる僕を、
世界に救いをもたらすべく召喚される、
新たなる救世主。

「我の名を以って、召喚《しょうかん》する」

彼女らを救うために、召喚される。

ヘル・アーチェの言葉と共に、光は奔流《ほんりゅう》となって彼女らに襲い掛かる。そして光の中に影があることを、彼女は見た。

光が収まると同時に、魔術陣は消え失せ、そして影が形となって彼女らの目にしっかりと映る。

成功だ、大成功だ。

彼女は、ヘル・アーチェは歓喜した。

神聖なる儀式によって生まれた、新たなる救世主の出現。

世界を救済する、神聖なる英雄の誕生。

これで我々は救われる。

誰もがそう思ったに違いない。

人影が、何か言葉を発する。

どのような言葉を発するのか。

ヘル・アーチェに忠誠を誓う言葉か、世界を救う存在に相応しい力強い言葉か。誰もがその人影の言葉を待った。

そしてその人物は、ついに声帯を震わせ、空気を震わせ、この世界の言語で以って口を開く。

「あのー……」

……ん？

召喚者らは一斉に首を傾《かし》げる。

何かがおかしい。救世主が発する第一声としては何かが、というより何もかもがおかしい。

困惑する彼女らの様子を見ているのか見えていないのか、人影、少々変わった服を着るごく普通の「人間」の男に見える者が、ついに待ちに待った言葉を出す。

「――えーと、どちら様でしょうか？　ここはどこ？　きゃんゆーすぴーくいんぐりっしゅ？」

「「「…………」」」

「英語じゃダメなのか……」

こうして、現代日本でごく普通の人生を送っていたはずのただの「人間」が、多くの者たちの期待を背負って召喚され、そして召喚された瞬間多くの者達の期待を裏切ったわけである。

これは、そんなちょっと残念な運命を背負わされた人間の話である。

◆

今日はおかしい。

何か悪い予感がする。そう思ったのはいつだっただろうか。

別に何か悪いことが立て続けに起きたと言うわけではない。

目の前に黒猫が横切るようなことはなかったし、鳩の空爆に遭うこともなかった。アイスをもった人間にぶつかることもなく、バナナの皮を踏みつけて転んだということもなかった。

むしろその逆で、幸運な事ばかりあった。

ひょんなことから可愛い女の子と知り合ってＬＩＮＥ交換できたし、商店街の宝くじで1等の熱海温泉旅行が当たったし、上司からは褒《ほ》められるし、定時で帰れたし、ガチャでレアなアイテムは手に入るし。

人生まさしく幸運と言ったところで……だからこそ怖かった。

なんか、人生の運を全て使い切るための在庫処分セールみたいじゃないか？

いや考え過ぎか。

幸運にありつけたことを素直に喜ぼう。そうだ、記念になんかいいもの食おうかな。

そう思ったのが、まさしく運の尽きだった。

道路の向かい側にある、地元じゃ有名な洋菓子店に行こうと横断歩道を渡ろうとした瞬間、俺は頭の中で「飛んで」と「回って」を延々と繰り返す曲を流しながら宙を舞ったのである。

あぁ、フラグ回収が早いよ、トラックの運転手よ……。

痛みは感じなかった。しかし視界は徐々に真っ白に染まり——。

◆

そして気づいたら、ファンタジーの遺跡みたいなところでフードをかぶった謎の人物たちに囲まれていたのである。

……うん。

「きゃんゆーすぴーくいんぐりっしゅ？」

混乱しすぎて変な事を言う俺を許してほしい。

「あー、おい。そこの青年」

暫《しばら》くして、俺はフードをかぶっている謎の人間から声を掛けられた。

透き通るような、しかし声に威厳《いげん》のある女性の声である。身長は俺より少し高いくらいだ。

「あ、はい。なんでしょう」

「いや、その、君は救世主……だよな？」

「は？」

「え？」

救世主？

なにそれヤハウェ？

なんだろう、雰囲気的に、この場にいる人間すべてが状況を把握していないらしい。

女性以外の人間はざわついている。「失敗か」「まさかそんな」「あいつは誰だ」と。いやそれはそっくりそのまま返すよ。

誰だお前ら。

「あー、青年。君の名を聞きたいのだが……」

「……いや、人に名を尋ねるときはまず自分から名乗りましょう？」

まさかこんなマンガみたいな台詞を自分がいう日が来るとは思わなんだ。

「あぁ、そうだな。そうだった。私としたことが、礼を失してしまった。謝罪しよう」

そう言って、その謎の女性は来ていたフード付きの外套を脱ぎ去る。

中から現れたのは、天井からの陽光を反射して輝く真紅《しんく》の髪と、艶《あで》やかな体躯《たいく》と艶めかしい美貌《びぼう》を持つ、誰をも魅了する容姿の女性。

俗的な言い方をするとそのまま埋もれたい体格の女性。

そして何より気になるのは、背中から生えている漆黒の翼と頭から生えている禍々《まがまが》しい角《つの》である。

「私の名はヘル・アーチェ。人界北大陸を統《す》べる、魔王ヘル・アーチェである」

……魔王？　魔王と言ったのか今。

現実にはありえない真紅の髪、漆黒《しっこく》の翼《つばさ》、禍々しい角を持ち、そして魔王を自称する女性。

なんてこった、この美人はコスプレと中二病にどっぷり浸《つ》かっている！

だったら、まだよかったなぁ……。

いや、ヘル・アーチェ魔王陛下の翼はどう見ても生々しく血が通っているナマモノだし、彼女の周囲にいる奴らも顔を見せてるけど見るからに普通の人間ではない。

角が生えていたり猫耳が生えていたり緑色の肌だったりと、多種多様なファンタジー種族がいるのである。

仮装パーティー……なわけないよね。

そもそも、トラックに撥《は》ねられたところからここに至るまでの俺の記憶が空白となっていることを考えると……。

ネット小説で何度か読んだことのあるアレ、つまり召喚か転生である。

見た所身体はなんともないから召喚だろうな。

「はぁ……」

思わずため息をついてしまった。

「どうした青年？」

「いや、なんでもないです……」

「そうか。では、改めて聞こう。君の名は？」

もう1回見たい大ヒットアニメ映画の名前……ではなく俺の名前のことなのは間違いない。

「秋津アキラです」

「アキツ・アキラか。では君のことはアキラと呼ぼう」

「いきなり下の名前ですか」

まぁ、もうそんなのどうでもいいけれど。早く家に帰りたいが、これが本当に召喚とかなら帰れる保障はないだろうな。異世界に召喚される小説ってだいたいそうじゃないか。

希望は捨てて現実に生きよう。うん。

「ではアキラ。君の力を見せてくれないか？」

「……力？」

力って何。能力とかいてチカラと読む少年マンガによくあるアレか？

「そうだ。君は我々に救いをもたらす救世主として召喚された存在。であれば、救済の力を何かしら持っているに違いないだろう。だから見せてくれ、その力を思う存分！」

「……」

何を言っているんだろうこの人は。

いやどう見ても私は普通の人間ですよ？

どちらかと言うと陛下の方が強そうですよ？

あぁ、でもなんか陛下の期待の眼差しが怖い！　凄い怖い！　いや本当に目を爛々《らんらん》とさせているか
ら、持ってないんですって正直に言えない現実が怖い！

「さぁ、何かあるだろう。魔術か錬金術か、精霊術か妖術。いや、召喚術というのもあるか……」

「あのー……」

「うん？　魔術が使えないのか？　ふむ……とすると近接戦闘術の達人か。よし皆、剣か槍《やり》を持って
きてくれないか？」

「いやその待っ」

「ハッ。では私の魔剣を――」

おい誰か話を聞け。

「どうしたアキラ？」

「あの、俺……じゃなくて、私は特に何も力なんてありませんが……」

ごく普通の日本人が剣とか魔術とか使えるわけない。というかいたら紹介してください。お返しに
良い病院紹介するから。

「は？　しかし君は救世主なのだろう？」

「違います」

どうにでもなれとやけになっていると言っても良い。というかそっちの方が適確。

「そんな……嘘だ……」

従者らしき人……人？　がそう呟いた。

嘘じゃないです、ごめんなさい。

嘘を吐いたところで剣術の達人になるわけでも、魔術とやらが使える訳でもないから正直に言いましたけど、嘘じゃないです。

「……えーっと」

まおうはこんらんしている。

じゅうしゃもこんらんしている。

だがおれもこんらんしている。

「じゃあ、何ができるのかね？」

ヘル・アーチェ陛下は、真紅の髪を揺らしながら恐る恐る聞いてきた。

なんというか、すがっているようにも見える。どうしよう、何もできないのだけど。でも何もできないと正直に言ったら本当にまずいんじゃないかしらこれ。

たぶん、生死に関わるような……。

「どうなんだ？」

「えっ……と、その……」

出来ること、ネオサイタマに住む平凡なサラリーマンだった俺でも出来ること……。

「事務仕事ならできる……と……思い、ます、けど」

その瞬間、その場にいた全員の口があんぐりと開いたのをよく覚えている。

夢にまで見たファンタジー世界。

王道的中世欧州風異世界……かどうかは知らないが、魔術云々《うんぬん》言っていることからどう見てもファンタジー。

みんなが憧れるファンタジー。そこに俺はやってきた。

やったぜ！

◆

なわけないのが悲しいところである。

「……えっと、ヘル・アーチェ陛下。本当にいいのですか？」

「何を心配しているのだアキラ。君が事務仕事ならできると言ったのだろう」

「それはそうですが……」

問題は、何故か事務処理係となったことだけど。いや何故も何もない。

単に俺が普通の無能力者だったと言う衝撃でもなんでもない事実があるのだから。

あぁ女神様、なぜ私を異世界に連行したのですか。もっと有能な人間を転移させせろよ。エジソンとかアインシュタインとかナポレオンとかさ。これがわからない。

召喚の儀式から暫《しばら》くして、俺は本当に事務処理に努めることになった。従者たち、もとい臣下たちは反対したようなのだが、陛下曰く、

「せっかく30年かけて描いた魔術陣で召喚したアキラなのだ。すぐに殺すなど勿体《もったい》ないだろう！」

らしい。

よく言えば魔王陛下らしく器の大きい御人《おひと》である。

悪く言えば貧乏くさい。

「何か言ったかな？」

「いえ、なにも」

短いやり取りの後、陛下の従者の1人、犬耳と犬の尻尾の生えた犬っ子軍服ワンピの案内で俺は俺専用の執務室を宛《あて》がわれた。そこが俺に与えられた新たなる生活空間、あるいは牢獄《ろうごく》。

部屋の前には粗雑な表札があり、そこには綺麗な字で「兵站局執務室《へいたんきょくしつむしつ》」と書かれていた。しかも日本語で。

理由は単純。軍隊で事務仕事と言えば、兵站だろうと言うことで物は試しと提案してみたところ、

「兵站ってなんだ」

「はい？」

そこから始めなければならないらしい。

魔王軍兵站局局長。それが俺の役職となる。

平社員でしかなかった頃と比べると大出世であるが、素直に喜べない俺がいる。

……まぁ、あぁ言った手前せめて事務処理はこなさなくては。さもないと本当に陛下からこう首をキュッと絞められそうである。

「ここがアキラ様の部屋となります。寝室は、右の扉の向こう側にありますのでご自由にお使いくだ

さい。左の扉は応接室です。どれも50年程使用しておりませんが大丈夫でしょう」

犬っ子美少女さんからの事務的な言葉。

この子の方が実は優秀な事務処理係なのでは、と一瞬考えがよぎった。せ、せめてこの子以上の事務はこなさないと……。

にしてもなにが大丈夫なのだろうか。不安である。「生きる分には」ということだろうか。

「まぁ、部屋を与えてくれただけ温情です。陛下には感謝いたします」

「当然ですね」

……ねぇ、ちょっと言葉きつくない？　もしかして嫌われてる？

「それと、本日から私はアキラ様の従者に任じられました。道徳的かつ法的に問題のない範囲の命令で予め定められた労働時間内あれば、なんなりと申してください」

「いや大丈夫だから。いくら俺が男でもそんな節操《せっそう》なしじゃないから」

やっぱり嫌われていたらしい。

だって人間だもの。

「じゃあとりあえず、君の名前を教えて欲しい、犬っ子さん」

「い、犬……っ子……？」

顔が引きつる犬っ子さん。

いやいや、犬っ子じゃん。犬種で言うとシベリアンハスキー。それ以外何があるのよ。あ、でも出会ったばかりの女性にこういう物言いはダメか。

それに見た感じ年下だし、失礼だったか。

局執務

「あぁ、いきなり犬っ子なんて失礼でしたよね。申し訳ないです」

「本当ですよ！　失礼にもほどがあります！　私を侮辱《ぶじょく》しているのですか！」

怒鳴られた。そこまで怒ることなのか。いやそうだろうな。いきなり犬呼ばわりなんて失礼極《きわ》まる。

これは完全に俺の落ち度――。

「私は犬ではありません。私の名はソフィア・ヴォルフ！　誇り高き狼人族《ろうにん》です！　人間如《ごと》きが、私を犬っころと一緒にしないでください！」

そっちかよ。

「……ごめんなさい」

まぁ。日本人的には西欧人に中国人と間違えられるような感覚なのだろう。あるいは群馬と栃木の位置と漢字がわからない、というのが近いだろうか。俺は別に気にしないが、気にする人も多いと思う。

90度に腰を曲げて平謝りすると、次からは気を付けるように、と説教された後許してくれた。

彼女曰《いわ》く、

「私は優しいからいいですが。気にする者は鋭い牙と爪でもって人間の皮を丁寧に剥《は》いできますよ」と。

次からは気を付けよう。本当に。

「じゃあヴォルフさん。さっそく、仕事の話をしたいのですけど」

「……わかりました。と言っても今はやることがそう多くないので大丈夫だと思います。その前にアキラ様は召喚者ですので、この世界のことを話したいと思いますが、よろしいですか？」

「長くなければ、大丈夫です」

「ご安心を。短めに終わらせますので。あと、私のことは『ソフィア』でよろしいですよ。ヴォルフは種族名を表すので、狼人族は全員姓が同じなのです」

「……なるほど。ではソフィアさん、これからよろしくお願いします」

そう言ってから、俺は右手を差し出した。

だがソフィアさんはまだ怒っているのか、その右手を華麗《かれい》に無視した。

悲しい。

魔王ヘル・アーチェ陛下率いる魔族・亜人・人外連合軍、通称「魔王軍」は人類との飽《あ》くなき生存戦争を続けている。

具体的に言うと1000年くらい。

俺も人間だけど大丈夫なの？

「アキラ様は、『陛下に忠実なる僕』として召喚されました。ですので、問題ありません」

「それって陛下の奴隷《どれい》とか下僕《げぼく》ってこと？」

「概《おおむ》ねそうですが、何か問題でも？」

「い、いや、ないです」

陛下の僕となることの何が問題なのか、と言いたげな目を前に否定するだけの勇気と度量は俺は持ち合わせていない。

ファンタジーの魔王よろしく、強いと言う事実が忠誠心を集めているのだろうか。

「……では、続きをお話ししても？」

「どうぞどうぞ」

コホン、と一度咳込んでからソフィアさんが説明を再開。

この世界には、不思議な術がある。

魔術や精霊術、召喚術など、物理法則を無視した奇跡の術。それを持つ魔族ら魔王軍は、最初の数１００年くらいは人類軍に対して優勢だった。

しかし、人類軍は物理法則を進化させた科学の力でもってその差を縮め、ついに直近数十年では魔王軍に対して優位に立つようになったという。

「人類軍の科学力とやらはどれくらいなんだ？」

科学が発達したということなら銃とか大砲とかはあるのだろう。程度によれば、現代日本生まれの俺が前世知識チートで技術応用して魔王軍無双をすれば事務仕事からオサラバできるかも……とか考えてた俺がバカでした。

「人類軍は鋼鉄の船を作りました。しかも帆《ほ》を一切使わずに大洋を渡り、我々が使用する木造帆走船を粉微塵《こなみじん》にしました。空には人類軍の鉄の竜騎士《りゅうきし》が舞い、爆炎の魔術を詰めたような物体を空から落としてきます。地平線の向こうから鋼鉄の暴風が吹き荒れ、夜に乗じて白兵戦《はくへいせん》を挑もうにも、その鋼鉄の豪雨の前に全滅して……」

「あぁ、うん、だいたいわかりましたからもういいです」

人類軍は既に産業革命を経て第一次世界大戦並の科学力を持っているらしい。

「よくもまぁ、その人類軍相手に戦線維持できるね……」

「突破された箇所を、魔王陛下直属の魔王親衛隊による大火力魔術で食い止め、ゴーレムの大量投入による人海戦術で以って押し返しているようです」

「……」

頭抱えた。付け焼刃の対策しかできていないようだ。

しかしそれでも戦線を維持できるヘル・アーチェ陛下、マジ魔王である。地球にも魔王と呼ばれた某爆撃機乗りがいたがそれをも超える魔王さである。

でもこの状況、さすがの魔王もやばいと思ったのか、30年かけて一発逆転の召喚魔術を執り行ったそうだ。

そうして出現した救世主と言うのが……まぁ、俺だったわけで。

「……使えませんね」

「本当にごめんなさい」

こんな無力な日本男児でごめんなさい。

第1章　魔王軍の現状

事務処理、ということで俺は「兵站」に携わって魔王軍を縁の下で支えることになった。

兵站とは、まぁ要は戦闘以外の軍隊の仕事と言えばいいだろうか。

細かく定義すると切りがないが、兵站のうちもっとも有名でかつ重要な仕事は「補給《ほきゅう》」だろう。

「必要なものを、必要な場所に、必要な時に、必要な数を用意する。それが兵站というか補給の仕事ですね『兵站だけでは戦争に勝てない。しかし兵站なしでは戦争にならない』――そんな言葉が私の住む世界にはありましたよ」

「はぁ」

ソフィアさんに説明したら、今一ピンと来てない顔をされた。

ので、今日はこっちが説明する番である。

軍隊とは、槍に例えられる。

槍先が戦闘部隊で、柄《え》の部分が兵站部隊だ。

槍先には鋭利な刃がついている。その刃でもって槍は敵を倒す。しかし槍が槍であるためには、それを支え、槍の特長である間合いを確保する「柄」がなくては話にならない。

まさか槍先の部分だけを持って敵に直接それをぶつけるやつはいないだろう。そんなことをするなら殴ったほうが早いし、槍先を持っている手も傷ついてしまう。

槍先が槍となるために、槍先を支え射程を確保する「柄」がある。

つまり、戦闘部隊が軍隊となるために、戦闘部隊を支えその戦闘能力を確保する「兵站部隊」があるのだ。

地球の現代軍の場合、例えばアメリカ海兵隊の戦闘部隊の割合は軍全体の2割程だと聞いたことがある。残りの8割は裏方で、補給・修理・衛生・施設・情報・広報・事務・人事などの非戦闘部隊が占めている。

で、魔王軍の兵站事情はと言うと――、

「今戻ったぞ、アキラ」

ヘル・アーチェ陛下が、なぜか兵站局にやってきた。

自分の部屋に帰れ、と言いたいが俺が召喚されてからと言うもののずっとこんな調子である。だから突っ込むのはやめた。疲れるだけだ。

「お疲れ様です、陛下」

「あぁ、疲れたよ。人類というのはどうしてあぁも諦めが悪いのやら」

そして今日も、諦めの悪い人類軍を2、3個師団《しだん》（1個師団＝1万人程度）ふっ飛ばしてきたようである。物理的な意味で。

今日、魔王軍は魔王陛下と麾下《きか》の親衛隊の力によってのみ保たれていると言っても良い。

「そちらの仕事はどうだい、アキラ。もう慣れたか?」

「はい。ソフィアさんと陛下の御気遣いのおかげで……」

ソフィアさんは勤勉である。

というのは、彼女は元々魔王軍幹部の秘書だったらしい。今となっては俺も幹部と言う扱いらしいのだけど。その甲斐《かい》あってか、彼女は俺以上によく働く。

……たぶん、俺必要ないくらい。

異世界召喚魔術がもったいないから、という陛下の貧乏くささがなければ今頃俺は別の世界に旅立っていただろう。

三途《さんず》の川の向こう側とか。

「そうかそうか。なら、君を殺す心配は当分なくて済みそうだな？」

一瞬解き放たれた殺意が俺に向けられ妙な汗をかいた。やめて陛下、ちびりそうだから。

「あぁ、そうだアキラ。連隊連中に酒を振る舞いたい。連中は揃いも揃って蟒蛇《うわばみ》だからな、十分な量を確保しておいてくれ」

そして脅《おど》しからの酒要求。なんとも狡猾《こうかつ》な……。しかし俺も男だ、言うことを言わなければならない。

「畏《かしこ》まりました。……しかし陛下、それを含めて相談が」

「なんだ？」

今まで魔王陛下に遠慮して言えなかったのだが、これから先もこういうことは何度もあるだろう。早めに言った方が、まだ対処はしやすいはず。だから勇気を持って言う。たとえ「相談が」と口にした時に陛下の目が若干つり上がったとしても、俺は言うぜ！

「あの、今はいいのですが……今度からそう言ったものは書類を作っていただけると嬉しいのですが……」

「書類？」

これが魔王軍の兵站事情である。

この軍隊、とんでもなく兵站が未発達なのだ。

物資の要求に対して書類を作成せず、殆《ほとん》どが口頭での要求。メモ書き程度の紙はあるが、しかしそれさえないものが多い。

どの部隊がどれほどの物資を求めているのか、書類があればわかりやすいのだが……。

「……面倒だな。口頭でなんとかなるだろう」

という、魔王陛下のざっくばらんというかずぼらというか、そんな性格が災いして文書管理というのが成されていないのである。

なにせ命令書すらほとんど存在しない。ほとんどが口頭だ。

よくこれで軍隊が……というより国が持っているもんだと感心する。内政の方はどうか知らんけど。

「しかし、軍隊の円滑な活動には書類が必要だと考える次第です。もし陛下が、諦めの悪い人類軍を痛快にぶっ飛ばしたいのであれば、この手の小さな面倒事から始めるのが長期的には良い事だと存じますが、如何でしょうか」

数日でこんな役所じみた言葉が使えるようになるのが魔王軍です。

みなさん就職してみませんか。今なら犬っ子……もとい狼っ子美少女も秘書としてついてくるよ。

元の世界には帰れる保障はありませんので交通費の支給はございません。

「アキラ」

「ハッ」

「もしその、書類というのを作成したとして、本当に我が軍は円滑《えんかつ》に動けるようになるのかね？」

怖い怖い。目がマジで怖い。

「半分イエスであり、半分はノーであります。短期的には効果は見込めませんでしょう。なにせ事務処理は私とソフィアさんでやっている状況でありますし、陛下の軍隊の状況を鑑《かんが》みるに、殆ど一から組織を作らねばならず長期的な視野が――」

「面倒な言い回しはいい。ハッキリ言おう。それは、いつの、ことになる？」

顔をグイグイ近づける陛下。

握り拳を机に叩きつけ、吐息が顔にかかるまで近づいた陛下の顔は凄味《すごみ》がある。これが魔王か。

「……最低でも、10年ほど」

既にある組織の中で新たな仕組みを一から作って10年で終わるとは思えないが、でもそれ以上の期間を提示したら「そうかでは君を殺したほうが早そうだ」とか言い出しそうだからちょっと言えなかった。

「そうか、10年で終わるか」

いや終わるとは言ってないけど？

あくまで最低であって最終的には30年くらいは待ってくれないと……、

「意外と速いな！　長期的長期的と言うもんだから100年かかるとかと思ったぞ！」

「えっ」

待って、100年だって？

「へ、陛下。さすがに私は100年も生きていられませんが……」

「ん？　あぁ、安心しろ。私の臣下として働く寿命の短い種族は、一部を除いて寿命凍結魔術《じゅみょうとうけつまじゅつ》を施《ほどこ》してある。私が死ぬまで、アキラは歳を取らないぞ！」

おい待ってなにそれ聞いてない。

「言ってないからな」

心を読むな！

「魔族などは基《もと》から寿命が長いからな、気にする必要はないのだが。ゴブリンやオーク、そして例外的ながら君のような人間にはそういう処理をさせてある」

「そ、そうですか……」

そう思い、俺はソフィアさんをチラ見する。

彼女は俺と陛下を余所に、軍隊の規模の割には妙に少ない書類を処理していた。

しかし俺の視線に気づいたのか、こちらに一切視線を寄越さず俺の疑問に彼女は答えてくれた。

「アキラ様、私には陛下の寿命凍結魔術は施されていませんよ。獣人は元々寿命が長いですから」

だから心を読むな。

なに？　魔族とか獣人とかって心を読むの得意なの？

「アキラは顔に出やすいからな」

いや本当になんで心読んでるのかな陛下。

「まぁ、それはさておき書類の件は了解した。組織の方は10年とは言わず、１００年くらいじっくりやってくれ。人類軍は諦めが悪いから、逃げもしないだろうよ」

あと、酒の件はよろしくな。

そう言い残して、陛下は部屋から出た。

……とりあえず、人員増強の相談もしておこうかしら。

何をするにも正式な文書・書類が必要。人、それを文書主義《ぶんしょしゅぎ》と呼ぶ。

正式な文書がなければ何もしてもらえないし、文書の書式が間違っていたら訂正あるいは再作成する必要がある。

◆

面倒だが、証拠を残すことは重要だ。

でもデジタルで残せないから保管が大変。保管期限を設けて適当に廃棄する必要も出てくる。

「というわけで、まず補給関係の正式文書の書式手本を作ってみた。ソフィアさん、なにか質問ある？」

中世欧州風ファンタジー世界というわけでもなく、魔術なんて便利なものがあるから品質に目を瞑《つむ》れば紙やインクの大量生産自体は容易だった。

しかしソフィアさんの言葉で、もっと重大な事実に気付く。

「ではひとつだけよろしいですか？」

「なんでもどうぞ？」

そのことに気付かなかったのは、如何に現代日本が凄いかということだ。

「読み書きができない者はどうすればいいのでしょうか？」

「…………えっ」

その発想はなかった。

現代日本で読み書きができない人間は極少数だ。

文字の読み書きが出来ない者がいる、という考え自体に至らなかった。文書主義の欠点ということだろうか。いや公務につくものとして文字が読めないってのがそもそもおかしい気がするが……。

やっぱり教育って重要だな。

「どれくらいの人数、読み書きができないんですか？」

「下士官以下の一般兵は大抵読み書きできませんね。士官ですら半数は読めないかと思います」

なんてこったい。

とりあえず教育に関してはこれからの努力目標と言うことでヘル・アーチェ陛下に要請して、間に合わせの策を考えないとな……。

「じゃあこうしましょう。最初は高級士官が率いる大規模部隊にのみこの正式文書による補給要請書を採用し、その後の教育度合によって段階的に引き下げましょう」

「わかりました。各部署にそう伝えておきます」

よしよし。これは兵站部隊にとっては小さな一歩だが、魔王軍にとっては大きな一歩となればいいなぁ……と感慨に耽る前にひとつ気になったことがある。

今、伝えるって言ったよね？　通達とかじゃなくて。

「ソフィアさん。どうやって各部署に伝えるんですか？」

「無論、口頭か思念波《しねんは》あるいは通信魔術、必要であれば通信用の魔道具で」

「文書でお願いします」

兵站システムの構築、道のり長すぎない？　10年で終わるかなぁ……。

◆

補給物資の要請は正式な文書で行うこと。

それを通知する旨の文書が各部署・各方面へと送られた。

しかし通達した瞬間それが全軍で一気に開始されるわけでもない。そこで3ヶ月を猶予《ゆうよ》期間として設けた。

その間、俺とソフィアさんは必要な準備をする。

まず、前線ではどのような物資がどれくらい必要なのかを把握する事だ。

「ゴブリンやオークは魔術的才能に優れていませんが、その代わり人間の数倍の筋力を保持しています。そのため工兵隊や輸送隊を中心に配属されています」

「へぇ、前線で戦うイメージありますけど違うんですか」

「優秀なオークやゴブリンは前線部隊で戦いますよ。しかし今の時代は魔力戦が戦争の主で、魔術的才能に優れていない彼らにはやることがないのです」

それに数だけを確保するなら簡易的な魔像を錬成すればいいですし、とソフィアさんは続ける。

魔術を主体とする戦いでは、彼らの役目は少ない。

さらに言い方は悪いが、知能があまり高くない種族であるために一般事務ができない。まさに蛮族。

でも仕方ないことだ。

今の魔王軍は魔術を重点に置いた魔力戦重視ドクトリンで、人類軍は機械力に頼った火力戦重視ドクトリンを採用している。

そこに筋力が割り込む隙《すき》はない。

しかし輸送隊や工兵隊という地味ながらも極めて重要な部隊で彼らは頑張っている。それを蛮族《ばんぞく》だなんだと批判することは俺にはできない。

いや本当に立派だなって思ってるよ。信じて。

「他の種族はどうですか？　獣人やエルフとかもいるんでしょう？」

「はい。ですが専門的な事は私にはわかりませんので、ここはやはり専門家に聞いた方がいいかと」

◆

ということで、ソフィアさんからその専門家がいる所に来た。

俺やソフィアさんが働いている兵站局は魔王の根城《ねじろ》、魔王城にある。

魔王城は魔都《まと》「グロース・シュタット」の中心部に位置している無駄に巨大な城で、魔王軍総司令部も併設《へいせつ》されている。

しかし、ソフィアさんから聞いた専門家のいる場所は魔王軍総司令部にはなかった。

魔王城の中庭に近い、魔王軍開発局という部署が今回の目的地で、専門家のいる場所である。

なんだか総司令部と切り離されていて、ソフィアさんが同行していないという時点で色々と嫌な予感がするのは気のせいだろうか。

それに開発局の前に来た途端、その部屋の扉にすごい違和感があった。なぜって、扉が新品同様なのに、開発局と書かれた札がやけにぼろいのである。

「……ここがあの女のハウスね」

いや女かどうか知らんしハウスじゃないけれども。

とりあえず何故か知らないが焦げた跡がある扉をノック。

気分的にはラスボス部屋前。

セーブしたいがそんなお茶目な機能は未実装《みじっそう》。だから身構えてしまった……のだが、

「…………」

返事がない。ただのドアのようだ。

しかし扉に耳を当ててみると、声やら物音やらが聞こえる。ノックの音が小さかったのか、それとも声をかけた方が良かったか、いっそのこと無許可で入ってしまおうかと逡巡《しゅんじゅん》したそのとき。

「――やばいッ！」

「えっ？」

緊迫した声と共に、扉が開け放たれる。

いや、文章表現はもっと正確に書いた方がいいか。

緊迫した女性の声と共に、扉が吹っ飛ばされた。

「ぐわあああああ!?」

「いやあああああ!!」

ナムサン！

俺と女性の悲鳴と爆音が重なり鼓膜が破れそうになった。

身構えていたとは言え、さすがに爆破オチとは想像外の外である。

それだけに、俺は爆風と女性の身体を正面から受け止める格好となる。無論、それを支えるだけの

力は人間にはないので、当然の如く俺は盛大に後ろに倒れた。

「～～～～～ッ！」

哀れアキラ。

全身が床に叩きつけられネギトロめいて爆発四散！　しそうになった。頭を強く打ち、肺から空気が漏れ、全身に衝撃が走る。

しかしそのおかげで――と言えばいいのだろうか――扉と一緒に吹っ飛んだ、頭から猫耳が生えて摩訶不思議な髪形をしている女性には目立った怪我《けが》がなかった。

もっとも、それを喜べるだけの状態にはない。

「いったたた……あぁ、また失敗……ってあれ。誰？　ていうかあれ、人間!?　ということは、諜報員《スパイ》!?　ど、どうしよう。ここは一旦殺して口封じを――」

こうなってるから。今謎の爆発事故以上の生命の危機を覚えているから。

しかも肺に空気が残ってないせいで上手く声が出ない。

最後の力を振り絞って、なんとか誤解を解かないと……。

「ま、待って……俺は……」

「うーん、でもここまで侵入されたとあっては責任問題……普通に刺し殺したり魔術で殺したら証拠が……」

いやその前に俺の話を聞いて。

ていうか俺の上から退いて。

スパイだと思っているからなのか、彼女は俺に対して馬乗りになっている。悦《よろこ》びとかそれ以前に全身の痛みと彼女の体重が相まって容易に動ける状態ではない。

「あ、いいこと思いついた」

あ、これ絶対ダメなやつだ。

「ふふふ。私が開発した必殺の暗殺兵器、寿命を3000万倍加速させる魔術を利用して自然死させましょうか！　その後適当な場所に埋めれば万事解決！　私天才！」

おいばかやめろ。

寿命加速が3000万倍ってことは、1秒で約1歳齢《とし》を取る計算だ。

人間の場合は1分で爺《じい》さんになっちまう！　やめろ。20代で爺さんにはなりたくない！

この歳でハゲは嫌だ！　白髪はギリギリ嫌だ！

「こらこら、暴れないで！　暴れたら魔術外しちゃうでしょ！」

「暴れるに決まって……ゴフッゲフッ」

だ、ダメだ。言葉が上手く出てこない。

彼女の持つ機械の先端からは妖しい光が放ち始め、なるほどこれが魔術なのかと納得しながら俺の人生は終――、

「って、あれ？」

わらなかった。

「起動失敗？　いやちがう、術式は正常なのに効果なし……な、なんで？」

なんでと言われましても作ったのはあなたですから俺に言われても。

いや、そういえば陛下がなんか言ってたな。確か……。

「へ、ヘル・アーチェ陛下が寿命凍結術式をしてくれたからじゃ……」

俺がそう言うと、今度慌てたのは彼女の方だった。

「えっ？　ちょ、ちょっと待って！」

彼女は暗殺兵器から手を離し、先程とは違う色の、妖しさは何もないただの光を掌から出した。魔術の種類によって光の色も変わると変なところで感心したが、その前に退《ど》いて。

「ほんとだ……陛下の名で術式が施されてる」

「わ、わかっていただけたようで何よりです」

だから退いて？

「いやー、参った参った。危うく陛下が召喚した人間を殺すところだったよ」

誤解が解けてやっと身体を退けてくれた彼女の案内で、爆破解体された扉の向こう、魔王軍開発局へと俺は足を踏み入れた。

「今度からはちゃんと名乗ってよね！」

「え、こっちが悪いんですか⁉」

俺に全く過失がないと言えばそうではないかもしれないが、話を聞かないそちらにも問題があると思います！

「にしても噂《うわさ》の人間が、こんなにかわいい子なんて知らなかったよ」

「かわいい子って……」

男としてはかわいいは褒め言葉ではないだけに、どうも喜べない。

あと「噂の人間」って、やっぱり噂になってるんですね。別にいいけど。

「で、名前なんだっけ？」

「……まずはそちらが名乗るのが礼儀では」

魔王陛下のとき以来2度目の台詞。さすがに2度目となると特に感慨深くもない。

「ヘル陛下みたいなこと言うね」

「陛下はよく言うんですか」

「まぁね。陛下が名乗るまでもない超有名魔族だから、大抵は相手から名乗るけどね」

なるほど。意味のない情報を手に入れてしまった。

「で、私の名前だっけ？　私は猫人族《ねこびと》のレオナ。レオナ・カルツェット。魔王軍開発局主任魔術研究技師官……要は魔術に関してなんでも研究する研究屋よ」

猫人族。狼もいれば猫もいる。犬もいるらしいから本当に魔王軍は多種多様だ。

「ありがとうございます。俺――あぁ、いや私は――」

「『俺』でも『私』でも、楽な方でいいよ。堅苦しいの嫌いだから敬語敬称も不要、私の事もレオナって呼んでね」

「は、はい。じゃあ――俺の名前は秋津アキラ。新設された魔王軍兵站局の局長だ。よろしく」

「ん。よろしくね。アキラちゃん！」

「いきなり名前でしかもちゃん付けかよ」

失礼な奴だな……と腹を立てるものの、レオナ・カルツェットなる者は「……ほへ？」と間の抜けた声を上げてキョトンとしていた。

なんだかよくわからん奴だ。奇怪とか奇妙と言っても良い。

研究屋と言う割には性格が明るく親しみ易い感じのする女性、というのが第一印象。

しかし髪をクアッドテールにするという、なかなか見ない髪型をしており、そこからどことなくMAD《まっど》な香りが漂っている。

それに猫というのはもっと御淑《おしと》やかな印象があるのだが……いや、それはきっと爆発事故の炎の臭いが染みついてむせる状態だから……ってそれもMAD要素っぽいような……。

いや、人を見かけと匂いで判断してはダメだ。さっさと仕事を終わらせよう。

そういうわけで、レオナに事情説明。

兵站局新設に即して、部隊がどういう物資を欲しているのか教えて欲しいこと、ついでに開発局でも何か入用のものがあるかを聞く。

「なるほどねー。今は必要なものは特に……あぁいや、ドアが欲しいかな」

「アッハイ」

兵站局初の注文がドアであることが確定した。

「後はなんだっけ？　各部隊が必要な物資の種類だっけ？」

「そうそう。種族ごと、部隊ごとで違うようだし、開発局なら詳しいんじゃないかと」

「わかった。じゃあちょっと待っててね、そこらへんにあるから」

そこら辺って……。

見た所、部屋の中はだいぶ散乱している。

開発局の部屋と言うだけあって実験室のような構造。

本棚には専門書が入っているが、入りきらないのか床にも開発資料やら設計図やら書籍が無造作に散らばっており、そこに先ほどの爆発による焦げや煤《すす》の跡がそこら中にあった。

よく火事にならないね、これ。

……にしても開発局はそれなりに広いのだが、なぜか俺とレオナ以外の姿が見えなかった。

これだけの広さだと、10人程研究者いてもおかしくないだろうに。

「レオナ以外の研究者はどうしたんだ？　休憩か？」

なわけないよな、と質問した自分でさえ考えていた。

希望的観測と言う奴だが、えてしてそれは簡単に打ち破られるものである。

部屋の中でごそごそと雑に何かを探しているレオナは、俺に尻を向けながら答えてくれた。あまり聞きたくなかった答えを。

「ううん。殆どは別部署に任意異動したよ。だから今いるのは3人だけ」

「……レオナは勤労意欲旺盛なんだな」

「あ、わかる？」

「うん」

そういうことにしておこう。

そしてその点に関して気にも留めていないレオナはもうMAD確実である。

というか今部屋にいるのがレオナだけと言う時点で爆発事故の原因も彼女。

つまりレオナ＝MAD。QED《証明終了》。

相互確証破壊でもなくモロッコ・ディルハムでもない。

ニマニマ動画でよく見るMAD動画のMADである。

なんてこったい。こんな人と2人きりと言う状況、たとえ相手が美人でも嬉しくない。

おぉ神よ。魔王軍に神がいるかはわかりませんが、私をお救い下さい。いや本当に。

それから数分して、レオナは探していた物を見つけたらしい。それどうやら箱で、俺の所に持ってきて見せてくれた。

箱は3×5個の正方形の枠で区切られており、そしてその枠の中にひとつずつ宝石のような石が入っている。

「なにこれ」

「魔像《まぞう》を動かすために必要な魔石《ませき》だよ」

魔像。つまりゴーレム。

ファンタジーと同じなら、石やら金属やら泥によって身体が構成された人形、と言えばいいだろうか。魔術版ロボットと言えばもっとわかりやすいかも。

そしてそれを動かすために魔石が必要と言うことは、これらは燃料に相当するのかな。

化石燃料ならぬ魔石燃料か。

「じゃあ、ひとつずつ説明するね」

そう言ってレオナは左上にあった魔石を手に取って説明してくれた。

「まずこれが最も基本で最も産出量が多い魔石。名前は『紅魔石《レッドストーン》』で、最も魔力エネルギー変換効率が悪い魔石でもあるわ。軍用と言うよりは生活用かな」

「どこで取れるんだ?」

「いろんなところ。魔力を溜めこむ性質のある石や生物から取れる。無論、魔族や獣人族も含まれるわね。たぶん私の身体も抉《えぐ》れば魔石取れるわよ」

聞かなきゃよかった。平然とそれを言ってしまうレオナも凄いけれども。

俺の気持ちを知ってか知らずか、それとも種類があるから巻いてるのか、彼女はさっさと次の説明に移った。

「で、この紅魔石を精製して純度を高めたのが右の『純粋紅魔石《ピュアレッドストーン》』ね。ほら、こっちの方が綺麗な紅色してるでしょ！」

「ん、あぁ。そうだな。ルビーみたいだ」

「るびー？」

「この世界にルビーはないのか……」

いや、もしかしたら前世世界のルビーも魔力を宿していたかもしれないな。

「まぁ、それはさておくとして……純粋紅魔石が一般的な軍用魔石よ。汎用《はんよう》石魔像Ⅲ型からⅥ型までの魔像の動力源になっているわ。で、その次、純粋紅魔石の隣にあるのが『真紅魔石《スカーレットストーン》』で、別の方法で紅魔石を精製したものよ。純粋紅魔石に比べて生産効率は落ちるけどエネルギー変換効率が伸びてて、これ1個で純粋紅魔石3個分のエネルギーを持ってるわ」

「レギュラーとハイオクみたいなもんか」

「なにそれ」

「こっちの話。その隣は？」

「あぁ、うん。これは『黒血魔石《ブラッドストーン》』よ。『劣化紅魔石《インフェリアレッドストーン》』とも呼ばれてて、紅魔石の精製に失敗したり、保管場所が悪いとこういう風に劣化するの。見て、色が鈍いでしょ？」

「あぁ、まるで乾いた血だ。だから黒血魔石か」

「そういうこと。魔石内の魔力が放出されると、こういう風に黒く濁《にご》るの。で、上段右端にあるのが『鈍石《グレイストーン》』……と言うより、ただの石。魔力が零になった魔石で、使い道はないわ」

なるほど。ここまでは大丈夫だ。

……問題はあと10個もあることだが。もしかしてこれ全部違う種類……なんだろうなぁ。

「中段左端のこれは『翠魔石《ジェイドストーン》』で、紅魔石よりも産出量が少ない希少価値の高い魔石ね。魔力エネルギーも紅魔石と比べて段違い。これを精製したのが『純粋翠魔石《ピュアジェイドストーン》』で、改良鐵甲魔像Ⅲ型以降はだいたいこれを動力源にしてる」

「ふむ」

てかその前に魔像の種類多くない？　さっきから大量の形式があるような。

「そしてその隣が『碧魔石《エメラルド》』で、エメラルダス法という独特の方法で精製した魔石よ。純粋翠魔石と比べて色が明るいのがわかるかしら？　これは中にある魔力エネルギーが変質してて、魔像を動かすときの排熱が少なくなっているのが特徴ね。最新型の強化鐵甲魔像Ⅶ型はこの碧魔石を使っているわ」

「……あぁ、うん」

「その隣が『海松魔石《オリーブグリーンストーン》』で、性質は黒血魔石と一緒ね。でも黒血魔石と違って汎用石魔像とかでも使用できるエネルギー量の違いがあるわね。ちなみに翠魔石も魔力を使い切ると鈍石になるわよ」

彼女の口は留まることを知らない。

「右端は碧魔石をさらに精製した『純粋碧魔石《ピュアエメラルド》』ね。でも費用対効果が悪くてあまり使用されてないわ。改良鐵甲魔像Ⅴ型の動力源ね。碧魔石と比べてちょっと色が明るいのが特徴」

「……へぇ」

「下段左端は紅魔石と翠魔石の混合魔石ね。色もそれの中間っぽいでしょ？　サルデリア・ミサリコフ精製法で作られたから『ミサリコフ魔石』と呼ばれてる。翠魔石は希少性が高いから、価値の低い紅魔石を混ぜて紅魔石より優秀で碧魔石より安い魔石になったわ。改良石魔像Ⅶ型や改良鐵甲魔像Ⅱ型などの動力源よ」

「……うん」

「その隣は純粋紅魔石と純粋翠魔石の混合魔石『純粋ミサリコフ魔石』ね。ミサリコフ魔石と比べて少し透明度が高いのが特徴。魔力エネルギーも高いのだけれどコストの割には伸びないと言う理由であまり多くは使われてないわ。特殊鐵甲魔像Ⅰ型の動力源くらいかしら」

「…………」

「で、次が真紅魔石と碧魔石の混合魔石。ダリウス・サンタノゴビス精製法で作られたから『サンタノゴビス魔石』……と言いたいところだけど長いから『ダリウス魔石』と呼ばれる方が多いわ。真紅魔石と碧魔石の相性が良かったのか、エネルギー量は膨大の一言に尽きるわ。試作超大型特殊鐵甲魔像の動力源になる予定。こっちはまだ動力機関の開発が遅れてるけれどね。ミサリコフ魔石や純粋ミサリコフ魔石と比べて、磨いた時の光沢の具合が全然違うのよ、ほら見て！」

「……そうだな」

「でしょでしょ？　そして次は『蒼魔石《オーシャンストーン》』という新発見の魔石よ。翠魔石と比べて青みがかってるのがわかる？　エネルギー量は紅魔石と大差ないんだけれど、魔力の質が氷雪魔像や泥土魔像みたいな半固体・半液体の魔像にマッチしてるのよ！　厄介なのは、海底や湖底でしか取れないことかしらね」

「…………」

「で、最後。そう最後のこれ1番重要！　なんとこれは、私が開発した魔石なのよ！　その名もカルツェット魔石！　どう？　すごくない？　純粋ミサリコフ魔石に蒼魔石を混ぜたあと低温で長時間熱しててね、数日かけて熱を放出させたあとに、希少金属オリハルコンを適正量投入した後に高温高圧で短時間熱して魔石とオリハルコンを十分に混淆《こんこう》させた後に、冷まして成形する方法！　名付けてレオナ・カルツェットのミラクル製法！　魔力エネルギーは純粋ミサリコフ魔石と蒼魔石を単純に足して合わせたよりも数倍も高いの。オリハルコンを使うから生産性に多少難はあるけれど、でもこれを使えば現在計画中の試作超大型特殊鐵甲強化魔像の動力源になり得るわ！　どう、凄いでしょ⁉」

「……まぁ、な」

「でしょ！　あ、特徴としては純粋ミサリコフ魔石に少し黄色を混ぜたような色をしているわ。あとちょっとかわいくない？」

「そう言われても」

「もー、なんでわからないかなー。ま、以上で魔石の紹介は終わりよ。何か質問ある？」

「あると言えばある」

「お、なになに。何でも聞いて？」

いや大したことじゃない。

大したことではないが、恐らくこれを聞いた全ての人間は同じことを思うだろう。

「……全部一緒じゃないか？」

「全然違うわよ！　これだから素人は！」

いやそう言われても全然わからない。

たぶんこれを文章にして本にしたら64・8%の人間が途中から飛ばし読みするレベルで何言ってるかわからないし違いが判らないと思います。

紅魔石系統と翠魔石系統は赤と碧だからすぐ区別がつく。

しかし紅魔石系統を並べられても全然見分けがつかないし、部屋の明るさによっては紅魔石と翠魔石の違いもわからなくなる。

その上、合金みたいな意味不明な魔石が多くあり、それもまた混乱を招く。

俺でも区別がつかない魔石を、まさかゴブリンたちに運ばせてるとか言わないよね？

そして極めつけが魔像の形式の多さと、形式によって魔石の種類が異なると言う点である。

「もうひとつ質問良いかな？」

「なに？」

「もし魔像に正規の魔石を入れなかったらどうなる？　例えば……えーっと、紅魔石で動く魔像に純粋翠魔石入れたら、とか」

「魔石のエネルギー保持量が違うからオーバーロードして最悪魔像が爆発四散《しさん》するわね」

だと思ったよ！

あれだ、ディーゼルエンジンで動く車にレギュラーガソリンを入れるようなものだ。

軽トラックは軽油で動くから経済的！　とテレビで堂々と勘違いするどっかのアナウンサーもいるほどに、知らない奴は知らない。

爆発四散はしないまでもそんなことをすれば壊れてしまうということを知っているのは、車に詳しい奴と真面目にマニュアル読んだ奴くらいだ。

「でも大丈夫、事故が起きたという話は聞いてないから！」

「もしかしてそれって聞いてないだけじゃ」

市民、報告は義務です。しかし事故率０％のこの機械が事故を起こすことはあり得ません。とＵＶ様が仰られておる。きっとコミーの陰謀ですね。

たぶんこんな感じだろう。

「でも間違える人いないよ？　少なくとも私の周りで間違える人はいないよ？」

「だろうな……」

それが仕事だもんね。

ミリオタが特Ｉ型駆逐艦《くちくかん》と特Ⅱ型駆逐艦の区別の仕方を熟知していても別におかしくはない。ただし一般人には駆逐艦と戦艦の区別もわからない。

その後もレオナから各部隊の物資や装備について教わったが、彼女得意の技術面でのマシンガントークと多種無用の装備の多さに辟易したら１日が終わっていた。

なんだよ、石魔像Ⅲ型と石魔像Ⅳ型に使う専用の整備工具違うのかよ……統一しろよ……。

とりあえず３ヶ月の間にやらなければならない事が出来たよ。

そんな決意をした帰り際。レオナは満面の笑みでこう言う。

「また来てねー」

誰が来るか！

ちなみに、兵站局に戻ってきたときソフィアさんに彼女のことを話したら、

「やはり行かなくて正解でした」

「……」

彼女のハチャメチャぶりは魔王軍では有名らしい。

◆

レオナからありがたくも頭が痛くなる魔王軍兵站事情を聞いてから数日後、嬉しいやら悲しいやら、徐々に増えてきた書類仕事をソフィアさんと共に片す。

魔都周辺の部隊には既に補給関係の要請は文書を残すように指示を出している。

流石に全ての要請を文書で行うのは無理があるしね。

だが魔王軍は、証拠の残らない口頭命令に偏っていたのも事実。それは不正の温床になる。

無論、文書も偽造や差し替えの可能性がある以上万全ではないのだけど、それでも録音機械がないこの世界で口頭命令以上の力はあるだろう。

そういうわけで、せめて俺の手が届く兵站に関する事だけでも、出来る限り文書に残すことにした。

どの部隊がどれほどの物資を要請したのか、どの倉庫からそれを拠出したのか、どうやって運送したのか、そしてそれが達成されたのか、補給の結果倉庫の軍需物資の在庫はどうなったか、などなど。

どれも地味ながら重要な事であり、魔王軍が資源を有用に活用するために必要なことである……と信じたい。

そう自己暗示していないとこの堆《うずたか》く積まれた書類を目前にして根気が折れてしまいそうである。

「ソフィアさん、魔都にある倉庫の数は？」

「魔王軍総司令部、魔王軍総司令部外の開発局、郊外の魔王軍魔都防衛隊駐屯地《ちゅうとんち》、魔都の北にある港に倉庫があります」

「ということは4つですか」

「いえ、司令部の中に3つあるので、計6ヶ所ですね」

「なぜ3ヶ所……」

「さぁ？」

さぁ、って。

用途別に分けられているのだろうか。

例えば食糧・魔石・装備、という具合に。あ、でも駐屯地の倉庫は食糧・魔石・装備倉庫合わせて1ヶ所ってカウントされてるな。

「……自分の目と足で調べてみるのが一番早いか」

「別にいいですが、アキラ様が出て行ったあと誰がこの書類を片付けるんでしょうね？」

「……魔王軍って人的資源に余裕ありますよね？」

事務処理ができる人間を多数確保して仕事を減らさないと、過労で死にそうだ。転移先でも社畜なんて御免こうむる。

「人的資源……？」

あぁ、我らが優しい魔王ヘル・アーチェ陛下は人（亜人《あじん》？）を大事にされていらっしゃる。

いや大事にするのはいいことですよ。でも時に人は資源として数字でカウントしなくちゃいけない時があるんです。どっかのエリート幼女がそう言ってた。

「まぁそれはともかく、事務処理できる者を増強するように陛下に要請しないと……」

「呼んだかな？」

「⁉」

唐突にかつ当然かの如く兵站局に出現する我らが魔王陛下の姿がそこにあった。

見た所、服や身体の一部に煤《すす》や砂がついている。

どうやら戦闘帰りのようだ。戦闘から帰ってきてすぐここに来るとは、もしかして陛下は暇なのでは。

と、言いたくなるがそこは我慢。

「別に暇じゃないさ。君と話すのが存外楽しいもんだから、つい寄り道したくなるのさ」

「だから心の中読まないでください」

いい加減俺もポーカーフェイスを覚えなきゃな、ソフィアさんみたいに。

「悪かったですね、私が鉄仮面で」

「まだ何も言ってないです」

「心の中を読まれた後私の方を見たということはそういうことなのでしょう？」

そうだけれども。

「コホン。まぁそれはともかくとして、陛下、少しご相談があるのですが」

「なんでも言いたまえ。出来得る限りなら協力しよう」

「寛大《かんだい》なお言葉、ありがとうございます。相談と言うのは2つありましてですね……」

ひとつは人員の増強について。さすがに俺とソフィアさんだけで兵站を回すのは無理。

もうひとつは先日、開発局のＭＡＤから教わった事だ。

あれから開発局がこれまで開発した魔像、ゴーレムの種類をソフィアさんと共同で調べたら実に多種多様だった。

もっとも一般的な汎用石型魔像だけでもIからXI型まであるし、さらに鐵甲型、特殊金属型、強化型、水戦型、簡易型などなどの種類がある。全部合わせると30以上はあるだろう。

そしてそれぞれの型に見合った魔石も開発、生産、使用され、そしてそれを供給される兵站システムが構築……されてるわけでもない。

どうもドンブリ勘定で前線に魔石が供給されているようなのだ。

「こんなにも多種多様な魔像があれば、兵站はもとより前線でも混乱を招くと思います。早急に手を付けるべきかと」

「そうは言うが、しかし前線の環境や想定戦場に適する魔像はどうしても欲しい。そして我々は大陸に広く戦場を持っているが故に、戦場もまた多種多様なのだ」

「しかしこれでは補給線を圧迫しすぎます。各部隊の使用魔像を把握し、魔石の種類を分別し、そして輸送隊にそれを徹底して前線にまで運ぶまでに手間が多く割かれるのです」

「では今までと同じように、各隊にそれぞれの魔石を運べばいいのではないか？　そして現場でそれを判断すればいい。魔石自体はふんだんにあるのだ」

どうにも魔石などの資源が豊富にある大陸だからこそ、魔王軍は兵站という仕組みが発達しなかったようだ。

ドンブリ勘定の魔石補給と現地調達による食糧確保でなんとかなった、と。

でも、人類軍が近代軍を率いて戦車やら航空機やらを繰り出してきていると言うのなら、そのような有用なリソースは出来るだけ確保しておくべき。

魔石をドブに捨てるのはもったいない、と思う。

「これから先、人類軍との戦いは益々激しくなるでしょう。その時、我々が貧弱な兵站システムを抱えたままでは負けてしまうかもしれませんよ」

「私は負けないぞ」

そりゃ陛下は何度も前線を支えてきただろうから言えるかもしれないけれども。

「ですが、人類の科学力も日進月歩《にっしんげっぽ》。それこそ100年後には、恐ろしい物を作っているかもしれません」

ていうか人類ならやりかねない。

少なくとも、地球人類はやってのけた。

人類が初めて近代的な塹壕《ざんごう》戦を経験したのは西暦1861年に始まったアメリカ南北戦争。そこから地球を核の炎で焼きかけるまで100年程しかない。人類の歴史から見れば短いし、魔族の寿命から考えるともっと短い。

魔王陛下が核の炎を浴びても無事でいられるだろうか？

気になるところではあるが、だからと言って試したくはない。

「いつか魔王陛下の魔術に類する兵器を開発し、魔王陛下を倒すことが可能になるかもしれませんよ。もしそうなれば、魔王軍に未来はありませんね」

「戦いで死ねるとあれば、本望だ」

「陛下はそれでいいかも知れませんけれど、残される身にもなってください。私なんて確実に『人類を裏切った人間』として処刑されますよ」

たぶん火あぶりより酷い処刑が待ってるだろう。さすがにそれは嫌だ。

「……まぁ、君の言う通りかもしれんな。私はともかく、残された者の未来を考える義務が私にはあるか。わかった。魔像の件、検討しよう。然る後に前線部隊や開発局との会合を開いて具体的な話を詰めようじゃないか」

「感謝に堪《た》えません、陛下」

まずは第一歩、というところだろうか？

◆

第一回、チキチキ、兵站改善会議！

「んだと人間風情が！　貴様に戦争の何がわかる！」

「魔術を使えない人間が魔像を語るなど笑止！」

「もしや貴様、魔王軍の戦力低下を狙った人類軍のスパイだな！」

ポロリもあるよ！

たぶん首とかのね!!

さて、ヘル・アーチェ魔王陛下に魔王軍の抱える兵站上の問題を色々話した結果、それを改善するための会議が開かれることになった。

まぁ、兵站業務なんて会議と事務処理が殆どなのだからそれについては問題ない。

ついでに各部局と顔合わせしてコネを作って人員増強の足掛かりになればいいなと言う面もある。

陛下の人望もあって会議自体は無事開催された。兵站局からは俺と、そしてソフィアさんが出席する――ってまぁ、今この2人しかいないけど。

魔王陛下の人望と威光によって実現したこの兵站改善会議。陛下の為にも実績を残したかったのだが……。

会議中にまでそれらが続くとは言っていない。

理由はまぁ、ご覧のとおりである。

「そもそも、我らの悠久《ゆうきゅう》の敵である人間が、我らの偉大なる陛下に取り入って、陛下に甘え、陛下の下で兵站局などと言うわけのわからない部署を作りその長となったこと自体がおかしいのだ」

と、人事局長の魔族。

「挙句《あげく》の果てに、我が軍の主力となり得る魔像の開発に口を出し、魔像の種類を削減し、さらには重要な物資である魔石の管理まで主張してきた。これは、重大なる統帥権干犯《とうすいけんかんぱん》である！」

と、魔都防衛司令官のエルフ。

「彼の主張する『文書主義』のおかげで、既に一部の部隊では戦闘行動に支障が出ていることを、ここに明言しておこう。これでは我が軍は戦えない。この地位になってから18年経つが、こんなことは初めてだ」

と、憲兵《けんぺい》隊の吸血鬼。

「これが正しいとすれば、彼の存在、その行動は恥知らずにも程があります。彼の主張するところは即ち敵を利する行為。陛下は優しいが故、彼の者の言葉に耳を傾けておりますが、彼のすること成すことは全て我々になんら益をもたらしません」

と、魔王附軍事顧問のダークエルフ。

「まず彼が本当に我々の味方であるのかが疑わしい。最初に問われるべきなのは、彼の人となりであり人間関係であり、そして本当に魔王陛下に忠誠を誓っているかどうかでしょう」

そして最後に、情報局の竜人族《りゅうじん》。

こんな感じだ。

え？　開発局？　あのＭＡＤが所属する開発局がこんな会議に出席すると思った？

長々と話しているが一行でまとめると、

『俺は人間の言うことなんて聞けるか！　俺は今まで通りのやり方を通すぞ！』

である。

まぁ、俺のことを信用できない気持ちはわからなくもない。彼らは長年人間を敵として認識して戦ってきたのだから。

というか俺のことを最初から信用できている魔王陛下が色々とおかしい。

最強だから多少の裏切り程度では傷つかないという事情もあるし、裏切ったところで瞬殺できるからというのもあるだろう。

要は魔王陛下チートである。どうせなら魔王に生まれ変わりたかった。

俺が召喚されてからそれなりに長く一緒に仕事をしているソフィアでさえ、俺に対する警戒心は強いのだ。

でもその辺の事情は会議を開く前からわかっていた事でもある。

それをどうにかして拭い去る、あるいは感情無視して理論だけ突き通すかをしなければならない。

ちなみに今回、魔王陛下は会議に出席していない。

いや本人は、

「会議を開くとなるなら私も出よう。君とっても、私がいた方がやりやすいはずだ」

と言っていたのだけど、こちらから遠慮しといた。

確かにヘル・アーチェ陛下がいればその威圧だけで幹部連中は黙りこくるだろう。でも、それだと組織の全体が見えにくくなる。

批判されることは覚悟で、陛下には「自由活発な意見交換会という側面もあるから陛下は出席を遠慮していただきたい」という感じの台詞を出来る限り遠回し且つ敬語で言った。

いやだって怖いじゃん。陛下だもの。

でも陛下呼んで来るべきだったかな、と少し後悔もしてる。

「文書主義だなんだと喚いているが、既に人事異動に関する命令や作戦命令書等は既に文書で行われているのだ。これ以上の文書主義化は却って我が軍全体の機動力を脅かすのではないか？」

「それにその文書が正しいものである保障はない。信憑《しんぴょう》性というのを論じるのであれば口頭でもさして変わらないだろう」

「すぐに文書を作成するのも無理な事だ。識字率の問題もあるし、急激な変革は組織を機能不全に陥《おちい》らせるだけだぞ」

という、傍から聞けば至極真っ当な意見が出てくるのはまだマシな方である。

「やはり人間は信用ならんな。デカいのは態度と口だけか」

「魔術も使えないような連中だ。タカが知れているよ」

「どうせ裏切るのだ。言うことを聞く必要はない」

という、隠す気にもならない陰口を堂々と言う始末《しまつ》である。

亜人でも魔術使えない奴いるだろうという些細《ささい》なツッコミはこの際無視する。

しかしこれでは会議じゃなくて動物園だ。魔族って会議しないの？

確かに無駄な会議は省くべきだけど罵倒《ばとう》大会で終わらすのはもっとダメだよ？

とりあえず会議の主役として発言を……。

「……発言してもいいですよね？」

「バカめ！　人間に発言権があるか！」

とってもうざいです。

どうしたものかと逡巡していた時、俺の隣に座るソフィアさんがいつもの表情、いつもの口調で会議が始まってから初めて口を開いた。

「私たち兵站局は、陛下からの勅命《ちょくめい》によって創設された部局であり、この会議は陛下より直々に出席を言い渡されました。その点に対しなにか異議があるのであれば、後日改めてヘル・アーチェ陛下に言上《ごんじょう》されるが良いかと思います」

……なんだと？

「……ソフィアさん。いいんですか、そんなこと言って」

「いいですよ。話が進まないのは嫌ですし、彼らの言葉は聞いていて気持ちのいいものではありませんから」

「いやそっちではなく」

「？」

いや、なんだかんだ言って俺が人間であるという理由で普段から警戒心を解いていない彼女が、俺を庇うかのような言葉を放つのが意外だったのだ。

「……陛下の威《い》を借《か》るつもりか、それとも人間如きに媚《こ》びを売るつもりか！」

当然の如く、俺に対する悪感情はソフィアさんにも向けられる。

こうなることは彼女もわかっていただろうに。なんであんなことを？

しかし俺の心を読むことに定評のある彼女が、俺の疑問に答えることはなく、いつもの調子でただ淡々と言葉を紡いだ。

「では何か異議があるのであれば、会議開催を決断なされた陛下に仰ることが良い事だと思いますが、どうでしょうか？」

「……」

「異議がないようなので、我々が発言させてもらいますね」

ソフィアさんすごい、かっこいい。抱いて。

「アキラ様、はやくしてください」

「あ、はい。すいません」

そして怖い。

今回の会議で話すことは、第一に兵站局の人員増強について。

事務処理が出来る者と言うのは意外と少なく、識字率の問題もあってなかなか集まらない。他の部局から余っている人員を異動させるのが手っ取り早いのである。

が、

「こちらも人手が足りているわけではないのだ、このバカめ」

「人間の下につかせるために貴重な人員を出すとでも？」

とのことである。やっぱりね……。

これもまた陛下に頼まなければならないだろうか。

でも陛下に頼りっぱなしというのは他の部局との軋轢《あつれき》が広がるばかりだ。彼らとは一蓮托生《いちれんたくしょう》、少しでも仲良くしなければならない。

「無論、あなた方の事情も分かっていますし、そちらにも仕事はあるでしょう。しかし兵站局としても、これから増えるだろう事務の処理が――」

「人員を増やす前に仕事を減らせばいいのではないかな？　例えば書類の決裁を省略するとかな」

それじゃ意味ないだろボケ。

「ではこちらの仕事を減らす努力を他の部局にもしてもらいたいものです。人員の異動についてもそうですが、魔石を始めとする魔像関係の兵站上の負担を少しでも減らす努力を」

「魔像だと？」

「はい」

現状の魔像についても兵站局から兵站上の問題を指摘する。

あまりにも多種多様な魔像、魔石。それだけじゃない。多種多様な装備と消耗品《しょうもう》が、魔王軍の兵站上の負担を増やしているのだ。

「効率を無視した軍隊など、いつか自滅します。このような問題を解決するための努力を、各部局にお願いしたいのですが」

当然のことを言っているつもりだが、やはりというかなんというか、無駄である。

「何を言っている。魔像は貴重な戦力だ。それを削減するなど――」

「やはりお前は魔王陛下に仇《あだ》なすスパイなのだな！　こちらの戦力を削ろうと！」

と、こうなるわけで。

俺に対する人格否定など、もうスルー安定だから問題ないけれど、こちらの理屈が通らないのは結構辛いところである。

その後も兵站局から提案や妥協を提示したのだが、悉《ことごと》くそれらは一蹴《いっしゅう》されてしまう。事前に分かっていたことだが、それが魔王軍の現状だった。

「――では、今日の会議はこれまでとします」

やれやれ。どうも長い話になりそうだ。

胃薬ってこの世界にもあるかなぁ……？

◆

兵站において最も重要な仕事が「補給」と言ったら、否定出来る奴はそういないと思う。

補給が切れた戦闘部隊の末路なんて歴史や戦争シミュレーションゲームを見れば明らかである。

ではその補給物資をどうやって前線に運ぶのか、つまり輸送の方法についても検討をしなければならないわけである。

「魔王軍の物資輸送方法って何があるんです？　やっぱり馬匹《ばひつ》？」

中世とは言わないまでも魔術万歳のファンタジー世界。

人類軍は空を飛んでいるからきっと鉄道もあるだろう。だけど魔族側はそうでないと思うんだ。だからファンタジーではお馴染み、地球でも世界大戦では普通に使っていた馬車が物資輸送の要《かなめ》だと考えていた。

「それもありますが、収納魔術もありますよ」

「収納魔術。そういうのもあるのか！」

最強魔術来た。これで勝つる。

ゲームの世界ではよくある、アイテムボックスの中にやたら武器・防具・消耗品を詰めあわせ出来る魔術、それが収納魔術。

小説でもそれで輸送チートしたりするし、場合によってはそれで輸送問題は一気に解決。

ドラゴンだかワイバーンだか、空飛ぶ魔獣に収納魔術使いを載せてやれば立派な戦術・戦略輸送機の完成だ。

「どれくらい収納できるんですか？」

「そうですね。使い手によりますが、エルフの大魔術師になると約26万リブラになりますね」

「……あぁ、リブラ、リブラね……リブラってなんだ」

「重さの単位ですが？」

そういや世界が違うなら度量衡《どりょうこう》単位も違うはずだわ。

リブラというのは、ソフィアさんが言った通り重さの単位である。長さの単位はヤルドとかマイラとかインケ。

リブラは麦の重さを基準にし、ヤルドはヘル・アーチェ陛下の身体を基準にしている。

そして物の重さや長さを正確に計測する「識別魔術」という超便利なもので計測するらしい。概算であれば魔術の素養があまりない者でもわかり、魔王陛下クラスになると小数点以下の数字まで正確に測れるそうな。

また識別魔術というのは物や現象の名前を調べる「辞書」のような機能もある。ただし魔族にとって既知の物・現象であることが条件だ。

閑話休題《かんわきゅうだい》。

ソフィアさんの魔術素養はそこそこなので、俺に対してその識別魔術というのをしてもらった。そこからメートル法に換算するとしよう。

まぁ身長はともかく体重はだいたいになるけど。

「アキラ様は……身長約1・8ヤルド、体重は約130リブラですね」

「……うん、わかった。だいたいわかった」

ヤード・ポンド法だこれ。いろんな意味で面倒臭い。

旅客機に乗せる燃料の計算間違えてグライダー飛行しそうな度量衡である。

ま、まぁ未来のメートル法との混用は置いといて話を戻そう。

エルフの大魔術師が使う収容魔術の容量が26万リブラ。

換算すると約120トン。そこから部隊が1日に必要な物資の量を計算しよう。種族によって数値が違うから、わかりやすく全て人間として考える。

人間俺しかいないけど。

兵士1人が1日に消費する水は、飲料水・生活用水合わせて約200リットル。

水を精製する魔術があるにはあるが、それを活用するには部隊に魔術を使える奴がいて戦闘で一切魔力を使わないことが前提になる。天然の水も場所によっては潤沢《じゅんたく》にあるわけでもない。

生活用水を切り捨て、最低限飲料水だけを確保するとしても、人間は1日に3リットルの水を必要としている。半分を食料なんかで摂取するとしても、前線の魔術使いにとってはそれだけでかなりの負担になるだろう。魔術師がいない部隊のことは考えたくもない。

そして当然、兵士がゾンビでないのなら食事が必要だ。

1日に必要な食糧は約2キロ程度。そこに飲料水を合わせるとだいたい3から4キロ。さらに士気を上げるために甘味《かんみ》や煙草《たばこ》、酒、珈琲《こーひー》などの嗜好品《しこうひん》も必要になるのは当然。

さらに軍人である以上、戦うための装備や消耗品が必要だ。

魔石や魔像は勿論、衣料品、馬や飛竜なんかの使役動物の為のエサ、弓矢や剣を使うのならそれも必要だし、それらを整備するための道具も必要だ。行軍すれば軍靴《ぐんか》はすり減りそれの替えも当然必要。

そしてさらに当然の話として、それらは梱包《こんぽう》された状態にある。まさかエルフの大魔術師が前線の部隊に生肉や剣をポンと直に渡すわけにもいかないだろう。渡されても困る。

ビニール製品や発泡スチロールなんかがあるはずもなく、缶詰もおそらくない。あるのは木箱と瓶詰なわけで、嵩張《かさば》るし重さもある。紙や葉で包んだとしても限度はある。

そう言ったあらゆる事情を加味して必要量を計算すると……概算で10キロ。

あくまで人間計算だからもっと必要かもしれないし、少ないかもしれない。

そして残念ながら、これは「1人当たり」「1日当たり」に必要な量なのだ。

「ソフィアさん、前線部隊の兵員数ってわかります？」

「部隊によるかと」

「平均で良いですよ」

「……そうですね。例えば、アルキア高原に展開している魔王軍は3個師団だったかと。1個師団は約1万から1万2千です」

「とすると少なくとも3万か……」

3万人が1日で必要とする物資総量は450トン。

エルフの大魔術師が収納魔術を使って運べるのが120トン。

ということは4人いれば余裕で運べると言うわけだね！

んなわけあるか！

「ソフィアさん、エルフの大魔術師ってどれくらいいるんですか」

「数人ですね。片手の指の数を超えることはないかと」

「……種族によって指の数が30本だったりしません？」

「だいたい5本かと」

ですよね。

そんなエルフの大魔術師がたくさんいたら困るよ！　そもそもエルフって大抵のファンタジーだと数が少ないじゃないか。絶対数がいないよこれ。

ソフィアさん曰く、収納魔術の常時展開に関しては特に制限がないとのことなので、この大魔術師を輸送隊に配属すればかなり楽になるだろう。

が、楽になるだけで根本的な解決にはならない。

それにエルフの大魔術師ってなにも収納魔術を使うだけの存在じゃない。俺の想像をはるかに超える大規模魔術をも扱えるに決まっている。収納魔術もそのひとつにすぎない。

そんなエルフを輸送任務に使う？

いくら輸送船が足りないからと言って戦艦大和を輸送船代わりにする奴はいないだろう。戦艦伊勢《いせ》を輸送船代わりにした国ならあるが、それはもう末期もいいところである。

「輸送に関しては従来通りの方法でやりつつ、開発局に革新的な輸送技術の確立を要請するしかないようですねぇ……」

「そうするのが良いかと。……ところでアキラ様、ひとついいですか？」

「なんです？」

「そもそもなんで、輸送の話をしているんでしょうか？　我々はつい昨日まで魔像開発の縮小化を議論していたはずですが」

「あぁ、それはまだ忘れてないよ。というか、そのために輸送改善の話をしているんだ」

「はい？」

「つまりね、輸送隊に恩を売ろうかと思って」

あの会議、感情論ばかりが前に出てしまって議論が深まらなかった。

それは俺が人間であるというのもそうだが、その裏にはもう一つ事情があるだろう。

つまりそれは「実績のない改革案よりうまく回っている（ように見える）従来の方法」を維持したいという、言葉に出ない本音である。

どこの世界でも、改革というものの前にはいつだってこの考えが立ちはだかる。

そりゃそうだ。苦労して改革して失敗するよりも、多少うまくいってないにしても改革の為の苦労をしなくてすむ従来の方法の方が数十倍楽だから。

そう言う人間（人間じゃないけど）を前にした場合、何をすればいいか。

簡単だ。実績を作ればいい。

とは言っても兵站は一朝一夕で何とかなる話ではない。３６５朝３６５夕あっても効果が表れると言うわけではないのだ。

「だから一晩で、とは言わないまでも1ヶ月程度で効果が表れるようなことで実績を示して、味方を増やしつつ説得材料にしようかなと思いましてね」

「それで輸送の改善ですか」

まぁ字も読めず魔術の使えないゴブリンとオークが大量就職している輸送隊なんて旧軍の輜重兵《しちょうへい》並によく思われてないだろうが……。

「何か手っ取り早く成果を挙げられる手段はないものかな……」

って、いかんいかん。兵站は地道にやる仕事だ。派手な戦果なんてものはない。

「まぁ、やれることをやりましょう。アイディアはその内湧きます。手始めに、この前言った魔王城内の兵站倉庫から調べましょうか」

魔王城内には三つの兵站倉庫がある。

一つ目は、わかりやすく輸送隊が占有している倉庫。通称「輸送隊倉庫」。

二つ目は、何かと独自で動くことの多い魔王親衛隊の倉庫。通称「親衛隊倉庫」。

三つ目は、親衛隊とは違った意味で独自に動くことの多い情報局の倉庫。通称「情報局倉庫」。

「面倒ですねこれ」

「憲兵隊も自分の倉庫を作りたいと請願《せいがん》しているようですね。流石に場所が確保できていないようですが」

「これ以上作らないよう陛下に提言しましょう。管理が面倒過ぎる」

◆

今日はソフィアさんと共に魔王城内の倉庫の物資管理体制を確認する。

1番大きい倉庫である輸送隊倉庫から確認。

ついでに輸送隊の幹部とも顔合わせしよう。先日の魔像削減会議じゃ輸送隊は参加しなかったし。

輸送隊倉庫が1番大きいのは、ここにある物資が魔都近郊の魔王軍へ配られる物資の保管庫だからである。

ただし、魔都防衛隊は独自に倉庫を持っているので除外される……って、やっぱり面倒なことに。

「魔王軍輸送総隊総司令官のウルコだ。よろしく頼むよ、噂の人間くん」

「お初にお目にかかります、ウルコ司令官。私は魔王軍兵站局長の秋津アキラです。本日はよろしくお願いします」

ウルコ司令官は、司令官と言うだけあって他のオークやゴブリンと違う顔立ちと雰囲気をしていた。

彼の執務机の上には書物と幾許《いくばく》かの書類があることから、彼は字が読めると思われる。まぁそうでなければ総司令官にはなれないだろうけど。

……しかし肌が緑色という点と牙が異様に長いという点を除けば、ただの厳つい人間にしか見えない。それと、人間である俺に対する接し方が他の亜人とは違う。

「………」

それになぜか、目をパチクリさせて不思議そうにこちらを見ている。

「私の顔に何か？」

「……あぁいや。その、なんだ。驚いていたのだよ」

「何をです？」

「オークである私に対して普通に接している奴を魔王陛下以外で久々に見たからだ」

え、他の亜人ってオークだからって差別的な目で見て……そうだなぁ。

あの会議の事を思うと普通にそう思ってそうだわ。この「ガミロンの緑虫野郎！」って感じで。

「つまらない話をした。確か、倉庫の確認だったな。自由に見ていくといいだろう。副官を1人つけよう」

なるほど、魔王軍だからと言って全員が悪い奴ではないようだ。

◆

輸送隊倉庫の中は……かなりゴチャゴチャしていた。

どうも、管理が行き届いていないようである。

「北の港から荷揚《にあ》げされてここまで運んできたものを、そのまま積んでいると言うのが現状のようですね」

ソフィアさんが、作業中のゴブリンたちの姿を見ながらそう答えてくれた。

彼らは木箱の中身を把握しないまま開いている場所に木箱を置き、そして実際に前線に運び出す時は一々木箱の中身を確認して必要なものなのかを見てから運んでいるのだ。

故に、食糧と魔石とその他消耗品がゴチャゴチャに纏《まと》め置かれ、そして新しいものを手前に置いて手前にある物から運び出されるという状況に陥っている。

極めつけに魔石は識別が難しい。

たぶんそう言う風に至ったのは識字率の問題もあるだろう。

箱に何が入っているのかを紙やら箱やらに書いても、作業をするゴブリン達にはそれが読めない。故に、こんな適当な置き方しかできない。

「これ、もしかしたら奥には保管期限が切れた骨董品が埋まってるんじゃ」

「まさか……」

ソフィアさんはそんなはずがないとでも言いたげに倉庫を見て、そして鼻で少し倉庫の臭いを確認して……一瞬で考えを改めたらしく、

「そうかもしれませんね」

と、若干顔を引き攣《つ》らせて答えた。

無造作に、かつ堆く積まれた木箱の山を見れば誰だってそう思う。

酒だったら熟成しているかもしれないが小麦だったらカビが生えているかもしれない。

「やはり管理体制の問題か……。こうやって問題起きても前線の活動に影響を及ぼしていないのは魔王軍の物資が潤沢にあるからなのか、それとも強すぎるのか、はたまた弱すぎるのか……」

なんか全部な気がしてきた。

副官に聞いてみた所、倉庫の管理責任者は決まっていないようである。

一応、名目上の管理責任者は輸送総隊ウルコ総司令官がなっているのだが、まさか総司令官自ら倉庫の管理をするほど暇じゃないだろう。

「輸送隊倉庫で早急に解決すべきは管理体制の改善ですね。死蔵は極力排除しないと」

「しかしゴブリンやオークたちにどうやってそれを……」

「うーん、やっぱりそれは兵たちの教育に施すして全体の質を上げることを長期目標にするとして……問題は応急処置か」

文字が読めない人に対する対策……確か地球でもなんかあったな。ゲームのＵＩから大型旅客機や戦闘機のコックピットまで、文字以外の効果で情報を伝える手段。

つまり視覚だ。文字が読めないのなら目で判断すればいい。

「ソフィアさん、顔料とか絵具とかって安価に手に入ります」

「青色とかでなければ容易に手に入りますよ？」

「こっちの世界でも青色は貴重なんですね。じゃあ赤・黄・緑・黒・白で色分けしますかね」

木箱の中身によって色を分けて塗る、あるいはバッテンでもマルでもいいから模様を描く。単純な方法だが効果的だろう。そしてそれぞれの色が何を表しているのかは、倉庫の壁だか扉だかにイラストで表示すればいい。

あとは保管期限とかそういうのがわかるようにしたいが、文字や数字がわからないだろうから対策は「新しいものは奥におけ」と口を酸っぱくして言うしかない。

今奥にある骨董品は……まぁその、なんだ。

物好きな奴にやらせよう。

「長期的な対策としては兵の教育。そしてやっぱり倉庫の管理を専門とする部局の設置ですね。そのあたりの概案をウルコ総司令官と詰めて……」

「その人員はどうするんですか」

「………今は取り敢えず素案を作成して、そこから必要人員を割り出しましょう。そしてまぁ、その頃には他の部局と折り合いがついていればいいかなぁ……」

「行き当たりばったりですね」

「高度の柔軟性を維持しつつ臨機応変《りんきおうへん》に対処しているんですよ」

◆

「そういうわけでレオナ。魔石減らせ」

「えー……」

「『えー』じゃなくて。あと魔像も減らせ」

「やだー」

「子供か！」

開発局の事実上のトップ、レオナさんと2人きりで話し合いである。

「昨日輸送隊倉庫の様子見てきたけど、輸送隊の人たち魔石の区別ついてなかったぞ！」

「え、うそ。あんなのも見分けつかないの？」

「だいたいの奴らは見分けつかないの！」

使用頻度が高いだろう紅魔石と純粋紅魔石の見分けもつかずに運び出そうとしていた。

これはもう現場は大混乱だろう。爆発的な意味で。

「もし改善が見られないようなら、強硬手段《きょうこうしゅだん》に出ます」

「……何？　陛下に直訴するの？　そうなったら私も陛下に」

「陛下に直訴するのは当たりだけど内容は別件だよ」

「それはいったい……？」

「うん。開発局を開発部に格下げして兵站局の下に入れる」

「待って待って待って。本当に待って！」

俺が強硬手段を明かすと、レオナの目がみるみる変わっていった。

当然だろう。なぜなら――、

「そうなったら、魔王陛下の承認で予算ふんだくってたのにこれからは出来なくなるじゃないの！」

「ふんだくってるっていう自覚あったのか!?」

そういうことである。

開発局の予算権を兵站局に委譲する。

するとどうだろう。予算がないから開発局は自由に兵器開発が出来なくなるのだ。

いや、でもそれが普通だと思わない？

確かに自由な研究と言うのは科学力、いや魔学力の発展を促すだろうけれど自由すぎるのはダメだろう。

予算だって無限にあるわけじゃないし、現場の要望に応じた兵器を作ってほしい魔王軍としては、予算権を上位の部局に委譲すべきだと思うのだ。

本音を言えば、このMADなレオナに予算をふんだんに与えたらどんなものを作るやら、という切実な思いがある。

たぶんこいつ、放っておいたらガン◯ム作るんじゃないか。

いや現時点で一部の特殊魔像はガ◯ダムの領域に片足突っ込んでる。男としてはそのロマンを実現させてあげたいが今はそんなこと言ってる暇はない。

「今まで適当な事言って予算に関してずぼらな陛下から予算獲得して好き勝手開発してたのに、それがもうできなくなるじゃないの！　それだけはダメ！」

「今の話聞いたら余計この事言いたくなるだろ！　お前本当に陛下に忠誠誓ってるのか⁉」

「当たり前よ！　（ロマンを語っただけで予算くれる）魔王陛下を敬わない奴なんていないわ！」

「せめて少しは本音を隠す素振りをしろ！」

あと陛下、ロマンより実用性を優先してください！　いくらなんでも適当すぎます！

しばらく口喧嘩というか口論というか議論を経て、体力が消耗しきったところで日が暮れた。

当然だが、レオナは折れなかった。

「まったくもう、なんでアキラちゃんはそんなに私に突っかかるかなあ」

「まずアキラちゃんって言うのやめて」

せめて呼び捨てにして。

「これが陛下から与えられた仕事だから」

「……でもアキラちゃん純人間でしょ？　陛下に忠誠尽くす義理はないんじゃないの？」

「いやいや、仕事しないと殺されるから」

30年かけて描いた魔術陣で召喚されたのだ。せめてそれくらいはしないと命がない。

「陛下にとっては30年も1日も変わらないと思うけど」

「そうか？　俺にとっては長いが」

「そりゃそうよ。人間なんて頑張っても100年生きないじゃないの。私なんてもう86歳よ？」

「なん……だと……？」

そういや獣人はもともと寿命が長いってソフィアさんが言っていたっけ。

ということはソフィアさんもバ……いやよそう。

「たぶん陛下に本気で泣きつけば、解放してくれると思うわよ。ていうか、去年までここで研究してた同僚が陛下に本気で泣きついたら解放してくれたわよ？」

「それはレオナのせいだろ」

「どうして私のせいなのよ！　私はただ単純に研究がしたいだけなのに！」

ただ単純に研究がしたいという気持ちが強すぎるからでは。

「だから、君も陛下にちゃんと言えばこんな面倒な女の子の相手しなくても済むよ？」

「86歳で女の子っていうのは無理があるのでは」

「ねぇ知ってる？　私の開発した魔術には肝臓を抉り取る魔術があるのよ？」

「申し訳ありませんでした！」

開発局の床を額で感じ取りました。冷たかったです。

「まったく……。で、話戻すけど、こんな面倒な仕事しなくて済むのだから、陛下にちゃんと言えばいいじゃない」

「うーん……」

確かにあのヘル・アーチェ陛下は寛大な方だ。

でなければ、不倶戴天《ふぐたいてん》の敵である人間を部下として迎えようなどとは思わないだろう。

じゃあ今からヘル・アーチェ陛下の下に行って頭を下げるか、と問われると悩むしかない。……いや、悩むことでもないかもしれない。

「やっぱり俺はこの仕事をするよ」

「……なんで？」

「うーん、説明しにくいけど……必要とされている、って言う感じがあるからかな？」

現代日本じゃ、俺はただの社会の歯車だった。よくある替えの効く歯車で、労働法なにそれ美味しいの労組仕事しろという感じの企業の中で必死に生きていた。

何もなしえず、何もできず、必要とされずに俺は運のバーゲンセールをした後死んだ。

そしてここに来たら、今までの人生と打って変わって、曲がりなりにも必要とされていると感じたのだ。

「でも、他の奴らからは『人間だからダメ！』とか言われてるでしょう？」

「おや、知ってるのか」

「そりゃ、魔王城にいればわかるわよ」

「それもそうか。……確かに、そういう輩は多い。でもそんな奴が多くても、あの魔王陛下は俺を必要としてくれてる……と思うし、一緒に仕事をしてくれるソフィアさんもいる。だからその……なんていうか、生き甲斐があるんだよ」

「たとえ変な奴にからまれて面倒な仕事をしていても？」

「自覚あったの？」

「えっ？　私の話じゃないよ？」

「えっ？」

なにそれ怖い。

「……まぁでも、本音を言えばレオナとこうやって会話するのも嫌ではないけれど」

「………………変なの」

変かな？

確かに彼女、レオナはＭＡＤだし変人だし話がかみ合わないと言うか、話が進まなくて面倒だけれど、でも会話は楽しいような気もする。

無論、いつまでも会話している暇はないからさっさと折れて欲しいのだけれど。

「この答えで納得してくれたか？」

「……納得してはいない……けど、まぁ満足かな」

「そりゃよかった」

よかった。

のだろうか。話進んでないような気がするけれど。

も、もしかして良いようにレオナに話を引き延ばされた⁉　こんな話はとっとと切り上げて本題に戻すぞ！

「というわけで、最初にも言ったように俺の生き甲斐のために兵站改善に協力してくれ。ちょっとずつでいいから！」

「んー……しょうがないにゃぁ、いいよ」

「畜生《ちくしょう》！　やっぱりダメ――って、えっ？」

今なんて？

「今なんか初めて猫人族みたいなこと言わなかった？」

「アキラちゃんは猫人族をなんだと思ってるわけ？」

猫人族だからといってにゃんにゃんいつも言ってるわけじゃないらしい。

「それはさておいて、いいよ。協力してあげるって言ったの」

「な、なんで？」

予想外だった。

いい話風に終わって最後に全力で拒否するレオナで落ちがつくと思ったのに！

「……満足いくお話を聞いたお礼、ってとこよ」

ますますよくわからない。

彼女とは会って間もないが、レオナという猫人族の行動は奇怪すぎる。

おっと、そう言えばまだ話は終わっていなかった。感動のあまり帰りそうになったよ。

「代わりと言ってはなんだけど、兵站局からひとつ頼みたい話がある」

「えー、まだあんのー……？」

魔像・魔石削減はハッキリ言って賛同すると思わなかったから、こちらの方が本題だった。今となってはどっちも本題。

でもこっちの方は「開発をやめろ」という要請じゃないぞ。

好きなもの研究できるとも言ってないけどね！

◆

「――というわけで、開発局の賛成を取り付けてきましたよ」

説得と恥ずかしい話をして、２つの本題を無事に開発局に通すことが出来た俺は、早速その戦果をソフィアさんに伝えたところ、

「お疲れ様です」

意外にも無表情に「そうなんですか」と言った感じで乾燥した言葉を返された。

「もうちょっとなんとか言ってくださいよ。苦労したのに」

「ですから、お疲れ様と言ったのです」

「えぇ、まぁ、うん。ありがとう」

もういいや。ソフィアさんが冷たいのはいつものことだし。

「まぁ彼女がどういった理由で賛成してくれたかは重要な問題ではありません。これで、ようやく、私の兵站改革が前進しました」

少し前の文書主義推進化計画は順調とは言えない。

理由は味方が少ないから。でも後方支援を担当している開発局、輸送隊の賛成が得られればある程度進歩があるだろう。

「魔像・魔石の削減もそうですが……その、新たな輸送手段の開発と言うのは実現可能なのでしょうか……？」

と、ソフィアさんは「2つ目の本題」――つまり新型輸送用機械の開発依頼について尋ねた。確かに「あの」レオナのMADぶりを見ると不安になるだろうが……。

「可能だと思いますよ。あのレオナ――さんならね」

確証はないけれど、でもMADならそれくらいやってほしい。

新たな輸送手段の開発こそが、兵站改革の中でも重要なものだから。

「これで短期的な成果を出して、改革を推し進めていきたいですね」

「しかしアキラ様、どうしてそんなに必死にするのですか？　陛下からは100年でも良いと言われたのですから、ゆっくりやっていく方がいいのでは」

「勿論、ゆっくりやっていければそれでいいんですけれど……」

「では、なぜ？」

「簡単ですよ」

魔王軍は、各種族が持つ思念波《テレパシー》や通信魔術によって、まるで暗号無線のように遠距離で通信ができる（無論、魔力量によって通信距離に制限があるらしい。魔術の才が無い者の為に、開発局が通信用魔道具を開発した）。

だがその通信の高速化に伴って輸送の高速化が実現していない。

必要な場所に必要な時に、というのが理想の兵站。

でも馬匹を中心とした輸送では、それはすぐに壁にぶつかる。というかぶつかっている。大雑把な輸送計画と現地調達によって維持されてきた魔王軍もそろそろ限界だ。

そのために必要なのは抜本的な兵站改革、兵站システムの構築。

具体的には兵站専門の部局を設立させてその指導の下に兵站を動かすこと、無駄を極力排除してリソースを確保すること、そして最後に輸送と通信の高速化と正確化を図ること。

それを、出来る限り短期間で行いたい。

魔王陛下は俺に「10年とは言わず100年でも良い」と仰ったが、でも現代の技術力と発達具合を知っている俺からすれば、100年は長すぎる。

短期的な成果を出すために、まずは新たな輸送手段を確立させる。それで味方を増やして、最悪ゴリ押しでもいい。

「そして長期的には、我々が相手する人類軍並に強固で粘り強い軍隊を作りたいですね」

軍隊そのものの強さと、兵站による粘り強さと言うのが、近代戦争には必要だ。

中世欧州風ファンタジー世界のくせに戦争の仕方はもう近代そのものだ。

「かなりの突貫工事になります。だからソフィアさん、こんな俺ですが手伝ってください。ヘル・アーチェ陛下と、そして私たちのために」

人員の確保が難しい以上、今は2人で頑張らなければならない。

頭を下げて、ソフィアさんにお願いした。

でもソフィアさんから返ってきたのは、賛同でもなく反対でもなかった。

「……ひとつ、良いですか？」

それは疑義《ぎぎ》だった。

「アキラ様がそのような努力をして、もしその努力が実ったとしたら、あなたは同族である人類を間接的ながら殺した重罪人ということになります。そのことに関して、罪悪感はないのですか？」

「……難しい質問ですね」

罪悪感や葛藤《かっとう》の念が全くないのか、と問われれば、それはＮＯである。

自分の為したことによって、魔王軍の前線兵士は活気づき、喜々として人類軍兵士を蹂躙《じゅうりん》すること
になるかもしれない。その様が、事務作業中に脳内によぎらないと言えば嘘になる。

俺は、組織的大量殺人の片棒を担いでいる。そういう罪悪感は、確かにあるだろう。軍人だから仕
方ないとか、免責されるから大丈夫だとか、そういう感情も一切ない。

そう答えたら、益々ソフィアさんの疑念は深まったようだ。

「……それでも、私達に協力して——人類と戦うのですか？　人間である、アキラ様が」

「そうですね……」

「いったいなぜ？」

答えを求めている目だった。いったいなんの答えを求めているのだろうか。ソフィアさんからの視
線は、明らかに別の意味が込められていたように思える。

けれど——、

「私は、ソフィアさんの質問に対する明確な答えは持っていないと思います」

「なっ……」

ソフィアさんは固まる。何かに期待していたのか、縋《すが》りついていたのか。それが裏切られたからな
のか、目を見開き、口を開閉させていた。

そんな彼女に、俺は逆に質問してみた。明確な答えはないけれど、たぶん、これが答えだと思う。

「……こう考えたことはありませんか、ソフィアさん」

「はい？」

「もしソフィアさんが人類軍の一員として戦っていたら、あなたは魔王陛下に、あるいはソフィアさんの良く知る魔族・亜人・獣人たちに仇なして銃口を向けることに、罪悪感を抱きますか？」

「そ、それは……」

ソフィアさんは黙り込む。たぶん、ソフィアさんの答えはＹＥＳだろう。

彼女は陛下の良き臣下であり、誰かの良き友である。そして彼女もまた、陛下を良き主君と思い、誰かを良き友と思っている。だからこそ、彼らの良い点、悪い点、そして彼らの人生を思い浮かべることができる。

「…………」

ソフィアさんは、答えなかった。答えが見つからないのか、答えることができないのかはわからないけれど、彼女が俺の思う通りの女性であるのなら、思うところは同じ。

「つまりは、そういう事なんだと思います」

「…………」

「これで答えになりましたか？　どうにも哲学的な話でして、自分でも答えがハッキリと言葉に出せないというのが本当のところですが……なんて纏めればいいか……」

どうにも上手く纏められない。自分の語彙《ごい》力のなさもあるけれど、自分自身が完全に理解できていると言い難いのもある。その後足した言葉も、彼女に伝わったどうか怪しかった。

「……はい。わかりました、アキラ様。補佐として、秘書として、貴方様に全力で協力いたします」

「ありがとうございます、ソフィアさん」

こうして少しずつ、兵站局はその仕組みを構築していった。

で、心情を話せばすぐに結果が伴うのなら苦労はしないんだけれどね。

◆

「……成果が出ていないわけではないんですが」

と、ソフィアさん。

曰く、例の輸送隊倉庫の整理はだいぶ改善されたと言うことだ。

木箱に色を塗るだけの単純な対策だったけれど、効果があったようで何より。

「兵の教育に関する制度の創設も、草案は出来ています。あとは関係各所との会議でそれを通すだけなのですが……」

「問題はそこですよねぇ」

会議でこちらの改革案を出すことの難しさは何度も説明した通り。

交渉材料となる「成果」もまだ十分ではないし、味方と言えば輸送隊だけ。

「一応、魔像・魔石開発の一部見直しを開発局が同意してくれましたので、次の会議では開発局も参加させるべきかと思います」

「でもレオナさんって会議に出るような人間じゃないですよね？」

「…………まぁ、そうですが」

狂信的魔術研究者《マッドマギスト》もとい開発局主任魔術研究技師官であるレオナは、良くも悪くも研究一筋の猫人族である。

そしてどこの世界でも、研究屋というものは研究分野以外の会議に出席することを好む生き物ではない。

「開発局のトップって誰です？」

「待ってください。人事局から貰った資料によると――開発局長は7年前に死去した後空位《くうい》になっていますね」

なんだか嫌な予感がしてきたぞ……？

「じ、次席は？」

「……開発局主任魔術研究技師官、つまりカルツェット技師のことです」

「次席が技師って…………事務方のトップの方は？」

「…………………」

答えの代わりに長い沈黙。

そう言えば、そもそもの話開発局には3人しかいなかった。そして開発局長もいなかった。

そして3人共技師官で事務方の者がいない。

つまり歯止め役がいない中でMADなレオナは研究していたわけで……。

「畜生め！　いくらなんでも自由すぎんだろ！」

気付けば俺は叫びながら執務机に何度も頭を打ちつけていた。

痛い、でも魔王軍はそれ以上に痛い実情だった。

「アキラ様！　気持ちはわかりますが落ち着いてください！」

「落ち着いていられますかこれが！　畜生！」

ええい、こうなったら魔王陛下だろうがなんだろうが言ってやる！

自重しろ！

陛下自重しろ！

あなたがかっこいい魔像を与えられたらホイホイ開発承認して予算と物資与えるから、ＭＡＤが調子ぶっこいて自重しなくなるじゃん！

「ソフィアさん！　こうなったら手段は選んでられませんよ！　再来週の改革会議までに『攻撃』材料を揃えておいてください！」

「は、はい。……って、攻撃材料？」

「そうですとも！」

堪忍袋《かんにんぶくろ》の緒《お》が切れた！

こんな魔王軍と一緒にいられるか！　俺は魔王軍を無理矢理にでも変えるぞ！

◆

第二回兵站改善会議。

もしくは、第一回魔王軍改革会議。

「では定刻となりましたので、会議を始めたいと思います」

魔王ヘル・アーチェ陛下主催、議事進行役は俺、というところは変わらず。

参加者も概《おおむ》ね変わらない。

しかし変わったのは、開発局から主任魔術研究技師官レオナ、そして主催である魔王陛下が直々にこの会議に出席したことである。

ハッキリ言ってかなり威圧感がある。

「……陛下の威を借るとは、とんだ俗物ですな」

会議の主題に入る前、誰かがボソッと言った。

先日のように陛下の前で堂々と悪口を言うのは流石に躊躇《ためら》われたらしい。

でも俺にとって重要なのはそこではない。

「会議の主題に入る前に、皆様の誤解を解きたいと思います」

「なんだ？　弁明でもするつもりかね？」

と、憲兵隊の吸血鬼が発言。憲兵隊らしく、尋問するかのような態度だ。

「弁明をする合理的な理由はございません。ただ単純な事実を申し上げるだけです」

「ほう？」

前回会議ならここで暴言が出る所だが、魔王陛下パワーでそれは出ない。

しかし俺はあえてその壁をぶっ壊す。

「単純な事実、それは皆様方が忠誠を誓う魔王ヘル・アーチェは、魔王としての器に乏しく、その座に相応しくない地位と職権を得ているということです。故に私は、分不相応にして至尊《しそん》の地位に坐《ざ》しているヘル・アーチェなる者の威を借るつもりは皆無であることを明確に宣言いたします」

瞬間、会議場内はざわめいた。

ざわめきは増し、飛び出す言葉は怒号や罵声となって俺に突き刺さる。

「――貴様、正気か！」

「これは十分に不敬な発言である！　憲兵隊、こいつを捕まえろ！」

「陛下を侮辱するか、人間風情が！」

「神聖にして不可侵なる陛下をそのように言うとは……！」

さすがに公然と魔王陛下を非難すればこうなる。

まぁ、そんなことは織り込み済みだが。

ちらりと上座の方を見れば、いつものように器の広い顔を見せることなく真剣に俺を見つめている魔王が鎮座していた。

「諸君、少し黙りたまえ」

魔王の声は、いつもの魔王の声ではなかった。

魔王の眼差しは、いつもの魔王の目ではなかった。

というより、これが本当の魔王なのだと理解した。

だって陛下の脇に立っている親衛隊が陛下の様子を見てビクビクしているんだもの。

「久しぶりだよ、アキラ。私の事を公然と非難したのは……数百年ぶりだよ」

「なるほど。どうやら勇者は魔王軍にはいなかったようですね」

そりゃそうだ。勇者は魔王を倒すためにいるのだから。

「アキラ、理由を聞かせてくれ。それ如何《いかん》によっては、不敬罪に値するか侮辱罪に値するか、それとも何か別のものになるかわからないからな」

「わかりました。では説明しましょう」

魔王は、その肩書に相応しく冷たい声と目で場内を見渡して、暗に「アキラの発言の邪魔をする

いている。そして同時に、躊躇《ちゅうちょ》なく俺を殺す準備をしている。

「ヘル・アーチェ陛下——えぇ、魔王の器ではないですが現状としてヘル・アーチェは魔王の座についているので一応尊称を付けますが——陛下は確かにお強い。私は人間であるが故に、魔術を扱えませんし、それを間近で見たわけでもありません。それでも、多くの者の信用に足る報告を聞く限り、陛下の強さは史上屈指であります。それが、ヘル・アーチェという一個人の存在が魔王と言う地位を得たのは……まぁ、一万歩譲って理解できましょう。ですがその強さ以外の部分に関しては、残念ながら私は陛下を『陛下』と呼ぶことを躊躇わせます」

「……続けろ」

「はい。陛下は強い。ですがそれ以外の部分では人の上に立つ者ではございません。陛下には人徳がある。確かにそうでしょう。人徳はあります。ただし、人徳とは対を成す『冷酷』さが、陛下には欠如されているように思います」

人徳があるのはいいことだ。上司としては尊敬できる。

人徳があれば、最高権力者あるいは最高権威者が多少無能でも見過ごすことができる。

しかし魔王軍における魔王とは、最高権力者である一方で、最高権威者でもあり最高意思決定者でもあり、そして最高司法権者でもある。

ひとつの人格にそれが密集していることの是非はともかくとして、それを遂行する者には魔王陛下自身の実力や人徳だけでは到底足りない。

その代表が、冷酷さである。

権力者は、時に臣下や臣民に対し冷酷に、冷淡に接しなければならない。

陛下は確かに良い方だ。それは俺も認める所ではある。上司としては。

つまりそれは、彼女は権力者ではなく、ただの上司だということ。

無論、最高権力者兼最高権威者兼最高意思決定者兼最高司法権者なんていう長たらしい肩書を持つ人間がそれぞれの職責《しょくせき》に必要な技能や能力を持てというのは、流石に無理な話だ。

たとえ魔王であろうと。

だから魔王の傍に側近を置いて、その役目を分担する者を置かなければならない。

例えば最高権威者・権力者として魔王が君臨し、最高意思決定者として宰相《さいしょう》を置き、最高司法権者として司法長官を置くとかね。

しかし陛下は、それらの対策を何もしていない。

「陛下は、ご自分で前線に出て穴を塞いでいることで魔王としての職責を全うしているとお思いのようですが、それだけで最高権威者・権力者・意思決定者・司法権者としての全ての職責を全うしていると勘違いなさっている。あるいは、見なかったことにしている。それを私は、この場で弾劾《だんがい》しています」

「私が、すべき仕事をしていないと、君は言うのだね?」

「左様です。陛下の怠慢《たいまん》によって放置されていた問題について、不肖《ふしょう》、この私が説明させていただきます。……ソフィアさん、例の資料を配ってください」

「畏まりました。アキラ様」

ソフィアさんが陛下や親衛隊を含めたすべての会議参加者に配っているのは、ここ2週間で死ぬほど集めた資料である。

そして資料が全員に行き渡るか行き渡らないかのところで、再び場がざわついた。

「これは……！」

陛下も驚きのあまり声を漏らしていた。傍に立つ親衛隊も目を白黒している。

その一方で、面白いくらいに顔を青くしている奴もいるが。

「アキラ、これは君が調べたのか？」

「……正確に言えば、ソフィア・ヴォルフと、ウルコ輸送総隊司令官の協力を得て、私が纏めたものです」

「……そうか。なるほどな」

陛下は目を瞑り、納得したように何度も頷いた。

そして俺の対面に座っていた、憲兵隊の吸血鬼が吠えた。

「こんなものは出鱈目《でたらめ》だ！」

「いえ、出鱈目ではございません。長らく放置されていた魔王軍の『癌《がん》』であり『膿《うみ》』であり、そして陛下の『怠慢』の証拠であります」

「何の証拠があって……これは捏造《ねつぞう》に決まっている！　そんなものを陛下に渡すなど、不敬であるぞ！」

「この問題に関してあなた方が不敬云々する権利はありません」

だってこれ、魔王軍で不正を行っていた者のリストだもん。

お前の名前もあるぜ、名前も知らない憲兵隊吸血鬼さん？　あと情報局とか魔都防衛司令部の人間の名前もちらほら……。

ここに名前が挙がっている者の不正は単純だ。管理が杜撰《ずさん》で整理されていない倉庫から物資をちょろまかすと言う、ネズミ以下の事をしたのだ。

「何の証拠がある！」

「証拠？　いっぱいありますよ？　今まで管理が杜撰すぎて証拠を残してもばれなかったからでしょうね。輸送隊倉庫に関する件とか」

俺が来てから、輸送隊倉庫の管理は強化された。

だけどその情報は周知徹底されているわけではない。

する理由も特になかったし、この会議で成果を強調するために伏せていたのだけれど、まさかこのようなことになるとは。

つまり管理強化したはずの倉庫から物資の入った木箱が消える事件が多発したのだ。

しかも消えた木箱の中身は酒や魔石など、市井《しせい》で売り払えばそれなりの金が入るような物資だけ。

これでまず不正事件があることがわかる。

不正がある、ということがわかれば後は簡単な犯人探しだ。

待ち伏せすればいい。その後すぐに捕まえずに背後関係や因果関係を調べる。証拠もしっかりと押さえる。

「あなた、魔都のギルドに紅魔石流してますよね？」

「……何の話か分からないな。根拠のない言いがかりはやめたまえ」

「言いがかりとは失礼ですね。証言も証拠もあるというのに」

ギルド関係者の証言は勿論、証書も見つかった。

魔王軍なんかより民間のギルドの方が文書主義が進んでいると言うのは少し笑ったが。

……あ、そうだ。いいこと思いついた。民間から人員を集めようかな。前線勤務じゃなくて後方事務なら人手もそれなりに集まるんじゃないかしら。公務員ってことだし。

よし、これが終わったら陛下に早速提案してみよう。

「その証言も証書とやらも、捏造されたものに違いない！　私を陥れようと、そして、貴様の地位を高めようとする偽りの証拠だ！」

「いや、私が地位欲しさにこんなことをしているのなら開会劈頭《へきとう》に陛下のことに言及するはず有りませんがね。まぁそれはいいでしょう。それよりもあなたのことです。動かぬ証拠というのがございます」

そう言ってから、テーブルの上に箱を置く。

置いたのは木箱だ。輸送隊倉庫に保管されているのと同じ木箱。ただし違うのは、これが輸送隊倉庫になかったこと。

「『ブラド・ナハト』というギルドから見つかりました。『ブラド・ナハト』は確か……あなたのお兄さんが会長を務めているギルドですよね？」

「……だからなんだ。そのただの箱がなんだというのだ」

「いや、ただの箱じゃないんですよ。残念ながら」

そう、ただの箱じゃない。前述の通り、輸送隊倉庫で保管されているのと同じ木箱なのだ。その証拠に、この箱には大きな特徴がある。

「赤い印《しるし》があるでしょう？　これ、輸送隊が使用する木箱にしか描かれていないんですよ。それがなぜかあなたのお兄さんのギルドの倉庫で見つかったんです」

「…………」

ついに吸血鬼は黙った。魔王陛下にも俺にも目を合わせず、明後日の方を向く。

「少し越権《えっけん》行為かと思いましたが、ギルドの会計帳簿に関してもソフィアさんが調べてくれました。

あのギルド、経営が火の車なのになぜか定期的に出所不明の紅魔石がどこからか搬入されてくるんですよね。遡《さかのぼ》れるところまで遡ったところ、およそ18年前から」

「…………」

「ところで、あなたが憲兵隊司令官になったのって何年前でしたっけ？」

「…………」

18年前でした。人事局の記録を遡ればわかる話だ。管理が杜撰で文書を探すのに苦労したけど。

でも吸血鬼はどうやら諦めの悪い生き物であるらしい。

「だからなんだと言うのだ！　私は何もしてないぞ、食糧《にんげん》のくせに！　何もできない無能者の癖に憲兵の猿真似をしおって！　そしてあまつさえ陛下を侮辱し罵倒するなど言語道断である！　陛下、この者をこの場で断罪する御許可を――」

「――ナハト！」

ナハト、なるほどそれがそいつの名前か、と変なところで納得した。たぶん覚える必要はなくなるだろうが。

「ナハト、会議が終わるまで黙っていろ」

「――――ッ」

状況証拠じゃ、この吸血鬼は真っ黒なのだ。

そして本人曰く捏造されたと言う物的証拠もある。陛下が、そんな者の言葉を信じる訳がない。

「アキラ、続けたまえ」

「はい。許可を得て、陛下の弾劾を続行します」

この事件の最大の問題点は、少し調べればこのような事例がボロボロと出てくるということ。

つまり難事件じゃないのに表沙汰にならなかったと言うことだ。それは、魔王軍と言う組織自体が何もしてこなかったと言う意味でもある。

自浄能力を失った組織。なんとも末期。

「このことは、決して難しい不正事件と言うわけではございません。むしろ簡単な方でしょう。聡明《そうめい》な魔王陛下ともあろう方が、そのことに気付かないはずがない。そうじゃありませんか、魔王ヘル・アーチェ陛下？」

「…………………」

今度黙ったのは、陛下の方だった。ただし、目は鋭く此方を射抜いている。

「臣下の行き過ぎた不正を見逃す程、度量の大きい方は、君主としては失格です」

行き過ぎていない不正であれば、多少見逃しても良い。というのはある。

小事の不正で留まっているからこそ、大きな不正が起きないと言う理屈だ。それは状況によっては許される。

だけどこのような事が平然と行われ、そしてそれが組織全体の質を腐らせているのであればそれはもう小事とは言えない。

「陛下、あなたは誰ですか？」

「…………」

長い沈黙だった。

永遠に感じられる程の、長い沈黙がそこにはあった。

その沈黙を打ち破ったのは、陛下の凛とした声。魔王のような声。

「私は、魔王だ。この大陸を統べる、魔王である」

その言葉によって、第二回魔王軍改善会議は終了した。

◆

第二回魔王軍改善会議は、結局のところ兵站改善の議論が出ないまま終了した。

だけど、その日から魔王陛下が直々に指揮を執って魔王軍の急速な改革を行った。

不正を行った、ナハトとか言う吸血鬼の憲兵司令官は当然の如く更迭の上に拘禁《こうきん》された。彼に関与し不正に利益を享受していた者も同様の運命を辿った。

ナハト以外にも不正を働いていた者がいたが、そいつらに関しても事件の大きさによって大なり小なりの刑罰を受けた。

そして公然の場で魔王陛下を罵倒・侮辱した者、というか俺は――、

「アキラ。私を罵倒した罰として、兵站の改革を進めろ。他の奴らに文句は言わせんよ。……もっとも、あの会議に参加した者で君に逆らおうなどと考える勇者はいないだろうがね」

ということである。

つまり今までと何も変わらない。

「こっちは冷や冷やしましたよ。まさか魔王陛下を弾劾するなんて……」

「仕方ないじゃないですか、それしか方法思いつかなかったんですから」

大胆な、大規模な改革はやはり話し合いじゃなくて強力なリーダーシップを発揮して多少強引に推

し進めた方が良い。

俺にはその器はないし、やはりそれをやるのは陛下しかいなかった。

「でもこれで、ようやく前進できます。ソフィアさん。いくつかお願いしたいことがあるのですが、よろしいですか？」

「なんなりと言ってください、アキラ様」

珍しくソフィアさんは少し微笑んで、言われた通りのことをきちんとこなしてくれた。

猶予期間は終わり、各部局を訪れて会議を重ねて調整を終えたところで、事務仕事は一気に増えた。

洗礼と言う奴である。

つまり、ウザったい部署に無駄に仕事を押し付けて麻痺《まひ》させて不要論を唱えよう計画の第一波だ。

「魔王軍ってわかりやすい奴しかいないですね」

「直情型の魔族が多いというのはよく聞きますが」

そう考えるとソフィアさんのような感情の起伏が激しくない人って結構貴重な存在だな。

それはさておき、増えた仕事に対する策を考えなければならない。

対策なんてものはそう多くはない。

仕事を減らす、労働時間を増やす、労働者を増やす、効率を上げる。

だいたいこの4つだろう。

だが仕事は増える一方なのは目に見えているし、これ以上労働時間が増えたら過労死してしまう。

効率を上げようにもパソコンとかがないため限界はある。それに効率を上げようとして質が落ちてしまう可能性もある。

「ソフィアさん、事務仕事が捗る魔術ってありますか？」

「……そうですね。魔術はありませんが薬ならあります。なんでも開発局が数年前に開発したという魔術の薬で、飲むだけで集中力が上がるという……」

「ヤバそうな雰囲気しかしないんでやめておきますね」

ついでに開発局は本当にヤバい。自重しない。疲労がポンと抜けそうな薬と言えば聞こえはいいがその実態は例のアレである。

そうなるとやはり人員を増やすしかないわけで。

「陛下に頼んで人員増強の陳情をしますかね。前から言ってはいるんですが……今度は強く言いましょう」

という、ごく無難な対策が決定された。

まぁ、世の中にはそういう無難な対策が通じないところもあるのだが、そこは魔王軍がそうでないことを祈るしかない。

◆

兵站局の人員増強についてヘル・アーチェ陛下に相談してみたところ、返ってきたのは少し意外な言葉だった。

「いいだろう。……と、言いたいところだが少し難しい」

「というと？」

「簡単だ。君があの会議の場で弾劾した不正、それを行った者、関与した者、見て見ぬふりをした者が相当数いてな。そいつらを処刑、拘留、更迭、降格、減給、除名、前線送り、強制労働などの処分を行った結果、人手に余裕がなくなってな」

「……それはなんと言いますか、申し訳ございません」

あの場では夢中だったけれど、なるほどそのような障害が発生することは考慮の外だった。

ちょっとまずかったかな……と考えたが、陛下はすぐに首を横に振った。

「君が謝るようなことではないよ。元々私が部下の管理を怠ったのが原因だし、なにも処罰を加えないのもまた問題だ。これは必要な措置だよ」

「そう言っていただけると幸いです、陛下」

が、そうは言ったところで困ってしまった。

魔王軍内での人事異動はかなり厳しいものになってしまったのだ。

不正を行っていた者の後継には、不正をしていないとされる有能な者に席をあてがわれたため、有能な人材がいなくなってしまった。

ただでさえ枯渇《こかつ》する魔王軍内の人的資源、そんな原因を作った兵站局がさらに他の部局の事務作業を圧迫させるようなことを言えるだろうか。

俺には無理。

となると、対策はひとつしかない。

「……陛下、民間から人材を登用する許可を戴きたいのですが」

「民間から……？　つまり、どういうことかな？」

「簡単です。魔都にある多くの組織から、職人ギルドにせよ商業ギルドにせよ、工房にせよ商会にせよ、それらで働いている者を魔王軍に移籍させるのです。そうすれば、魔王軍内での人材不足に対応できます」

「だが民間の方では人材が不足すると思うが？」

「そうですね。ですがそれは民間がなんとかする問題でもあります。もしそれの対策を考えるとすれば……例えば長期的には、魔都のみならず大陸全土の教育を改善して人材の底上げを企図《きと》するのが良いと思います。が、まずは短期的な解決法はヘッドハンティングです」

「……ふむ。ま、そうだな。それしか方法があるまい。だがそうなれば当然、給与の問題がある。つまり、元いた商会なり工房より魅力的な案を出さねば相手が受領しないだろう？　その点はどうするつもりかな？」

「それはやむを得ないでしょう。需要の高い分野の人材は、いつだって報酬が嵩《かさ》みます。需要が高いのに給与が安いというのでは誰もやりたがりませんから」

つまるところ、現代日本における長距離トラック・バスの運転士のような問題だ。

輸送コストを下げたい。だから運転士の給与も下げて徹底的にコストカットをする。でも長距離運転士は結構疲労がたまる仕事だし拘束時間も長い。供給に対して需要過多だから採用されたらほぼ確実にこき使われる。給与が安くてこれじゃあ、誰もやりたがらず、人が集まらない。

トラックに限らずどこでもその問題はある。

それを「若者の○○離れ」と言って現実逃避する前に労働者の待遇を改善しろ、という単純な経済学上の基本的な問題を誰も理解していないところに、問題の本質はある。

奴隷解放は「奴隷に給料と休日を与えて消費を底上げする」という経済的事情から始まったのだ。

現代日本はその真逆の行為をしている。

……という話は今関係ないか。危うく私怨《しねん》でいろいろ語りそうになった。

「人件費が嵩むことよりも、人を雇って生産性を上げることの方が重要ですよ。24時間365日働ける者なんていないないんですから」

「そうかな？　確か開発局が作ったと言う例の薬――」

「その話はやめましょう。というか開発局にはその薬の製造を止めさせて下さい」

「え？　あぁ、うん。そうだな、そうするか……」

危ない危ない。危うく魔王軍後方要員が全員汚染されるところだった。

「それはさておき。民間の人材登用については了承しよう。ただし、君が『人間』であるという立場がある――あぁ、誤解しないでくれ。私は君を信用している。あくまでも一般論だ――以上、君がまた独断で人材を登用すると言うのは苦労が多いだろう」

「お恥ずかしながら、仰る通りで」

まず魔都に降りた時点で囲まれる。だって人間だもの。

不俱戴天の敵が魔都をうろついていたら殺されても文句言えない。

それにいきなり知らない奴から「おう、お前ん所の優秀な人材うちに寄越せや」なんてことを言えば当然反発が巻き起こることは必至である。

「なら、私が仲介しよう。これでも一応魔王だからな、顔は広い」

ちょっと陛下の言葉に棘《とげ》があって、それは見事に俺に突き刺さる。

完全に俺の責任なので申し訳ありません。陛下は良い人です。だからそんなに俺を視線で殺そうとしないでください。本当に死にそうになる。

「そう怯えるな。怒ってはいない」

「……本当ですか？」

「あぁ。ちょっと気にしているだけだ」

それは怒っていると言うのでは。

「まぁいい。懇意《こんい》にしているギルドから何人か引っ張って来よう。人数や能力について、何か要望はあるかね？」

「いずれ規模が大きくなるので出来るだけ多く……と言いたいところですが、一気に人材を確保すれば方々に問題が発生するでしょう。教育の問題もありますし、とりあえずは2、3人で大丈夫です。そこから随時募集していく形で」

「わかった。それならギルドの奴らも納得できるだろう。だがそうなると、能力は高い方がいいかな？　恐らく将来の幹部となる者だからな」

「まぁ、そうなりますね。少人数でそれなりの成果を出さねばなりませんから」

将来的には、兵站管理部門は数千人単位の巨大組織になるだろう。

でもまだ発足したばかりだし、従来の補給部隊である輸送隊も別にいる。今後はさておき、今はちまちまやる。そのための土台をつくるところから始めるのだ。

「とりあえず事務全般がこなせる者。当然、読み書き計算が十分にできる。コミュニケーション能力はあればいいですが、この際贅沢は言いません。言葉が通じれば」

ウホウホしか言わないゴリラみたいな奴が来られても困るからな。

あぁ、あとは人間だからと言ってすぐに殴りかかってくるような奴も遠慮したい。

「可能であれば、経営状態がよろしくないところから引き抜いた方がいいかもしれません。そういうところは得てして、待遇が悪いですから。そして引き抜かれた者の士気は待遇を改善した途端に上がります」

ソースは俺。

「なるほど、そうだな。わかった。まぁ数人程度ならすぐに見つけられるだろう。早ければ明後日には新人と対面できるだろう。楽しみにしておけ」

「ありがとうございます、陛下」

やはり、ヘル・アーチェ陛下は理想の上司である。

第2章　魔王軍改革始動

「アキラ、ご要望の人員を確保しておいたぞ！」

2日後、本当に陛下が新入りを連れてきた。流石である。

兵站局の新しいメンバーは3人。

当たり前だが全員人外。そして予想外な事がひとつあった。

「ありがとうございます、陛下」

「気にするな。さて、と。じゃあエリから順番に自己紹介と行こうか」

というわけで、今後の兵站局幹部となる3人の新人の楽しい楽しい自己紹介タイムである。

学校のクラス替えを思い出すね。

「はぁい、私はエルフ族のエリ・デ・リーデルです。商業ギルド『オリエール』から来ました。事務は一通り経験していますケド、初めてのことも多いと思います。だから、何かとご迷惑をかけると思います。ご指導、ご鞭撻の程をよろしくね、局長」

1人目はエルフ族の女性。

耳が長くて金髪で俺より長身というピク◯ブに描いたようなエルフである。間延びした口調も相まってお姉さんっぽい。

胸も含めて包容力のありそうな女性である。

胸も含めて包容力のありそうな女性である。

胸も含めて包容力のありそうな女性である。

「大丈夫ですよ。こちらも仕事は始動し始めたところなので、どうぞ肩の力を抜いてください、デ・リデールさん」

「ありがとうございます。あぁ、私のことは『エリ』で構いませんよ。デ・リデールだと堅苦しいからぁ」

「わかりました、エリさん」

ふむ。

事務経験者というのなら次期兵站局長はエリさんでいいかな。とりあえず副局長席は彼女で良いだろう。能力・人格・容姿、どれも問題なし。

……エルフだと年齢が気になるところだけれど、女性にそれを聞くのはまずいだろう。２００歳と言われても許容範囲です。

次。

「オレはユリエ、姓はない。工房『ガレリエ』から来た！　よろしく頼むぜ、局長さん！」

「………………」

「どうした局長さん、オレの顔になんかついてるか？」

「いや、なぜ子供がいるのかと……」

「失礼な！　オレは22だぞ！」

２人目は、エリさんと比べて親子ほどに身長差があった小人のような魔族である。日本で言えば小学生くらい、と表現しても良いくらいに小さい。

肌は褐色《かっしょく》で、髪は黒。工房から来たせいか、職人の様に頭巾《ずきん》を巻いていた。

陛下曰く、彼女は「ハーフリング」と呼ばれる小柄な種族らしい。

寿命は人間と同程度。なるほど、なら22歳というのは十分「大人」だ。

「申し訳ありません。ハーフリングの方に初めて出会うので」

「ふんっ。次からは気を付けろよ！」

あ、ちなみにこの方は女性です。オレっ子褐色ロリです。

どういうことやねん。

こんなノリでこんな形でも事務仕事が出来ると言うのだから、世の中わからないものである。

「……そ、その、私は、魔都第Ⅱ研究所から来ました。その、り、リイナ・スオミ、です。前は、研究所の資料室で働いてました……です。よ、よろしくお願いします、局長、様……」

「……あー、よろしくお願いします。リイナさん」

「ひっ！」

「あぁ、ごめんなさい。いきなり名前で呼ぶのはまずいですよね！」

「い、いえ、大丈夫です……です。スオミは、故郷だと、その、よくある名字だったので……」

最後の1人は、コミュニケーション能力に若干の問題が……いや若干と言うレベルを超えているほどの人見知りが激しい少女だった。

「コホン」

おどおどしててちょっと可愛い……。

「ひぃっ！」

後ろからソフィアさんの威圧感ある咳払いが放たれ少しびっくりしてしまった。

また心の中が読まれてしまったのか。しかも後ろから！

「リイナさん、よろしいですか？」

そんなソフィアさんが、リイナさんに話しかけた。

「な、なんでしょうか……？」

「間違ってたら申し訳ありません。あなたの種族、もしかして淫魔《いんま》ですか？」

えっ、淫魔？

淫魔って、もしかしてあの淫魔？　サキュバス？

まっさかー。淫魔と言えば人間の精液を糧とする悪魔だよ？

こんな小動物みたいにおどおどしている淫魔がいるわけ「そうです……」あったの!?　え、こんな性格な淫魔いるの!?

確かに、リイナさんの頭には小さい羽が生えてて背中にもそれなりの大きさの羽があるしあまり主張しない尻尾も生えてるから「悪魔かなー」とは思ってたけど……。

淫魔とは予想外だ。

……いや、種族で差別するのは恥ずべき行為だ。

それに淫魔ということを抜きにすれば、彼女は普通の少女に見えるし。

「……そ、そうだったんですか。じゃあリイナさん。よろしくお願いします」

「…………おねがいします」

蚊《か》の羽音に負けるくらいの小さな声で、リイナさんは答えてくれた。これが淫魔って、どういうことなのだろうか。

あとで淫魔の生態系調べてみよ。

「よし、これで無事自己紹介が終わったな！」

そして空気を読まない陛下は、満足そうに何度も頷いた。

魔王っていう仕事は気楽でいいな、と思ったのは内緒だ。それよりも確認したいことがある。

「あの、陛下。よろしいですか」

「なんだアキラ。人選に不満があるのか？」

「いえ、そうではないです。いやある意味ではそうなのですが」

「迂遠《うえん》な言い方をするな。どうしたんだ？」

いや大したことじゃないのだ。

でもみんなが気になるであろうことを俺は聞かなければならない。それが兵站局長としての務め
……なわけないが、どうしても気になることがひとつ。

「あの、どうして全員女性なんですか？」

おかしいよね？　3人いるんだから1人か2人は男でもいいよね？

というか俺は男なのだからどうせなら同性の同僚がいれば何かと楽だったのだが。愚痴的な意味で。

「……不満なのか？　てっきり喜ぶかと思ったのだが。もしかして君は同性愛――」

「違います。私はちゃんと女性が好きです」

世の中には同性愛者はいるしそれはマイノリティであはあるが別におかしなことではないと思う。

だが俺は他の多数派と同じく清く正しい純情で健全な異性愛者の男である。そりゃ、容姿端麗美少

女美女美人美幼女に囲まれるのは嬉しいけれども。

「なら問題あるまい！　一夫多妻制、大いによろしい！　これは私からのささやかな礼の印だ！」

「そういう問題ではないです！」

畜生、そういうことか！　違うと良いな、と思ってたけれどやっぱりそういうことかよ！

俺が生物学的に男だからか！

「陛下、変な気配りは不要です！　ただ優秀であれば性別はなんでも……」

「つまり女性に固めても問題なかろう？」

「そうですけれども！」

「ふむ？　あぁ、なるほど。つまり好みの女子ではなかったということか。すまんな、君の好みを把握していなかった私の落ち度――」

「どうしてそうなるんですか、違いますって！」

俺以外全員異性って仕事がやりづらくなるでしょう⁉

少しは同性を入れてくれないと息が詰まりそうになるんです！

それに今後も人員増強する予定あるから、女性ばかりだと困ります！　コミュニケーション的な意味でね！

日本にいた頃は、そういった話とは縁がなかったから余計に対処に困る。

「これからも人員は増えるんですから、男性も普通に入れてくれないと困りますよ！　後続が！」

「君が、ではなく？」

「私もですけれども！」

「なるほど、そういうものか。よくわかった」

「わかってくれましたか」

必死の説得の上にようやく理解してくれたようで何よりである。

なぜ俺はこんなに必死になって陛下に説得しているのだろうか、と若干賢者モードに入りそうだったのだ。

いやホント、なんでだ。

「そうか。では3人の中から誰か1人を男と交代し――」

「あ、それは結構です。折角連れて来てもらったのに、戻されても困るでしょう」

「うん？　そうか、そうだな」

「そうです」

これでも俺は男だからね。

でもこの後、滅茶苦茶ソフィアさんに溜め息を吐かれた。

だから心を読むなって。

◆

新入りが増えたと言うこともあり、事務処理は多少軽減された。

優秀な事務経験者を採用した甲斐があったと言うものである。

「局長、情報局から資金を融通してほしいと連絡がありましたよー」

「またですか。情報に金をかけるのは別にいいんですけれど、ちょっと多すぎますね」

「そうねぇ。戦費調達に関しては臨時軍事予算が組まれているからある程度は工面できるけどぉ、さすがに湯水の如くというわけにもいきませんものねぇ……」

長身エルフのエリさんは、お姉さんっぽい口調がそのまま性格に現れている人だが、事務処理能力は高い。

若干ソフィアさんと能力がだぶっているなとも思ったが、しかし仕事をしているうちに違いもわかってきた。

エリさんは計算が得意で些細なミスも見逃さないような人で、予算や経理を主に担当させればほぼ間違いはない。

「ソフィアさん」

「なんでしょうか、アキラ様」

「情報局の会計に関してなんですけど……」

一方ソフィアさんは、計算に関してはエリさんに一歩譲るものの、それ以外に関することは能力が高い。殊《こと》、軍内部の情報はその手の専門家には負けるけれどかなり詳しい。

総合性能のソフィアさん、計算特化のエリさんと言ったところだ。

ソフィアさんが受け持っている仕事の内、経理はエリさんに割り振って彼女に楽させてあげよう。ちょっと働き過ぎだし。

「情報局と言えども戦線の向こうへの工作員を送り込むことは難易度が高く、あまり活発に行われていませんね。幻影魔術も効果時間が短いですからすぐに魔族だとばれてしまいます。やってないわけではありませんが、かなり小規模です」

「え、だとすると何に予算使ってるんですか？」

「捕虜に対する尋問や、開発局と連携して敵の武器の調査とかですかね」

「尋問って……拷問《ごうもん》？」

「解釈の違いです」

「アッハイ」

そう言えば情報局への視察というのはやってなかったな。

同じ後方支援仲間でもあるし、後日見にいこうかな。ヤバい事しかしてなさそうだし。

と、考えたところでノックもなしにドアが勢いよく開け放たれ、そこから勢いのある少女の大きな声が部屋に響いた。

「局長さーん、たっだいまー!!」

「ユリエさん、お帰りなさい。首尾はどうですか？」

「ばっちりだぜ！」

グッとサムズアップする彼女の姿はどう見ても22歳には見えない。

相変わらず元気だなー。元気すぎてソフィアさんが若干機嫌を悪くしている。

背の小さなハーフリングのユリエさんは、子供のような見た目をした22歳のオレっ子という、属性詰め過ぎ注意な女性である。

性格は子供の様に快活で行動的だが、他の3人と比べると事務処理はあまり得意ではない。

なので彼女は外に出て方々と交渉したり顔を繋いだりする営業マン、いや営業合法ロリなのである。

「第三倉庫にある余剰物資の放出に関してはガイアレス商会が一番条件良かったぜ。あと不要になった黒血魔石や鈍石の処理はディルディアの魔石ギルドが引き受けてくれるってさ」

「鈍石に使い道なんてあるんですか」

開発局のＭＡＤであるレオナ曰く、鈍石は魔力を使い切った魔石で事実上は唯の石。現代日本的に言うと産業廃棄物みたいな立ち位置らしいのだが。

「なんかよくわかんないけど、魔力がなくても用途があるとかないとか」

「そんなあやふやな」

そこはまたレオナに聞いてみるか。もしかしたら放出の形で安く売ることが出来るかもしれない。市価や魔都の商慣習なんかも考慮に入れて検討してみよう。

「とりあえずこれが報告書だぜ」

「ありがとうござい……って、字汚ぇ！」

筆記体というレベルを超えてヒエログリフと化している。考古学者の採用も視野に入れるべきだろうか。

「読めるからいいだろ⁉」

「ギリギリなんとか辛うじて読めますけれどもうちょっと何とかしてください。これは受け取りますが……」

俺がそう言うと、ユリエさんはぶーぶー不貞腐《ふてくさ》れながら自分の席について机の上に積まれた書類を消化し始めた。なんだかんだと言って彼女も勤勉である。

そして最後に、例の淫魔のリイナさんについてだが……。

「リイナさん。書類の整理はどんな感じで――」

「ひぃっ！」

「……えーっと、そんなに私怖いですか？」

「そ、そそ、そんなことはなないですよ！」

絶対嘘だよねそれ？

リイナさんはずっとこの調子だ。ソフィアさん、エリさん、ユリエさん、そして陛下と喋るときはもう少し落ち着いているのだけれど、なぜか俺だけに怯える。

嫌われているのだろうか？

もしそうなら、淫魔にも嫌われているってことになるわけで割と本気でへこむのだが。

「それでリイナさん、倉庫管理書類についての件なんですけど——」

「す、すみません。書類はここに。あ、えっと、私は資料室に行ってきます！　戦場において魔獣に出くわしたときの対処法を調べなきゃいけませんから！」

と、おどおどしながら慌ただしく兵站局から去るリイナさん。閉まるドアに尻尾を挟まれるのはご愛嬌《あいきょう》。もしかしたらそういうあざと可愛いところはもしかしたら淫魔の習性なのか……？

「ソフィアさん、どう思いますか？」

「私に聞かれても困ります」

ソフィアさんにもわからないことはあるらしい。

「ていうか、魔獣っているんですね、この世界」

「いますよ。分類学的な定義は細かくは知りませんが、簡単に言えば『魔力を持ち魔術を使える動物』と言った感じですね。魔獣によっては独自の魔術を使ったり、毒を使ったりします」

「毒？」

「えぇ。毒を持つ動物はいますが、それとは比べ物にならない毒性を持っていたりします。モノによっては陛下でさえも死に至るとか……」

「そりゃ怖い。それに出会った時の対処法を早いところ纏めないといけませんね」

「えぇ。ですが、魔獣の毒に関してはある程度解毒薬や解毒魔術が出来ております。毒を持つ魔獣の多くは自らの腹の中に、解毒薬を溜めこむ性質があるそうなので」

「なるほど、自らの毒でやられるようなバカな魔獣はいないってことですね」

「たまにいますけどね」

「いるんだ……」

とはいえ、じゃあ安心とはいかない。地球では、毒ガスや病原菌を散布する化学・生物兵器というのは普通に使われていたし、催涙弾程度の化学兵器は対暴徒用に限ればどこの国も持っている。

だからもしかしたら、マスタードガスとかもこの世界の人類軍は使うかもしれないし、あるいはどこぞのカルト集団が使うあのガスも――。

「アキラ様？」

「……あぁ、すみません。考え事をしてまして」

「考えるのが仕事とは言え、会話中にそれはやめてください」

「申し訳ありません。とりあえず、そんな毒物持った魔獣に出会ったら大変ですし、兵站局や輸送隊は行動範囲が大きいだけに遭遇する可能性が高い。何とか、対処法を考えないと」

「ですね。でもまぁ、それを今やっている人はもういますけれど」

「そうでした。でも具体的な話とかはまだしていませんし、少し話し合って――」

と、ここで時が一瞬止まった。うん、どうやって話し合おうか。

「どうしたらいいですかね？」

「……私に聞かれても困ります」

ソフィアさんは先程と同じ返しをした。

◆

「で、レオナ。どう思うよ」

「なんで私に聞くのよ」

「いや、消去法でレオナくらいしか気軽に相談できる奴がいなくて」

数日経っても全然改善されないリイナさんと俺の微妙な空気、相談しようにも同性がいないから相談に困っていた。

陛下は立場上無理だし、エリさんやユリエさんは会ったばかり、ソフィアさんに相談したら、たぶん舌打ちされそう。

「だからレオナに」

「……それはそれで喜びの前に腹が立つわよ」

「でも放置しておくべき問題じゃないと思ってさ」

「別にいいんじゃない？　その内慣れるわよ」

「そう言うもんか」

「うん、すごくどうでもいいわ」

…………。

「なぁ、もしかしてレオナって研究以外は結構適当な奴だろ」

俺の言葉には馬耳東風だし、魔石・魔像の形式は減らないし、部屋は片付けないし服は汚れているし試験管片手に顎に手を付けて考える姿は凄い絵になってるし。

風呂とか入ってなさそうなイメージがあるが、その割に髪型はバッチリ決まっているというちぐはぐさ。それがレオナ。

「…………あ、そうそう。新しい魔石開発の研究予算欲しいんだけど」

「話の逸らし方が雑すぎんだろ！　あと魔石開発じゃなくて削減するよう言っただろう⁉」

「そうすることで本来の話の道筋を逸らすことに成功するのよ！」

あ、本当だ。っておい、それ言ったらダメだろ。

「で、話戻すけど」

「雑に話逸らした奴が雑に話を戻すのかよ」

「ちょっとでも君と話したくて？」

「嘘吐け」

このMADさん、本当に何考えているのかわからない。

それとも、女心がわからない俺が悪いのか？　いやしかしここで「あれ、もしかしてこいつ俺の事好きなんじゃね」と勘違いする素地もないのだが。

だってレオナだし。

「でまぁ、話を戻すとね、そこら辺は下手に手出ししない方がいいと思うのよ。女の子って繊細な生き物だし」

「レオナが言うと説得力ないな」

「私のことなんだと思ってるの⁉」

狂信的魔術研究者《マッドマギスト》だよ。

「そんな失礼な事言ってるから嫌われるんだよ！　もうちょっと女子に優しくしなさい！」

「大丈夫大丈夫、レオナにしかこんな態度取ってないから。レオナだけ特別だから」

「そ、そうなの？」

「そうだよ？　あぁ、嫌なら考えるけど」

考え改めるとは言っていないが。

寿命の長い獣人だから遥かに年上、というのはわかっているが、どうも彼女は数年来の付き合いがある馴染みの親友という感じがするのだ。

それは勿論、彼女だけタメ口ＯＫで、さらに彼女は奇天烈な性格の持ち主であるというのも原因ではあるが。

「い、いや、大丈夫。今更丁寧にされても困るから」

「ならこのままでいいな」

「うん」

よし、これでこの件は解決だな。いやぁ一時期どうなることかと……？

……。

「………何の話してたんだっけ？」

「やだなぁアキラちゃん。私に臨時研究予算くれるっていう話でしょ？」

「おっと、そうだったそうだった。なんだっけ、新しい魔石の研究だっけ？」

「そうそう！　新しい魔石の精製方法を思いついたんだけど今ある研究設備じゃちょっとできなくてさ、ちょっとばかし工面してくれない？」

なるほど。どこの世界でも設備には金かかるものな。

「どれくらい必要なんだ？」

「えーっとね、設備購入費用と備品購入費用と整備費用を合わせて……」

これくらいかな、というザックリとした概算を見せてくるレオナ。ちなみに通貨の単位は魔王ヘル・アーチェ陛下の名前を取って「ヘル」である。

そしてレオナから貰った概算費用は、開発局の年度予算の4割程の額だった。

なるほどね。確かに研究は金がかかる。費用対効果の認識もかなり特異なものとなるから他の部局と同じやり方で予算を決めるのは危ない。

そう考えると、答えは決まっている。

「却下」

「なんでよ！　今ちょっと受け入れてくれるような雰囲気だったじゃない！」

「雰囲気で予算決めてるわけじゃないからな」

「鬼！　悪魔！」

「種族は人間ですが何か」

「そういう意味じゃない！」

叫び過ぎてぜぇぜぇと息が上がるレオナ。

なんで彼女と話すと毎回こうなるのか不思議である。陛下との会話とは別の意味で疲れるが。

「レオナ、今お前がやることは魔石と魔像の形式数を減らすことだよ。何が不要で何が必要なのかを見極めて、そこから新魔石技術を研究するのであれば追加予算も考えるけど」

「やだ。どうせ考えるだけでしょ」

「なんでレオナも俺の心が読めるの？」

「アキラちゃんの性格考えたら結論なんてすぐに出るわよ」

そんなにわかりやすい考え方してるかな、俺って。

「でもな、今追加予算申請は結構どこからも来てるんだよ。輸送隊からも、情報局からも、戦闘部隊からもな。当然、兵站局も欲しい。開発局だけ優遇するわけにもいかない」

特に情報局からの申請は群を抜いて多いんだ。

どこに割り振るかだけでもかなり頭が痛くなることで……。

「良いじゃない別に。輸送隊の方の状況は知らないけど、情報局は無視しても良いと思うわ。あいつら『情報収集』っていう名目で宴会開いてるし」

「おい待てそれどういうことだ」

「商会やギルド、軍内部のお偉いさんと酒を酌み交わしてコネ作ることによって防諜と予算膨張に貢献してるんだってこの前奴ら自身が自慢してたわ」

「おっけー、わかった。来年度の情報局の予算削っておく」

と言っても臨時予算を削るくらいしかできない。年度予算の決定は政治家の仕事だ。

「……っと、そうだ。情報局で思い出したが……開発局って情報局と連携して、鹵獲《ろかく》兵器の研究もしてるんだっけ？」

「え？　そうだよ？　言わなかったっけ？」

「初耳だよ」

鹵獲兵器の研究、戦争やっていれば当たり前だが兵器は取ったり取られたりの繰り返し。

そこを研究して相手の弱点を調べるのも戦争のひとつだ。そして相手の弱点と共に、自分の弱点も知ることができる。

アクタンゼロ然り、函館のＭｉＧ‐25然りである。

「今度、その鹵獲兵器を見てみたいんだが」

「わかった。今すぐはちょっと都合悪いから、来週で良いかな」

「いいだろう。予定を組もう」

◆

兵器には性能評価試験というものがある。

試験において、その兵器が実際にどれほどの能力を持っているのかを調べるのだ。

やり方は色々で一概には言えず、お国柄と言うのも結構出てくる。例えば、実際の戦場における環境――燃料に不純物が混じっていたり不整地だったり波浪が激しかったり整備が行き届いてなかったり――に似せた状況を作り出して試験する国もあれば、完璧に整備され完璧に全力を発揮できる場所で試験を行う国もある。

当然、前者のカタログスペックは実際の運用に近い数字となり、翻って後者は現実との乖離が激しくなる。

どちらがいいのか、というのは実の所よくわからない。

でも個人的には前者の、現場における兵器の能力こそが真の能力であるという考えが正しいのではないかと思うのだ。

というわけでやってきたのは魔都郊外にある駐屯地、の外れ。

「ねぇアキラちゃん、ちょっと聞いていいかな?」

「なんだいレオナちゃん」

「……」

「ごめん、ちゃん付けはないよな」

「よろしい。で、アキラちゃん。先週の君の話だと、鹵獲兵器について云々したいって言ってたよね?」

「そうだね。だからこうやって開発局倉庫や駐屯地倉庫の奥底に眠っていた鹵獲兵器を取り寄せたんじゃないか」

人類軍が実戦で使用し魔王軍が鹵獲した兵器諸々が今目の前に並べられている。

榴弾砲《りゅうだんほう》とか小銃とか機関銃とかスコップとか、兵器の見本市状態だ。でも戦車や飛行機はなかった。ちょっと残念。

ちなみに大型の兵器は、例の収納魔術で魔王陛下が直接持ち帰ったそうである。

こんな使い方もあるのか。

「なら、なんで魔像があるの？」

「いやあ、人類軍が持つ兵器がどんな威力か調べたくて比較対象として魔像を、ね？」

準備する物は、魔王軍で使われている多種多様な魔像……は多すぎるので、その中でも運用数の多い魔像八種（それでも八種もあるのかよ、と突っ込みたくなる）と、現在レオナら開発局が丹精《たんせい》込めて開発している新型魔像２種。

を、魔王陛下に根回しして収納魔術でここまで運んできてもらった。

「開発局に内緒で開発中の魔像を収納魔術で運ぶのは少し骨が折れたぞ、アキラ」

「申し訳ありません陛下。今度、とっておきの葡萄酒《ぶどうしゅ》を用意しますので」

必要経費ということで書類上は廃棄予定になっている不要不急《ふようふきゅう》品としていくつかの高級酒は保管してある。

安心したまえ、元はと言えば不正を行っていた者が持っていた奴だ。俺は一銭も払っていないし一銭も受け取っていない。

あ、言い忘れたけど評価試験には陛下も同席致します。

「そんなことはいいの！　なんで私が丹精込めて作ってる試作超大型特殊鐵甲強化魔像マジカルスペシャルレオナちゃん弐号《に》も準備してるの！」

「前から思ってたけどレオナはそのネーミングセンスどうにかしろ」

なんだよ「マジカルスペシャルレオナちゃん弐号」って。

ていうか陛下がすぐ近くにいるのにお前の態度そのままなんだな。いや俺もレオナに対する態度変わってないけどさ。

現在、そのマジカルなんとかという魔像は大きすぎて邪魔という理由で陛下の収納魔術によって目の前にはない。超大型ということもあってロボアニメみたいな見た目なのかな、と内心ではわくわくしてるのは内緒。

「とりあえず、長いからマスレ弐号って呼ぶか」

「ダサい！」

「元々の名前からしてダサいことに気付け」

えーっとなんだっけ、どこまで話したっけ？

あぁ、そうそう。評価試験ね。レオナの言う通り、これは人類軍の兵器の性能を確かめるためにあり、それに対する魔像の試験でもある。

対抗できなかったり、存在意義がなかったり、費用対効果が劣悪だったりするものについてはバンバン切り捨てる方向で。

「マジカルスペシャルレオナちゃん弐号はこの1体しかないんだからね！　大事に扱ってよね！　縦《よ》しんば性能悪くても壊さないでよね！」

「開発中止になったら解体してやるから安心しろ。じゃあ始めるぞー」

◆

人類軍兵器については、同じ人類である俺が扱い方を知っている――訳はなく、付属の説明書の入手や長年の鹵獲兵器の研究によって明らかになった手順に従う。

それらを行うのは魔王軍情報局の皆さん。臨時予算増額を条件で今回協力してくれた。

安心しろ、約束は守る。その分来年度の予算を減らすよう陛下に提言するから。

まずは多くの部隊で使用されている基本的な魔像、汎用石魔像から。Ⅷ型の運用数が多く、また最新型はXI型だと言うので、Ⅷ型とXI型を用意した。

こちらの準備はレオナ以外の開発局メンバー――と言っても2人しかいない――が行う。

1人は男でメガネ。もう1人は女性でメガネである。遠目からだと種族はわからないが人間ではないことは確か。

「そう言えばレオナ。魔像ってどうやって作るんだ？」

「……そっから？」

根本的な事を知らなかった俺である。操作方法も知らない。

ここらへんも重要なことなので聞いておかねば。

ガシャンガシャン動く魔像の音をＢＧＭに、レオナが教えてくれた。

「作り方は2種類。現地生産か、後方で材料を揃えて生産して前線に送る方法ね」

「……現地生産できるのか？」

「できるわよ。順番に説明するわ」

曰く、石魔像や泥魔像、樹魔像、雪魔像など、自然界に数多あり容易に入手可能な材料を主成分とする魔像は現地での生産が可能らしい。

「作り方は、魔術師が現地で材料を集めて魔術で魔像の形に成形して、コアとなる魔石をはめ込んで動かす、という方法ね」

「結構簡単だな」

「言葉だけで説明すると簡単だけど、難易度高いのよ。戦場だから敵の攻撃はあるし、そもそも魔像の成形をする魔術自体が難しいのよ」

「なるほど。そしてそこまでのことをして出来上がった魔像も、石魔像だからあまり強くないと言うことか」

「ちょっと、弱いなんてひとことも言ってないわよ⁉」

「いや、弱いと思うぞ」

あれを見ろ、と指差してみる。

そこにあったのは、見るも無残に粉々になった石魔像Ⅷ型の姿があった。

「あぁアアあぁアあぁァ⁉」

そしてレオナが軽く発狂した。落ち着けレオナ、まだこれはたぶん序の口だぞ。

「ちょっといいですか。人類側の兵器は何を使ったんですかね？」

「――これです」

情報局の人が指差したのは、小さな大砲という感じの兵器だった。

形から察するに対戦車砲、いや対魔像砲だろうか。しかし鹵獲兵器の中には似たような物もある。

「陛下。お手数かけますが、あれの筒の長さと穴の直径を識別魔術で調べてくれませんか？　詳しく知りたいので」

「わかった。少し待て」

識別魔術は行った者の魔力保持量によって正確さが異なる。今回は砲の筒、つまり砲身を1ミリ単位で計測したいので、陛下の力を借りた。

陛下の識別魔術によると、砲身の穴の直径は1・45インケ、砲身の長さは1809インケ。インケは現代地球に例えるとインチに相当する単位だ。

つまりメートル法に換算すると直径3・7センチで砲身長はその約45倍の165・5センチメートル。当然の話だが、砲身内部にはライフリングが施されている。

あの対魔像砲は名付けるとすれば「45口径3・7センチ対魔像砲」となる。

3・7センチ砲か……。やっぱり大戦中レベルまで技術力が進んでるのか、人類軍とやらは。

でもここから8・8センチとかが出てこないだけまだ温情かな？　並べられてる大砲にはどう見ても重砲の類があるんだけれども。

「この対魔像砲、弾種は何を？」

「えっ」

「あぁ、ごめんなさい。勝手に名づけました。筒の中に入れる奴のことです」

大砲なんてものがない魔王軍だもの、「弾」と言われても「何を言っているんだ」となるだろう。

兵器の名前含めて、あとでコードネームでもつけようかな。エミリーとかジークとかフランカーとか。

「物と衝突した瞬間、爆裂する塊を入れました。もう一方は、対象と衝突して少し経ってから爆裂する仕組みのものですね」

「ふむ。前者が榴弾、後者が徹甲弾《てっこう》……いや徹甲榴弾か」

「はい？」

「こっちの話です」

こういう些細な話が通じないのが凄くもやもやするが、今はいい。

今魔像を撃ったのは、衝突した瞬間爆裂する物だと彼は言った。つまり地球的な言い方をすれば触《しょく》発信管《はっしんかん》の榴弾だ。

んで、対象の魔像は……あの通り粉微塵である。

これじゃあ徹甲弾を試す意味はないな。たぶん貫通して魔像に大穴を開け、だいぶ離れたところで爆発することになるだろう。

所詮石だからね、仕方ないね。下手すりゃ榴弾ですら貫通しちゃうだろうなぁ。

対魔像砲で石魔像が木端微塵に壊れることは分かった。

もっと威力の低い、小銃や機関銃、対魔像ライフルなんかでも試してみよう。

「アキラくんのばかぁ～。私の魔像ちゃんがぁあああ……」

問題は開発者の心までも砕け散るのではないのか、という心配である。壊れた魔像を前にレオナがマジ泣きしてるのだ。

「レオナー。魔像は結構種類あるぞー。今から泣いてたら脱水で死ぬぞー」

とりあえず、衛生兵も呼んだ方がいいかもしれない。

◆

皆さんは「A-10」という空飛ぶ軍神を御存知だろうか？

地球生まれの魔王が開発に助言したとかしてないとか言われる、アメリカ軍が運用している対地攻撃機である。

この軍神、バカみたいに頑丈で生残性は抜群、多数の兵装でもってして地上を石器時代に戻してやる兵器である。しかもロマンがあるということでかなり大人気。退役軍人会もフィーバーしちゃうくらい。

極めつけに、後継機種のF‐35に比べて格段に製造費用や運用コストが安いのだ。そのためA‐10を使い続けるか退役させるかで大揉めして大絶賛議会で炎上中。

しかしこのA‐10、本当に安いのだろうか？

A‐10は頑丈である。これは疑いようもない。被弾してもパイロットの生存性が高いのはいいことだ。でも、ゲリラが持つ対空ミサイルが一発でも当たったらすぐに帰投して修理しないといけない。いくら頑丈でもさすがにそうなる。それは撃墜よりはマシだけど「戦闘不能」という点では一緒だ。

一方、後継機種のF‐35はステルス機だ。

ステルスというのはレーダーに映りにくく、そして対空ミサイルに撃たれにくい性質を持つ。

ステルスではないA‐10は、ステルスであるF‐35に比べて被弾率は恐らく高いだろう。そしてA‐10は被弾するたびに任務を中止して帰投して修理工場に行かなければならない。

F‐35にはそれがない。あったとしてもA‐10よりもかなり稀な頻度になる。

全体的に見れば、それはどちらが本当に安いのだろうか？

兵器というのはそこまで評価しなければならないのだ。

……というのが、なんか転移する前にだいぶ話題になっていた気がする。退役軍人会の圧力にさらされるアメリカ議会は大変だなって思いました。勿論、他にも軍内部での仲違いとか平時の整備性とか、比較すべき事項は多くあるんだけれども。

あの国はA‐10とかB‐52とかC‐130とかの骨董品をあと何年こき使い続けるつもりなんだろうか。モノによっては100年現役フラグが立っているが。

まぁ、閑話休題《それはさておき》。

レオナ渾身の、かどうかは知らないが、数多の魔像が対魔像砲の威力を前に次々と斃《たお》れていく。

石魔像、樹魔像などの脆弱《ぜいじゃく》な材料で出来ている魔像は旧型新型関係なく榴弾でぶっ壊れる。しかもものによっては直撃ではなく至近弾でも余裕で戦闘不能になる。

流石に鐵甲魔像などの、金属で出来た魔像は榴弾では多少損傷するだけだった。

「どうよ！　これが魔像の、いや私の真の力よ！」

と、レオナは無い胸を張ったが、

「じゃあ徹甲榴弾撃ちこんでくれー」

と、俺が指示すると、

「にゃぁあああああああああ⁉」

と、レオナは頭を抱える。

結果？　察してほしい。

また鐵甲魔像は対魔像ライフルの狙撃にも耐えたのだが、関節部分を狙うとそこが破壊されるという欠点があった。

足の関節が破壊されれば、魔像はもう戦闘不能だ。

もしかしてこれ、相当数の魔像が相手に鹵獲されてるんじゃないか？　しかも魔石付きで。

んでもって人類軍は、今俺らがやっているようなことをやって、兵器の性能を向上させているのかもしれない。地球でも戦車と対戦車兵器の歴史があったように、こちらでも魔像と退魔像兵器の歴史があるのだろう。

やっぱり兵器開発っていたちごっこだな、と考えながら俺は強化鐵甲魔像Ⅶ型が案外しぶとく対魔像砲の徹甲弾に耐えているところを観察した。

「さすがに最新型は丈夫だな。でも複数発撃ちこんだら戦闘不能だし、やっぱり足回りに当たると痛いな……」

対魔像砲弾が足の関節に当たった途端、魔像が崩れ落ちたのである。

情報局曰く、対魔像砲は照準が難しく狙撃は不可能に近いらしいが、それでも倒せないわけではないようだ。

「悪かったわね、私の魔像弱くて……」

そしてレオナの心もぽっきり折れていた。

彼女の口からはぶつぶつと何か呪詛の言葉が漏れ出ている。貴重な碧魔石を使っている最新型魔像が勝てない、どうせ生産性も戦闘能力も悪い出来そこないなんだ、とかなんとか。

金属の身体と保有魔力量の多い魔石を使う鐵甲魔像、強化型鐵甲魔像などは、現地での生産は到底不可能である。

レオナ曰く、そのような魔像は後方で材料を揃え、ドワーフの力によって成形して魔石を埋め込んで完成する。

材料を成形する魔術がなくそこを手作りするため生産速度は落ちるが、しかし魔術の才能がなくても作れるため、そう言った意味では生産性はいい。

「そう不貞腐れることはない。このことを教訓にして新しいのを作ればいいさ」

「……ふふふ、でも大丈夫。私にはとっておきの切り札があるんだから！　陛下！」

怪しい笑いからの、元気な声。

喜怒哀楽が激しすぎる狂信的魔術研究者《マッドマギスト》、それがレオナ・カルツェットである。そんでもって、古今東西、そういった者は何故か巨大ロボットが好きだと相場が決まっている。

「陛下、アレを！」

「わかった、今出そう！」

ノリノリのレオナの指示で、ノリノリでそれを召喚する陛下。今日も魔王軍は平和です。戦争中だけど。

大きすぎて邪魔だからと、魔王陛下の収納魔術で収納されていた例のアレ。

俺も初めて見る、レオナが誠心誠意、丹精込めて作ったかどうかはさておき、レオナ曰く「とっておきの切り札」が今現れる。

それを見た瞬間の感想は、すごい単純だった。

「………………でけぇ」

まさに小学生並の感想。いや本当にでけぇのだ。

全高は目算で20メートルほど。

わかりやすく言うとお台場に立っている例のロボットくらいの大きさがある。ただしデザインはパシフィックなんとかに近い。

「これぞ！　私が作った最高傑作！　カルツェット魔石27個を動力源としてその強大な魔力によって駆動、攻撃、あらゆるものを粉砕する！　行動半径は5000マイラ、主装甲にはオリハルコンとミスリルを使用しあらゆる攻撃を通さない！　魔王軍最強兵器、魔王ヘル・アーチェ陛下の御力を再現するために私が生み出した、『試作超大型特殊鐵甲強化魔像マジカルスペシャルレオナちゃん弐号』

とはこの子のことよ‼　どうよ、アキラちゃん！」

「あぁ、すげぇなこれ」

「でしょ！」

うん、すごい。見た目とカタログスペックは超強そうなのに名前にセンスがなさ過ぎて超弱く見えるところがすごいよレオナ。マスレ弐号の方がまだカッコイイ。

「さぁ、なんでもかかってきなさい！　対魔像砲なんていちころ――」

「よーし、じゃあそこの大砲使ってみるかー」

魔王陛下の識別魔術によると、そこに鎮座している大砲は「43口径107ミリ加農砲」とも言うべき大型の野砲である。

さすがに徹甲弾はなかったが、果たしてどうなるかな？

「どっからでもかかってきなさい！」

と、レオナが言うので適当に指示。

まぁ的がでかいのでとりあえず胴体に撃ち込むことにした。あと、大砲を撃つときは耳を塞いで口を開けましょう。

「3……2……1……撃て！」

轟《ごう》音。

そして飛翔音。

心の中でカウントする暇もなく、107ミリの榴弾がマスレ弐号に着弾し、同時に爆炎が上がる。

十分離れていたとは言え、この威力！

「……やったか？」

フラグ満点の台詞であるが、今までのレオナ開発の魔像群の惨憺《さんたん》たる結果を見れば、今回の魔像も破壊されてるのではないか、と思ったのだ。

しかし俺の隣に立つレオナは余裕綽々《よゆうしゃくしゃく》の笑顔。

どちらが正しいかは、爆煙が晴れてすぐにわかった。

「さすが私！」

そこには、五体満足で堂々と屹立しているマスレ弐号の姿があった。

「レオナ、これは戦闘続行可能なのか？」

「開発中だからまだ戦闘行動は出来ないけど、たぶん動けるわよ。ちょっと待ってね……。弐号ちゃん、おすわり！」

こりゃたまげた。１０７ミリの榴弾が直撃した超大型の魔像が主人に忠実な犬のようにおすわりしている光景を見られるとは。

この場合、１０７ミリの直撃でもピンピンしてる魔像に驚くべきなのか、それとも魔像がおすわりできることに驚くべきなのか。

「魔像って遠隔操作なのか？」

「ん？　自動にもできるよ？　それは魔術師次第」

へぇ、結構便利だな。あんなデカいものを自動で動かせるなんて。

「どうよアキラちゃん！　マジカルスペシャルレオナちゃんが量産された暁には人類軍などあっという間に叩いてみせるわ！」

「なにそのビックリするくらいの負けフラグ。でもこれが量産されれば可能性はあるか」

ふむ。思っても見ない収穫だな。

「でしょ！　じゃあ、これの研究開発は続行……いや、予算増額でも問題ないよね！」

「あ、待って。その前に色々確認したいことがあるから」

「確認？」

「そう、確認」

まず一つ目、傷の確認。

おすわり状態のマスレ弐号の被弾箇所を確認し、どれほどの損害を被ったのかを評価する。そのまま戦闘続行可能であっても、重度の損害なのかもしれない。

マスレ弐号の被弾箇所を実際に見た所、そこには明らかな損傷があった。

「さすがに、傷一ついていない、というわけではないな」

「まぁ、そりゃあね」

レオナ曰く、被弾箇所の損傷は深くはない、とのこと。魔像の基幹部には問題がなく戦闘続行は可能。ただし外表装甲が剥がれ落ちているため付近にまた同じ弾が当たった場合、今度は重度の損傷となるのではないかという見解。

「でも2度も同じ場所に弾なんて当たらないでしょ？　あれ見る限りじゃ」

「そうだな。野砲の命中率なんて確かに高が知れてるけど」

でも大砲って数を揃えて弾幕を張るのもお仕事だし。下手な大砲も数撃てば同じ所に当たるだろう。

しかしレオナの言う通り、量産の暁には人類軍など圧倒できるかもしれないし……。

って、ちょっと待てよ？

そういやこいつ、何で出来てるんだっけ？

確か主装甲はオリハルコンとミスリルとかいうファンタジックな物質だったよな？

「なぁレオナ。もうひとついいか。オリハルコンとミスリルってどうやって作るんだ？」

「ん？　あぁ、生産性の問題？　大丈夫大丈夫、オリハルコンは魔術研究の触媒とかにも使われるくらいよくある金属だから」

「どれくらいよくある？　鉄とか銅並にある？」

「うーん、白金くらいかな？　結構いっぱいあるでしょ？」

アウト。

白金がいっぱいある星ってなんだよ……地球でさえ白金の埋蔵量2万トンしかないのに。

「……ちなみにミスリルは？」

「ミスリルは単体金属としては自然界では貴重ね。オリハルコン以上に」

「…………」

あぁ、諸君。空飛ぶ軍神は知っているかね？　さっき説明したか。

うん、そいつが俺の頭の中にある連邦議会を自慢のＧＡＵ-8　30ミリ機関砲をぶち抜いて行った気がするんだ。なんでだろうね？

マスレ弐号のコスパの悪さに顔が引き攣ってしまった。なに、その、この、なに？　空飛ぶ国家予算のファンタジー版なの？

俺が困惑しすぎたのが顔に出たせいか、レオナが慌てて説明する。

「だ、大丈夫よ！　ドワーフとかだけが使える独自の精製方法で、イシルディンっていう鉱石からミスリル作り出せるから！」

なるほど、アルミニウムみたいなもんか。

……中世においてはダイヤモンド以上の価値があるとされたアルミニウムか。

「レオナ、マスレ弐号は開発中止な」

「なんで⁉　こんなに強いのに！」

「あんなに希少な金属をふんだんに使っておいて弱かったらぶん殴るところだったぞ」

道理で強いはずだ。

希少価値の高い金属と、精製に制約がかかる金属で出来た魔像を、これまた生産方法に難のあるカルツェット魔石を大量に積んで動かすとは。

「いいかレオナ。俺たちはいつでもどこでも誰でも使えることができる兵器を開発してるのであって、数を揃えられなければ意味がない。こんな一品物をどうやって運用しろと？」

どこぞの戦艦のように、勿体ないから港に浮かべるだけというわけにもいかない。

「で、でも量産の暁には……！」

「よし、百歩譲ってこれが完成したとしよう。レオナ、このバカみたいにデカい魔像を生産できるだけの設備を用意するのにいくら金がかかる？　そしてどれくらいの時間がかかる？」

「…………せ、設備の方はなんとも。お金も、まだ計算してないし……」

「じゃあ生産期間は？　1体当たり」

こんなデカい物、21世紀の人類でも作るのに難儀しそうなものである。

1ヶ月単位で出来る訳がないと思うのだが。

「……年」

「なんだって？」

「…………………3年」

「…………」

「…………」

「レオナ」

「はい」

「開発中止」

長い沈黙の後、

「………………やだ」

という答えが案の定返ってきた。ちょっと涙目で。

「涙目で言ってもダメ」

「…………うー、お願い。これは私の夢だから！」

「夢で戦争できたらいいいんだがなぁ」

「……だ、だめ？」

「…………上目遣いでかわいく言ってもダメ」

危うく落ちそうになってしまったけどダメなものはダメ。

「じゃあ……例の輸送機械開発はしない。魔像削減にも魔石削減にも協力しないし新型の魔像も作らないし！」

「子供か！」

夏休みの宿題をサボる小学生か何かか⁉

「じゃあ別の奴に開発させるからいい」

「……別の奴、いるの？」

「いるだろ」

たぶん。

と思ったら、横からそれを否定する声が。

「いや、おそらくいないな」

「……えっ？」

陛下が腕を組み嘆息しながらそう答えた。

「魔像という兵器自体、彼女の発明品だ。そして彼女以外に、魔像を開発出来た者はいないのだ」

「…………えー」

レオナってそこまで凄い奴だったのか……。

でもこれは少し困るな。兵站局と開発局が対等ではなくなってしまうと言う意味でもある。こういうのは独占されたらダメだ。適度な競争がないと困る。

「レオナ、お前が気乗りしない度にそれを持ち出すつもりか？」

「そこまで子供じゃないし……」

不貞腐れながらそう言われても説得力ないんだよなぁ……。

「とは言っても、あのマスレは金が掛かりすぎる。敵は待ってくれないし」

「弐号ちゃんの開発続行認めてくれたら、もう文句言わないから！　なんでも言うこと聞くから！」

「ん？」

今なんでもするって言ったよね？

「おいアキラ、悪い顔をしているぞ」

「いやですねぇ陛下、そんなことはありませんよ」

読心術の使い手がいるの忘れてた。変な事は考えないようにしないと。

「……絶対、もう『魔像開発しない』なんてゴネたりしないか？」

「しない！　弐号ちゃんが作れるなら！」

「絶対に？」

「絶対に！」

「神に誓えるか？」

「神なんて曖昧なモノより陛下に誓うわ！」

「ふむ。だそうですが陛下」

「安心しろ、ちゃんと聞いた。レオナくん、約束は守れよ？」

「大丈夫です！」

よし。陛下に誓うというのは魔王軍においては信用できる誓いの言葉だ。とりあえず神に誓うとか、一生のお願いとかよりは信用できる。

「仕方ない。じゃ、マジカルなんとかの開発は続行していい。ただし、金を湯水の如く使って良いとは言ってないからな？　予算の範囲内でやるように」

どうせ今までもそれでやってたんだし。既得権益という奴で致し方なく認めよう。

それに巨大ロボの開発続行を認めるだけで良いものが作れるというのなら、必要経費だと割り切ることができる。

できるんだよ。

できろよこの野郎。

と自分に命令しているのが実態ではあるが。

「うん、大丈夫。ありがとう！　アキラちゃんも約束守ってね！」

「あぁ。魔王陛下に誓って、約束は守ろう」

俺がそう誓うと、レオナは今まで見たこともない様なとびっきりの笑顔を見せ抱き着いてきた。

やれやれ、今回は誰が1番得をしたのだろうか。

「まぁいい。とりあえず今後の新型魔像の研究と開発の方向性は見出せた。撤収するか」

「りょーかい。じゃ、魔像ちゃん使って片付けさせて物を運ばせるよ！」

「いや、陛下の収納魔術を使えば一発で……」

できる、と言おうとしたところで、はたと思う。

魔像って、輸送機械にできないのか？

いや地球という前例があるから、つい鉄道だのトラックだのを思い浮かべてしまったが、もうすでにこの魔王軍には魔像がある。

「レオナ。度々申し訳ないんだけど、なんで魔像を輸送用に使わないの？」

馬車じゃなくて魔像車でもいいはずだ。

なんなら線路を敷いて魔像を動力にするという馬車鉄道ならぬ魔像鉄道でもいい。

「……輸送、用？」

「おい待てなんだその『それは思いつかなかった』みたいな顔」

「だって魔像って戦闘用に作られたものだもの。戦闘に求められる能力と輸送に求められる能力は違うから簡単に転用できないし、前線を支える戦闘用魔像の生産量を減らして輸送用の魔像を作るのはちょっと、ね？」

「まぁ、言いたいことはわかるが」

でもどの道、前線は支え切れていない。

それに戦闘用魔像はどれもこれも人類軍の兵器の前には無力だった。

「それに輸送は馬車とか人馬族に任せられるじゃない。でも戦闘用魔像の代替はないのよ」

「なるほど。……でも、馬車にないメリットが輸送用魔像にあるのも確かだよ」

馬車を引く馬にも水や馬草を与えなければならないし、当然馬や御者の疲労を考慮して適度に休息を与えなければならない。それは人馬族でも事情は同じ。これは生命である以上仕方のないことなのだ。

でも、生命ではない魔像なら話は別だ。

疲労はしないし自動運転でなんとかなるし、エネルギー源は魔石で馬草や水や食料とかいう余計な重量物を一緒に運ぶ必要はない。

その分、魔像修理用の部品や工具などの物資を調達しなければならないだろうが、そもそも馬よりも魔像のほうが馬力は高いし餌なんかと違って恒常的に必要なわけじゃない。

「勿論、戦闘用に特化した魔像をそのまま輸送に転用するのは無理があるのはわかる。だからレオナ、兵站局として正式に要請するよ。『輸送に特化した魔像』の開発をね」

「輸送用魔像かぁ……。今までやったことないから時間かかるかもしれないわね」

「期待してるよ。もし成功したら……マスレ弐号開発予算増やしてもいいよ」

「やる！」

うん、ちょろいな。

こうして、魔王軍の抱える兵站問題のうちふたつは解決の兆しが見えてきた。

ひとつは多種多様に存在する魔像の削減。

もうひとつは、高効率の物資輸送手段の確立である。

マスレ弐号はまぁ、必要経費と思えばいいんじゃないかな。

とりあえず、一歩前進ということで。

◆

レオナが一週間でやってくれました。

輸送用魔像の試作型が出来たと言うので早速見に行ったところ、そこにあったのは今まであった魔像とは違う形で、明らかに別物であると言えた。

「見よ！　これが私の本気！」

レオナは堂々とない胸を張る。

一方俺はへなへなと背中を曲げる。

「…………」

「なんか言ってよ！」

「……いや、うん。レオナ、質問いいか？」

「なんでも聞きなさい！」

「これ、何？」

「何って、試作輸送用魔像、名付けて『スペシャルトランスポート・レオナっち』よ！」

「なるほど、じゃあ略してストレッチだな」

「略さないで!?　ダサいじゃない！」

「いや略さなくてもダサいから」

そして俺の求めていた輸送用魔像じゃないから。

どう見てもこれ戦闘用だから！

「このスペシャルトランスポート・レオナっちはカルツェット魔石3個を常時使用することにより膨大な魔力エネルギーを得て地上巡航速度50マイラで疾走。さらには正面装甲にオリハルコンを使用し傾斜装甲を採用することにより45口径1・45インケ対魔像砲の徹甲弾を弾くことに成功したの！　さらにさらに人類軍の使用していた兵器を参考に胴体中央に魔力砲を備え付けることも可能で優秀な兵器と――」

「待て待て待て！　完全に戦闘用じゃねーか！　輸送用途どこに行ったんだよ！」

「いや、完全な輸送用だとつまらないし敵に襲われるかもしれないかなって思って」

「敵に襲われない後方地域で使うやつだからいいの！」

襲われそうな地域でも護衛用の魔像つけることもできるからいいの！

畜生、ちょっと期待してた俺がバカみたいだ。

「でも何作れって具体的に言われなかったし」

「……言ってなかったっけ？」

「聞いてないわね。書面でも何もないし」

「なら俺が悪いな」

「あれ、思ったより話が早いわね」

いや暴走する余地しかないMADに対して、ふわふわな条件しか言わなかった俺が悪いに決まっている。

要求スペックを記載した書類をあとで作成して正式に開発依頼をしようか。

「……ちなみにこのストレッチ、戦闘用魔像としては使えるのか？」

「輸送用の機能削れば生産性も向上すると思うわ。まずカルツェット魔石を2個に減らして……」

「いやカルツェット魔石やめよう？　エネルギー量が膨大なのはわかるけど魔石作るのが面倒過ぎると思うんだ」

「えー……折角作ったのに」

「カルツェット魔石を容易に生産できる技術を開発してからにしてくれ」

他にもオリハルコンやら繊細過ぎる可動機構が整備性や生産性を悪化させているため、今回の試作型魔像ストレッチは一号機で開発中止となった。

「趣味を完全に盛り込むな……と言うのは酷だけどさ、レオナは使える奴を作るって考えないの？」

「趣味取り込みつつ使える奴を作ってるのよ！　ほらこれ見て、私が作った新魔術！　空気を清浄化して新鮮な空気に出来る魔術よ！　ほら、開発局ってよく煙が出るからその時に使えば凄い便利だとは思わない⁉」

「なに空気清浄器作ってるんだよ。それ作る前にまず爆発事故起こすのやめろ、ドアの発注何回やってると思ってんだ？」

「まだ5回目だよ？」

「5回もやってんだよ！　おかげで倉庫に予備のドアが用意されてるんだぞ！」

「ということはいっぱい壊せる……？」

「やめろ‼」

今度は真面目に作らせよう。本当に。

◆

そしてまたレオナが1週間でやってくれました。しかも今度は真面目に。

これにはさすがの輸送総隊司令官ウルコさんもニッコリ。

「……これが、我が軍〝初〟の輸送用魔像になります」

ストレッチなんてなかった。いいね？

俺とウルコさんの前にあるのは、今まで見たことのない形をした石の魔像が立っていた。

「開発局もたまにはいい仕事をするということですな」

「そういうことです」

早速試作型を数体、輸送隊へ配備した。

要求スペックと正式な開発要請の文書を送ったのが先週の事なのに、すぐにこうやって試作型を作り上げるというのは異常なことだろう。

さすがＭＡＤと言うべきか。

兵站局が輸送隊と相談して作成した輸送用魔像の要求性能は左記の通り。

一、物資満載時の荷車を１日15時間以上問題なく連続で牽引《けんいん》乃至《ないし》推進できること。
二、物資満載時の荷車を輸送するときの航続距離は５００マイラ（約８００キロメートル）以上であること。
三、物資満載時の荷車を輸送するときの速度は、既存の馬車と同等かそれ以上であること。
四、重量物を牽引（推進）しつつ長距離を行進して重大な機械的な異常・故障を起こさない信頼性の高さを持つこと。
五、生産が容易で、かつ整備も簡易であること。
六、使用する魔石は紅魔石あるいは純粋紅魔石であること。
七、魔術適性の無い者、魔術を使えない者でもある程度操作できること。

こんなところだ。

細かい要求はしなかった。

というか初めての試みなのでこれ以上は思いつかなかったと言うこともある。なにもかも手探りだったが、レオナは1週間でやってのけた。

試作輸送用魔像I型。主原料は石。動力は純粋紅魔石。

石魔像は元々生産が容易で、そして軽度の損傷であればそこら辺に転がっている石や土で簡易修理ができる整備性の良さを持っている。

その代わり装甲や戦闘能力は落ちるのであるが……戦闘用魔像ではないので問題ない。

そもそも輸送用魔像は攻撃能力も装甲もなにも持っていない。

専用の荷車も並行して開発させようかと思ったが、従来の荷車の数は計り知れないし互換性があった方が良いだろうということで、既存の荷車を流用することになった。

「と言ってもあくまでも試作型ですから、色々不備があると思います。とりあえず1ヶ月程様子を見て、改善点などを見出して開発局に改良を要請します」

「わかった。だがもしこれで問題がなければ、既存の馬車を駆逐するかもしれんな」

「だといいですね。まぁ何かしらの技術的欠陥が急に浮かぶこともあるので、信頼性が向上するまでは少しは馬車を保持し続けた方がいいかもしれませんが」

「ま、確かにそうですな。それに人馬族の者達が職を失ってしまう」

輸送隊と兵站局が冗談を言い合えるだけの関係を構築できてるというのも良い事だ。魔王軍は、近代軍へと生まれ変わる下地は既にあると言うことなのだろう。

でもまだそれは俺と、魔王軍各員の努力次第でもある。

とりあえずはこのI型の性能チェックを始めないとね。どんな優れた物でも初期不良というのは存在するし。

◆

「ゲリャーガ方面部隊の補給状況は？」

「冬営用の紅魔石の数が少し不安です。南部ベロニア地方は戦闘も少なく魔石消費量は多くありませんので、そちらから転用しましょう」

「ゲリャーガ方面の冬は厳しいですし補給路も脆弱です。雪が降る前になんとか終わらせておいてください」

「畏まりました」

「よし。……エリさん、物資の調達状況はどうですか？」

「それについてはほぼ予定通りよぉ。詳細はぁ――」

数ヶ月前まで閑散としていた兵站局も、今となってはかなり賑やかになっている。

人員は徐々に増えていった。書類や文書は日を追うごとに増えていくので、それに伴ってさらに増強された形だ。

まぁ、それは喜ばしい事だ。

志願したり徴募《ちょうぼ》したりした者の中から事務処理に優れた者を優先的に兵站局に回したおかげで方々から不満の声が上がっているのも、まぁ許容範囲内。

問題は、なぜか増強人員の８割が女性であることだが。

目につくのはエルフの女性、ハーフリングの女性、狐人族の女性、オークの女性、ドワーフの女性、人狼族の女性に天子《てんし》族の女性……。

ファンタジー種族の女性見本市状態である。

いや、男もちゃんといるけどね。でも女子校だった学校が少子化の煽《あお》りを受けて共学化した直後の校舎のように男子の比率が少ない。

これを前にして眼福《がんぷく》だと思えるかって？　残念、どちらかと言えば頭が痛くなる。

「兵站組織を作りたいのであってハーレムを作りたいわけじゃないんだけどなぁ……」

そう呟くと返答してくれるのはだいたい傍にいて俺の手伝いをしてくれる副官のソフィアさんである。今回も、殆どノータイムで返事してくれた。

「アキラ様がそう陛下に要請しているのかと」

「私の事をどんな人間だと思ってるんですか」

「変な人間かな、と」

「そこは正直に即答しないでください」

ちょっと傷つく。

相変わらず……いや、前にも増して言葉の棘が鋭利になってる気がする。

うーん、もしかしてストレスが溜まっているのかな……？

既に外は暗くなり始め、太陽も寝る時間である。

人員計画表をチラ見したところ、今日の当直士官は俺とソフィアさんの２人。

男女仲良く夜を明かすことに問題はないのか？

と問われれば問題大ありである。だから男を採用してほしい。相対的に男がいない上に兵站局の男性士官は俺しかいないのだ。

陛下曰く、

『後方事務をやりたくて志願する奴など殆どいないし、ましてや男という生き物は英雄になりたくて最前線を希望したがる。だから相対的に女性ばかり来るのだ。他の部門から異動させるのも弊害が多いのは、前にも話した通りだ。だから少し我慢してくれ』

とのことである。

ないものねだりをしても仕方ない、ということだ。諦めろ俺。

まぁ、他に下士官クラスの一般事務も何人かが残るので男女2人きりという事態は避けられるので問題はない。

問題はソフィアさんの労働時間の方。

「じゃ、そろそろ今日の業務は終了ですね。各員、片付けに入って当直以外はすぐに帰ってください。

……それとエリさん、ちょっと良いですか?」

「なんですかぁ、局長?」

「今日って暇です?」

「デートですか！　勿論受け入──」

「違います」

「えー……」

いや「えー」じゃないよ。あとなんで受け入れようとしたのよ。

「アキラ様、私の前でそんなふしだらな事を部下に堂々と強要しないでください」

「だから違いますって！」

確かに男が女に「今日暇？」って言ったらデートの誘いだろうけれど、今回はまともなお願いをするためにエリさんを呼んだのだ。

「今日の当直、ソフィアさんと代わってくれますか？」

それに最初に反応したのは傍にいたソフィアさんだった。

「アキラ様？　別に私は休みたいとは思ってませんが？」

「いや、ソフィアさんは休んだ方がいいよ」

思えば、最近の彼女は働き過ぎである。

人員が増えてからは、ちゃんと週に2回は休日を設けているのだが、ソフィアさん自主的に居残る時があるんだよね。

いやこれは残業を強要してるのではなく、本当に「帰っていい。ていうか帰れ」と言っても「まだ仕事があるから」「私がいたら嫌なんですか」と返されるのだ。

帰ってもいいのに帰らないなんて、ソフィアさんは日本人の素質があるのではないだろうか。ケモ耳居酒屋とか始めてみる？

でもソフィアさんを過労死させるのは夢見が悪いどころか地獄に落ちるレベルだ。

無理矢理にでも残業させないようにしないといけない。

それにここ最近のソフィアさん、顔色が悪いように見える。

「も、もしかして、私邪魔だったでしょうか……？」

「いや、全然そんなことはないですしソフィアさんが傍にいてくれると仕事は捗るし安心感が段違いなんでずっと傍にいて欲しいんですがね」

なにせソフィアさんの事務処理速度は凄まじい。

正確に測ったことはないが、俺の処理速度より数倍は速いんじゃないだろうか。

「でもそれだけに、体を壊されたら私が困るというか、半身を失ったも同然なんですよ」

考えてみれば、俺がこんな変な世界に飛ばされた時からずっと傍にいた人だ。

そろそろ半年くらいになる。その間、ずっと働き詰めでもあったのだ。

「だからまぁ、休むのも仕事の内と考えて、今日は休んでください」

そう言って振り向けば、なぜか赤面しているソフィアさんの姿がそこにあった。

あれ？　なんで？　風邪か何か？

「局長、いくらソフィアさんが魅力的だからって、私の前で堂々と口説くのはやめてほしいかなぁ、ってお姉さん思うわ？」

「何の話⁉　私は普通にソフィアさんに休んでほしいと言っただけですよ⁉」

おかしい話はないはずだ。そのはずだ。

でも事情はエリさんに伝わった。彼女は掛けていた眼鏡の縁を手で押し上げていつものようにキリっとした顔で、

「まぁ、そういう事情ならいいわよぉ。私も新入りということで局長からは休みも多くもらっていましたし、1日くらい当直を代わっても大丈夫ですから」

と快諾してくれた。

よかった。これでダメと言われたらどうしようかと。

「で、ですがアキラ様。急に休めと言われても、私何をすればいいか……」

「普通に家で寝るなり酒を飲むなり友人と遊んだりすればいいじゃないですか？」

「そう言われても……」

休んで良いと言われて休むことも決定したのにここまで仕事したがるのは日本人でも珍しいのではないだろうか。

話が堂々巡りとなったところで「いいことを思いついた」みたいな顔をエリさんが見せた。

「ユリエ、まだいるー!?」

「いるよー」

少し離れた執務机から、褐色の手だけが伸びる。背が小さいためにそうなるのだが、若干ホラーにも見える。

「あなた、今日暇よね？」

「決めつけるのやめろよ！　実際暇だけどさ！」

ふむ。

快活で面倒見の良さそうなロリおかんことユリエさんと一緒にソフィアさんの休暇を楽しめ、ということかな？

なるほど良い案だ、と思ったら違った。

「あなた、今日は局長の代わりに当直入りなさい？」

「「ナンデ!?」」

俺とユリエさんの声がだぶった。

「エリさん。俺は別に休みはいらないんですが」

「エリ！　オレは別に好き好んで働きたいわけじゃないぞ！」

そしてまただぶった。

だがエリさんは、一旦ユリエさんのことを無視して俺の質問に答えてくれた。その間もユリエさんが文句を垂れつつ近づいてくる。

「局長。私には、ソフィアさんと同様に、貴方も働き過ぎに見えます」

「え、そう？」

「そうです。局長は7連勤当たり前、残業当たり前、新人の仕事の補助をしつつ自分の仕事を片付けたと思ったら別の計画を出してさらにその仕事をする、を最近繰り返してますでしょ？」

「まぁ、ちょっと忙しいですけど、ほら、管理職ですし」

それに新人には休んでほしいじゃん。最初から無理させたら辞めちゃうかもしれないし。

俺は兵站改革で勝手に仕事増やしちゃうからむしろ申し訳なさが先に立つと言うか……。

「それがダメなんです！　いいですか局長、部下に休んでほしければまず自分から休まなければだめよ？　じゃないとみんなついてきません」

「ぐうの音もでません」

上司が率先してやらないんだからそりゃ部下も休まないわな。うむ、今度から気を付けよう。

「でもいくらなんでもユリエさんを急に当直にさせるのはどうなんですか？」

「局長は急に私を当直にさせましたよね？」

「あ、嫌ならそう言ってもいいですよ。代わりに私が――」

「いえ、大丈夫ですから局長は休んでください」

「あのアキラ様、エリさん。なんだったら私が当直に入るのでお２人はぐっすり休んで――」

「ソフィアさんは黙っててください」

「私の話でしたよね？」

「おい、オレの話はどうなったんだよ⁉」

「ゆ、ユリエちゃん落ち着いて。なな、なんなら私も、手伝うから……！」

「リイナ、お前いたのか。存在感無さ過ぎて全然気づかなかったぞ」

「ふぇぇ……」

◆

結局俺も無理矢理休まされた。今俺は、ソフィアさんと共にいる。

当直の士官はエリさんとリイナさんになった。ユリエさんは結局当直を拒否したのだ。

まぁ無理矢理シフトを変えるのは許されないしね。でも、気の弱いあのリイナさんに仕事を押し付けたと思うと……。

「あぁ、今から兵站局に戻って仕事したい」

「今戻っても邪魔だと思いますが、アキラ様」

「そうなんですけども」

でもソフィアさんほどではないが、帰ってもやることないんだよね。

というか、俺の寝床は兵站局執務室の隣だ。仕事部屋と直結の自室、社畜も羨む立地である。時々新人局員が指示を求めて俺を叩き起こしに来るのはご愛嬌。

エリさんからは「やることのない者同士、一緒に街で休暇らしいことをしてきたらぁ？」とのことである。

休暇らしいことって家で寝るかゲームをするかじゃないのか。

日本でもそうだったが、休みと言いつつ外で体力を使い果たして1日を終わらせる奴がいるらしい。

主にユリエさんのことだけど。

だがどう考えてもソフィアさんはそんなキャラじゃない。

故に、

「……で、どうしましょうか」

「…………どうしましょうね」

困る。

インドア派を2人仲良く外に放り出されても非常に困る。

だからインドア派としてはここで自由解散にしたいのだが、それだと2人仲良く仕事場に戻りそうなのだ。それじゃ意味ないだろって。

こういう時って日本だと何してるんだっけ。

上司と部下。夜、仕事が終わったら……。

「……飲みます？　強制はしませんが、奢《おご》りますよ？」

それしか思い浮かばなかった。

ソフィアさんが快諾してくれなかったら、たぶん本気で仕事場に戻ったと思う。

◆

後に魔王陛下から聞いた話だが、魔術的才能の高い者はアルコールの耐性も高いそうである。

つまり、地球において酒が強い人間は魔術的才能に優れると言うことだろうか？

アルコール耐性が強いから異世界に転移しました、という小説書いてみようかしら。アルコール耐性強いからなんだと言う話だが。

まぁ、魔術が使えない俺には関係ない話だった。それに酒は強くない。

しかしそこは人間以外のあらゆる種族が住む魔都である。

魔術的才能がない種族も多い故に、アルコールの弱い酒もあるし酒の味がするノンアルコール飲料もある。

だから俺はこのカシスオレンジっぽいものを飲んでいる。うめぇ。

「おぉ、例の人間様がいるで！　みんな、はよこっち来いし！」

「意外と普通なんだな！　前線帰りの奴らは『人間は恐ろしい』って言ってたのに」

「そりゃあ『戦場伝説』って奴さ！　見ろよこの貧弱な身体！　木の枝みてぇだな！」

魔都に1人しかいない人間、つまり俺の話は魔都の中でも有名になっていたそうで、日夜この酒場で酒の肴《さかな》になっていたようである。

真面目に仕事していたおかげなのか、はたまた誰かが噂を流したのかは知らないが、歩いていたらヒソヒソ言われることはあっても石を投げられることはなかった。

なんだ、思いの外魔族って懐《ふところ》深いんだな。

「そりゃ魔王陛下が信頼する人間らしいからな！」

ビックリするほど単純な理由だった。

しかし珍しいもの見たさの者達が多く寄ってきたおかげでゆっくり酒を飲めやしない。

ソフィアさんも酒場特有のナンパに遭ってるし、チョイス間違えたかなぁ。

と思っていたら、

「お前らうるせぇぞ！　少しは自重しろ！」

カウンターの対面にいるオークのおやっさん、この酒場の主人が怒鳴り散らしてくれた。

なんだこのイケメン。

「すまんねぇ人間さん。魔族ってのは酒が入るとどうも五月蠅《うるさ》い奴らでよ」

「いや、問題ないですよ。人間も似たようなもんなので」

酒で問題を起こすのは種族関係ない。時に優秀な政治家が酩酊状態で記者会見したことで大バッシングされることもある。

それでも酒は人類の友だと皆が言う。変わった友情もあったもんだなと。

「それにしても男の癖に女の酒を飲むたぁ、人間ってのはみんなそうなのかい？」

「……いやそんなことはないと思いますが」

ロシア人とかポーランド人とかならウォッカを水のように飲むというイメージがある。

アルコール度数96％ってそれはもう酒じゃないだろと言いたい。

ていうか、この世界でもカシスオレンジってそういう風に見られてるの？　結構好きなんだけどな、
オレンジジュースみたいで。

「アキラ様は特殊な方ですからね」

「ちょっとソフィアさん、それだと私がおかしい人に聞こえるんですけど」

「えっ……?」

待って。「違うの?」みたいな顔しないで?

こんなにも普通の人間なんてそうそういないよ?

「私ですら、その酒みたいなものは飲まないのに」

「みたいなものってなんですか。れっきとした酒ですよ、造った人に謝ってください」

「いや、謝る必要はねぇな。よく言われるし気にしてねぇから」

これおやっさんが作ったんかい! ごついオークがこんなオシャレな酒作れるんか! 今度嗜好品として各戦線に供給する酒作ってみませんか!?

「そう言うソフィアさんは今何飲んでるんですか」

「ウォッカですが」

「しかもストレートだ。お嬢ちゃん酒の飲み方わかってるな!」

ロシア人が隣にいた。

◆

「兵站局の人員が少ないのは、勿論軍内部で後方要員が少ないと言うこともありますが、単純に人事局の仕事が遅いというのもあるのです」

「あぁ、わからなくもないな。この前は俸給の支給が滞ってたし」

つまみを注文し、兵站局の新人や他部署の悪口を肴に、ソフィアさんはその後も度数の高そうな酒を水のように飲む。

それで顔が少し赤くなるだけなのだから、彼女のアルコール耐性は凄まじいものがある。

もしかしてソフィアさん、魔術師としても才能抜群……？　なんで事務仕事してるんだこのハイスペックさんは。

「俸給の遅れは死活問題ですから……陛下に頼んで、エリさんあたりを経理担当者にして、人事局から経理部門を切り離すべきでしょうね」

「いいと思います。人事局は配置転換や採用、昇進、降格、勲章授与等の人事管理だけでも相当な仕事をしなければなりませんし」

店に入ってからだいぶ経つが、話すことは個人的なことではなく仕事のことばかり。

長く一緒にいたのに互いの事を知らない。

それしか話すことがないと言うのもあるのだが。

「しかしそうなるとまた新しく後方担当事務官の募集をかけないと……」

「幹部候補はだいぶ集まりましたし、今度からは要求水準を下げてみるのも手かと。最悪、読み書きと計算だけが出来ればいいですから。あとは採用後に教育です」

「ですね。あぁでも、これからも兵站局魔下の部署は増えるでしょうから、幹部候補と一般職員の2種類に分けて採用しましょうか」

「しかしそれをするのも人事局の仕事ですよ」

「……必要経費というものが世の中にはありまして」

兵站局が管理下に置き始めた輸送隊倉庫に「不要不急予備品」として大事に保管している物を方々に配って、まぁその、なんだ、便宜を図ってもらう。

いつまでも陛下に頼るのはアレだしね。

「それは『賄賂《わいろ》』と言うのでは？」

「『必要経費』です」

「……御前会議の席で堂々と他部署の不正や賄賂を告発していた人の台詞に聞こえませんが」

「あれは物事を進めるための手段として利用しただけで、私自身が不正を全て許さない完璧主義者であるという意味ではありませんよ」

それに不正の告発なんて本来は憲兵隊の仕事ですよ。

「………………騙《だま》されました」

「騙されたって……私、そんなに高潔《こうけつ》な人間に見えました？」

「人間は全て狡猾なものだと思っていましたがアキラさんは……。少し見損ないましたよ」

「それはどうもすみません」

そう謝ってみたものの、ソフィアさんは別に怒っている風でもない。むしろ満足そうに笑みを浮かべているのだからわからないものである。

「そんなことをするのなら、最初からそうすればよかったじゃないですか？」

「と言うと？」

「つまり、不正という弱みにつけ込んで根回しした方が効率が良かったのではないか、という話です」

あぁ、なるほど。

確かにそれは効率がいい。弱みを握ったとはいえ味方が増えるし、変に怯えられなくて済む。俺もそうしようかと迷ったけど、2つの理由でやめた。

「2つ？」

「えぇ。ひとつは、魔王陛下を裏切りたくなかったことですね」

「……はい？」

まぁ、単純な話だ。

陛下はあぁいうお人だ。これで大抵通じてしまうけど、あんな人だ。大きな不正があれば認めないような人である。

そんな陛下に不正を報告せず、不正を見逃して仲間を集める勇気が俺にはなかった。

「それに私の兵站改革は、魔王軍の改革でもある。遅かれ早かれ、不正の糾弾は必要だったんです」

「……なるほど。まぁ、あまり頭のいい考えとは思えませんが」

ほっとけ。

「で、2つ目の理由は？」

「あぁ、そっちはもっと単純な理由ですよ」

「というと？」

「……私が他人の弱みを握ってるなんて状況、後ろから刺されそうで怖いじゃないですか」

少年探偵マンガでよく読んだ展開である。弱みにつけ込んで色々しようとした人は大抵殺されるのだ。同じことはないと言いきれないじゃないか！

「…………」

ソフィアさんの冷めた視線が凄く痛い。

「あの……アキラ様」

「はい」

「それ、2つ目の理由が大半ですよね？」

「なんで俺の心が読めるんですか？」

「なんで心が読まれないと思ったのですか？」

うむ。確かにそうだ。ソフィアさんは読心術の使い手なのだから不思議ではない。

さっさと話題を変えよう。墓穴が浅いうちに脱出しないと深みにはまって抜け出せなくなる。

「そう言えば、なんでソフィアさん魔王軍なんかにいるんです？」

「……魔王軍〝なんかに〟？」

怖い怖い目が怖い。

「あ、いえ、そういう意味じゃなくてですね」

単純な疑問で深い意味はない。

ソフィアさんは、ご覧の通りスペックの高い人である。

軍隊よりも報酬的に旨味がある職業なんてざらにあるし、実際魔都の商会やギルドなどにも高給取りのエリートはいっぱいいる。

故に事務員に関してはかなり給与を高めに設定しているし、それでも足りない場合は「魔王陛下の傍で働き魔王陛下の為に働ける！」という忠義心を煽って募集を掛けている。

それでも集まるかは微妙なくらい、優秀の事務員は貴重なのだ。

「つまり、普通に魔都で就活した方がいいと思ったんですよ。軍隊って色々制限多いでしょ？」

「まぁ、そうですね。確かに魔都で働いた方がいいと思います」

「じゃあなんでです？　陛下に対する忠誠ですか？」

「……それが一番近いかもしれませんね」

彼女はその言葉の後、アルコールの摂取量が増えた。

いくら蟒蛇と言っても限界はあるだろうと思ったが、ソフィアさんは何も言わず飲み続け、ついにはノックアウト。

すやぁ、という寝息を立てて、彼女は爆睡した。

「……まぁ、人外でも人間でも、事情は一緒ということなのかな」

◆

翌日。

私は嫌な気分と共に目覚めました。

酒の飲み過ぎで記憶が曖昧。恐らく倒れてしまったのだろうと認識して、そしてさらに気分が鬱屈《うっくつ》しました。

ひどく陰鬱な気分になり、休んでしまおうかと思いました。

でも、それは出来ませんでした。私には私の仕事があります。

でもどんな顔をしてあの人に会えばいいのだろうかと、そう思うと足取りも重く、気づけば遅刻ギリギリで出勤していました。

「……遅れました」

そう言って入室すると、既に兵站局は局員で溢れていました。

当然、局長たるアキラ様もそこにいます。

しかし私がいつもより遅れたことを誰も何も言いませんでした。アキラ様も、いつも通りに仕事しています。

どうしようかと悩みましたが、私は意を決して彼の下に行き、伝えます。

「……どうかしましたか？」

「いえ……。あの……、昨晩は、その、申し訳ありません。忘れてください」

もしかしたら変な事を言ったかもしれない。そうでなくても迷惑はかけただろう。そう思っての謝罪でした。

「…………」

返事がありませんでした。

変な事言っただろうかと、不安になります。

「あの……？」

私がもう一度言おうとしたところで、食い気味にアキラ様が口を開きました。

「昨日は私も飲み過ぎたせいで、昨日のこと全然覚えてないんですよね。何かありましたっけ？」

と。

素っ頓狂な顔に、私は思わず面を食らいます。

そう言えば、彼は私より酒が弱いのだ。私より先に酔っていても不思議はない。

「……あ、いえ。他愛もない話ですから、気にしないでください」

「ならよかったです。じゃあ早速仕事を始めましょうか」

アキラ様が記憶喪失になったおかげで昨日の話は終わり、心の中でそう切り替えることができました。

私はいつものように業務を始めようとして……でもその前に、アキラ様に呼び止められました。

「ソフィアさん。まずは経理部設置案について具体的な構想を練りましょう」

その言葉に、私はつい笑ってしまいました。

アキラ様はどうやら嘘が下手のようです。いい意味でも悪い意味でも、とても正直な人ということなのでしょう。

「…………はい！」

十分な休息を取ったおかげかどうかはわかりませんが、その日はいつもより軽い気持ちで仕事に励むことが出来ました。

その日から、私と彼の距離が縮まった……気がします。

「アキラ様！　前から言っているように、ゴブリン用の軍靴とオーク用の軍靴は違うんです！」

「あ、はい。すみませんすぐ直します」

「これ3回目ですよ！」

もしかしたら、勘違いかもしれませんけど。

「倉庫を一元的に管理ねぇ……」

「はい。加えて、魔王城内の倉庫が手狭になったことによる移転を考えています」

◆

この日、俺は輸送総隊ウルコ司令官と会っていた。

用事はふたつ。

ひとつは輸送隊倉庫の管理を兵站局に正式に移行すること、もうひとつは輸送隊倉庫を移転することである。

というより輸送隊倉庫移転に伴って、じゃあついでに兵站局の管理下に置いちゃいましょうということだ。

輸送隊を兵站局の管理下に置こうかな、とも思ったが輸送隊は既にかなり大規模な組織となっているので将来はさておき今は諦めている。

ウルコ司令官の立場もあるしね。

「まぁ確かに、輸送隊の奴らの多くは字が読めない。今だって倉庫の管理は兵站局の人がかわりにやってくれてるからな」名目が代わるだけだろう？」

「はい。ですが少しずつ管理体制も変えていくつもりなので、全てが同じというわけには参りません。輸送隊員には多少の負担をかけることがあるかもしれませんが……」

「……あまり過度な負担をかけられたら困るが」

「その点はご心配なく。今回の提案は、あくまでも兵站局と輸送隊の連携を強化することが目的であって、輸送隊に負担を押し付けるためにやるのではありませんから」

「なら安心だな。今の言葉、忘れないように」

「なんなら文書に残しましょうか？」

「ハッハッハッハ。その必要はないさ。なんでもかんでも文書に残したら大変だろう？」

「そうですね」

兵站関連について、文書主義は（識字率の問題に目を瞑れば）かなり浸透してきた。

通信技術は人類軍のそれとかなり勝手が違うものの高速化されているし、輸送用魔像も試験を終えて無事正式に配備が決まった。

地球の近代軍のような通信と鉄道を駆使した大規模かつ綿密な物資輸送にはまだまだ及ばないしまだ発展途上だけれど、以前の中世的でざっくばらんな兵站は徐々に減ってきている。

「で、新しい輸送隊倉庫はどこになりそうだね？」

「いくつか候補はありますが、どれも魔王城内ではなく魔都郊外になります。かなり大規模な倉庫群となる予定ですから」

魔王城は、交通の便が良いとは言えない。

むしろ今までよくここから輸送してたなと感心する。しかし輸送隊員にとってはそうでないようで、

「魔王城内ではないのか。少し出勤が憂鬱になるな。これが相応の負担というわけか」

ということらしい。

なるほど、通勤時間が伸びるかもしれないということだ。魔都郊外だから、兵舎や魔都に住む兵達にとっては遠くなるもんね。

「ご迷惑おかけします」

「何、気にする必要はない。これは必要な事だと言うのは私にもわかるし、それに例の輸送用魔像が

戦闘用魔像より優先して生産され配備されることが決まって仕事が減ったところなのだ」

「ありがとうございます」

あとで開発者のレオナに菓子折り送っておこう。コンビニのレジの壁に飾ってある奴とか。

「そうだアキラくん。その次期輸送隊倉庫はどこが候補に挙がっているんだ？　本業の私の意見も聞くべきだと思うぞ？」

「あぁ、これは失念していました。地図はありますか？」

ウルコ司令官が出した魔都周辺地図に移転予定地の候補場所3ヶ所に◯を付けた。

1ヶ所目は、魔都北の港の近く。

2ヶ所目は、魔都東の街道沿い。

3ヶ所目は、魔都南の魔都防衛隊駐屯地近くである。

広いスペースを確保でき、かつ輸送の効率等の諸条件を考慮してここまで絞った。最初は8ヶ所くらい候補があったのだが。

ウルコ司令官は地図をしばらく眺めたあと、俺の書いたひとつの◯を上から×で排除した。

「魔都防衛隊駐屯地近くはやめた方がいいな」

「その心は？」

「……駐屯地と輸送隊基地を一緒にするのは、敵にとっては格好の餌食だ。纏めて攻撃されれば一緒におじゃんになるからな」

「なるほど。リスク分散ですか」

そう考えると魔都防衛隊の駐屯地がひとつしかないのも、魔都の防衛体制を考えると問題があるな。

提言してみようかな。通るとは思えないが……。

「となると北の港か街道沿いですね」

「あぁ、どちらも甲乙つけがたい……。この2ヶ所の間ではダメか？」

「街道がないので、街道を整備するところから始めないとなりません。工期が伸びますよ」

「どうせ物資輸送量はこれからも増大するのだろう？　なら構わんだろう」

いいのかな。予算の関係で……まぁいいか。提案したのは俺じゃないから。

「じゃあウルコ司令官の提案があったと、そう書類に記載しますので」

「…………案外たくましいな」

「責任問題ですから」

そう言ったら、ウルコ司令官は目を丸くして暫く動かなかった。

いやいや、誰が決断を下したのか、責任の所在を明らかにするのは大事な事ですよ？

◆

見切り発車で始まった感のある兵站局だけど、日を追うごとに組織としての体裁が整ってきたように思う。
兵站局局長：秋津アキラ。つまり俺。全体の統括。
局長秘書：ソフィア・ヴォルフ。俺の補佐が仕事。
経理担当：エリ・デ・リーデル。給与の計算と支給、物資購入の支払いなど。
渉外《しょうがい》担当：ユリエ。軍外部からの物資調達や建設用地確保など。

そして新しい輸送隊倉庫の管理担当としてリイナさんを抜擢《ばってき》する予定。資料の保管よりもやりがいあっていいと思います。

その他、輸送を担当する輸送隊が存在し、輸送総隊司令官はもはやお馴染みとなったウルコさんである。

兵站局としてあと必要な後方部隊と言えば、生産、修理、施設、広報、法務、福利厚生、教育、医療衛生……まだ色々あるだろうなぁ。

魔王軍兵站局はまだまだ未整備ということだ。先が思いやられる。

一応、輸送、人事、開発、情報、憲兵などの業務は元から魔王軍には備わっていたし、前線部隊には製パン部隊や屠殺部隊がいたから、そこは今手を付けなくていいかな。

生産に関しては民間に任せて、交渉はユリエさんになんとかさせる。

魔像の修理は……どうなってんのかな。今まで魔像は運用してたけど、あの開発状況を見るにあまり信用できなさそうだ。

今度前線視察か何かで確認する必要がある。大戦レベルの戦場の最前線とか行きたくないけど、いつまでも机の前というわけにはいかない。でも誰かに代わってほしいわ……。

次、施設建設。

大規模な基地建設なら、民間のギルドや商会に発注ができるからユリエさんに任せる。

実際、輸送隊倉庫の移転工事はその方式でやったのだ。前線の防御陣地構築なんかは工兵の仕事だからたぶん問題なし。

広報と法務は専門外だから全然わかんねぇ。広報は空飛ぶ某ドラマ以上の知識はないし、会社の法務部なんて何やってるかわかんない場所だったし。

専門家に任せる。たぶんどっかにいるだろう。

福利厚生。

後方部隊は割と恵まれてる方だけど前線部隊に至っては不明だな。下手に兵を休ませると士気が下がるとか言いそうな無能熱血軍人がいたら目も当てられない。

でもこれはどちらかと言えば人事局の管轄だから俺が心配するのも筋違いかな。

教育。

士官学校とか兵学校とか各兵科学校とかのこと。これも兵站局の仕事なのだろうか。一応は後方部門だけれど……でも識字率の問題もあったことを見ると、まずは国家という枠組みでの教育から手を付けないとな。

で、最後に医療衛生。

……ファンタジーだから治癒魔術とかあるのかな。死者蘇生とか。

「ソフィアさん、魔王軍の医療衛生はどんな体制なんです？」

「…………？」

え、なにその「イリョウエイセイって何ですか」みたいな顔。

「イリョウエイセイって何ですか？」

おっけー。魔王軍は中世だったな。そうだったな。誰かナイチンゲール呼んでこい。

ソフィアさん曰く、死者蘇生の魔術はあるにはあるが、魔術的難易度が高いのと「禁忌」とされている魔術であるため、魔王陛下にも使えないのだそうだ。

つまり大前提として死んだら死ぬ。生き返ることはない。人間と同じ。

次に戦傷者の扱いだが……かなり悲惨だ。

まず治癒魔術は怪我を直すことしかできず、病気や疾患は一部を除いて治癒魔術では治せない。そして怪我を治すにしても種類がいくつかあるそうだ。

「治癒魔術も表面の傷を癒すだけの魔術から、複雑な怪我を治す魔術まで様々です。そして当たり前ですが、複雑な怪我を治す魔術は難易度が高く、専門的です」

「覚えてる人は少ないんですか？」

「そうですね。多くはありません。凄く少ないわけでもないですが……、現状では足りない状況です。陛下はこの状況を何とかしようと専門の学校を作ったので以前よりはマシになったのですが」

「それでも『マシ』なんですね」

「はい。なにせ種族によって体の構造が違うため、当然治療の仕方を変えなければなりませんし、怪我の種類によってもまた治療方法が変わります。そのような専門的な知識を持つ高度治癒魔術師は全軍で100人程度しかいません」

「あぁ……そうですよね。羽根が生えてる種族もいれば角が生えてる種族もいますからね……にしても100人しかいないとは悲惨だ」

「そうですね。それに手間取ってしまって治療が間に合わない場合、ケガをした腕や足をその場で切断することを『治療』と呼ぶ羽目になります」

「うへぇ……」

聞かなきゃよかった。

なんというか、おおよそ文明人がやるようなことではない。もう病院ではなく肉屋と言った方がいいレベルだ。

「簡易な治癒魔術なら簡単に覚えられるんですよね？」

「まぁ、比較的、という接頭語がつきますね」

うーん。「比較的」容易か。

ソフィアさんの言葉を聞く限り、医療や衛生に対してはかなり現場任せというように思える。

となると医療体制についてもそれなりに改革が必要だ。つまりやることはナイチンゲールのような近代的戦時医療体制の構築である。

現代日本風に言うのなら、災害医療。

「これはザックリとした概案ですが……負傷者の治療に関して3段階に分けましょう」

「3段階？」

まずは前線での治療。比較的軽傷な兵を、簡易的な治癒魔術による治癒を行う。

言わば「トリアージ」と呼ばれる手法だ。

医学的な優先順位を付けて、患者を治療する。社会的地位や種族に関係なく行うが、軍事的な優先順位はつける。

将軍とか参謀とか精鋭の兵は一般兵より優先するのは当然だ。

「軽傷の兵はそのまま戦線に復帰させ、できない兵に関しては後送します。無論重傷の兵も同じです。この時、第1段階においてやることは『ともかく兵の数をできるだけ維持すること』に主眼を置きます」

純軍事的な必要性である。

前線に置いては手のかかる重傷の兵を治すことのできる軍医よりも、戦うことのできる軽傷の兵をパパッと治せる衛生兵を必要としている。

必要とあれば前線の少し後ろに野戦病院を設置すればいい。だがそれでも、重傷者は後回しだ。

「重傷者を見捨てる、ということですか」

「悪い言い方をすればそうですが……でも人類軍が攻勢を仕掛ければ治癒魔術師の数よりも負傷者の数の方が超えることは容易に想像できます。そんな中ではどうやって合理的に、効率的に、より多くの兵を救えるかが問題となるのですよ。それに、治癒魔術って何百回やっても問題ないような魔術なんですか？」

「……いえ。魔力切れの問題があります。備品にも限りはあるでしょう」

「なら、限りあるリソースをどう使うかが鍵です。全ての傷病兵に対してあらゆる治療を施すだけの余裕は戦場にはありません」

「はい」

ソフィアさんは理屈では納得したようだが、眉間に皺《しわ》を寄せていた。

日本でもそうだったが、トリアージはかなり心理的にきつい。選別する方もされる方も。それは効率的に命を見捨てる行為でもあるのだ。

何か大きな災害が起きる度これが問題になる。

「勿論、重傷患者に何も処置を施さないわけでもないですよ。『とりあえず死なないように必要最低限の処置』をした後に、後方の病院――面倒なのでそのまま『後方病院』と言いますが――に運びます」

「そこで重傷者の治療を？」

「可能であれば、ですね。まずは野戦病院で治療し切れなかった軽傷の兵を治療させ、前線から外すか前線に戻すかを判断します。重傷者に対してはどうせ前線から外されるでしょうが、治療を施します。ただし、完治は恐らく無理でしょう」

「……無理ですか？」

「えぇ。どういう怪我かによるでしょうけど」

野戦病院は戦線にひとつ用意して簡易的な治癒魔術による『救命』を行う。

それに対して後方病院は、いくつかの戦線から集めた患者を収容し『治療』する病院だ。

当然規模は大きくなるし設備も整うだろうが、各戦線から戦傷者が送られてくるため数も膨大となる。それを捌き切れるかと言えば微妙だ。

勿論、ナイチンゲールに倣って野戦病院や後方病院は衛生に気を使わなければならない。でも、戦場だと色々限界はある。

「ただでさえ専門的な知識を持つ治癒魔術師がいない中で戦争をしているのならば、絶対的な医療リソースが足りません。後方病院での治療も望めないような重傷者は更に後送して本格的な『総合病院』に収容しますが……今の魔王軍ではここまで来るまで傷を負ってから10日は経っているでしょうね」

「……そして重傷者は10日生き残るかわからない、ですか？」

「そうです。ですから後方病院では、あるいは野戦病院の段階で、『数日以内に回復の見込みが立たない戦傷者に対しては治療を放棄する』という判断をしなければならないでしょう」

これでも今の戦時医療体制よりマシなのだから戦争というものは悲惨である。

「…………戦争なんてするものではありませんね」

まったくもって正論だ。あぁだこうだ理屈をこねる人はいるが、戦争なんてやらない方がマシに決まっている。

「そうですね。でもこれは亜人や魔族の生存戦争ですから、やめようにやめられないのでしょうけど……と、こんなことを話しても仕方ありませんね。とにかく、これが概要です。なにか質問はありますか？」

「……その医療体制を、兵站局が管理するのですか？」

「いえ。さすがに医療に関しては私たち素人ですからね。治癒魔術師専門の部隊は？」

「あります。各師団麾下の『医療隊』です」

「ではその各師団麾下の医療隊を統括する部署を作ることを陛下に提言してみましょう。『魔王軍医療局』とか『魔王軍医療総隊』とか……、まぁ呼び方はどうでもいいですけど」

「わかりました。それと医療用の備品なども大量に必要となるでしょうが、それは兵站局が管理しますか？」

「あぁ、そうですね。その方が効率はいいでしょう。それに輸送に気を使う備品も多いでしょうから、それに関しても輸送隊とよく相談しておかないといけません。無論、新設される医療局にも」

「では、さっそく資料の作成をして、陛下に提言したいと思います」

「頼みます」

これで、少しは改善できればいいのだろうけど。

第3章　全ては魔王のために

忘れもしないあの日のこと。

私にまだ、家族がいた日の出来事。

私にまだ、平和な日常があった日のこと。

「ほらエレナ、はやく起きる！」

「んー。あともうちょっと……」

「朝ご飯できてるよ！　エレナのぶんも食べちゃうからね！」

「だめー！」

当時、私はまだ子供でした。

山の中にある小さな村で、私は両親と妹と住んでいました。

貧しくも楽しい日々。魔族が人類と戦っていると言う事実を知らない私は、明るい未来と空を見ていました。

そしてそんな日常は、永遠に続くものだと思っていました。

その日、身体の強い母が、珍しく風邪をひきました。

「おかーさん、だいじょうぶ？」

「大丈夫よ、エレナ。お母さん強いから」

「うぅ、心配だな……」

妹のエレナは、お母さんっ子でした。

母の傍にいつもいて、母の手伝いをして、母の話を聞いて、母の読む昔話で夢に落ちる。

そんな生活をするエレナは、幼い私にも将来を不安にさせるほど、母にべったりでした。

「ほらエレナ。お母さんに迷惑でしょ！　それにエレナまで風邪引いたらどうするの？」

「おかーさんがそれで治るなら、私にうつして！」

「あらあら……」

私は姉として、エレナをよく見ていた。

でもまだまだ幼い私は、それよりも幼い妹によく振り回されたものだ。そんなときはいつだって、母が助け船を出した。

「お母さんのせいでエレナが風邪を引くのはちょっと嫌だなぁ……」

「うー……」

それでもダメなときは、父も参加します。

「ほらエレナ。お母さんが困っているだろう。休ませてあげなさい」

父は普段、村長の下で働く一種の役人でした。

小さな村なので役人という表現は些《いささ》か過大でしたし、実態としては猟師に近いです。森に入り、時々出る野生動物を狩って村を守りつつ村長の手伝いをする仕事です。

まぁ、本当に小さな村ですから仕事もそんなに多くはなかったのですが。

「そうだ、エレナ。お姉ちゃんと一緒にカニアおばさんのところに行ったらどうだ？　お母さんは私が看ているから」

同じ村に住む、カニアおばさんは私たちの叔母にあたる人。美味しいお菓子を作る人。

だからそこにいけばエレナが甘いものをふんだんに食べられるということでもある。

「……わかった。おかーさん、元気になってね！」

父の策略にまんまと乗せられたエレナだったけど、私はその時別のことを思った。

あぁ、エレナはいいな。みんなから構ってもらって。

姉の醜《みにく》い嫉妬《しっと》、でしょうか？

私だって子供なのに、面倒をかけてもらえるのはいつでも妹のエレナだ。たまには私だって、お母さんに構ってほしい。

子供心にそう思いました。

そしておばさんの家で私が思いついたことは、子供ならではの大胆な決断です。

「カニアおばさん。ちょっと外に行きますね」

「……ん？　どこに行くんだい？」

「友達と用事あったの思い出して」

「あぁ。なら行っておいで。約束はまもらなきゃね」

当然、嘘でした。用事なんてありません。

「おねーちゃん、おかし食べちゃうよ？」

「食べていいよ。太ってもしらないから！」

「太らないもん！」

べー、っと舌を出す妹を背に、私はついつい手を挙げそうになったけど、でも優先すべきはお母さんのことだと思って、腕を下げます。

その代わり、

「そんなに食べたら、夕飯食べられなくなるでしょ。お父さんに怒られても知らないよ」

「じゃあその分おねーちゃんにあげる！　そのかわりおねーちゃんのおかし食べるから！」

「……太るよ？」

「太らないもん！　それよりおねーちゃんどこ行くの？」

「言ったでしょ。友達との約束」

「じゃあ、おみやげよろしくね！」

「はいはい」

我が儘を言う妹を残して、私はおばさんの家を出ました。

私が外に出たのは、森に入るためです。

村を囲む森の中には、山菜や果実、薬草の類が生えていることを知っていましたから。父がよく、猟の帰りにお土産として持ってくる時があります。

その時に、風邪に効くとされる薬草も目にしました。しっかりと覚えています。

それを持ち帰れば、きっと喜んでくれる。

なんて、甘い考えで、私は森に入りました。人生で初めての冒険で……最後の冒険でもありました。

「なかなか見つからないな……もうちょっと奥行かないとダメかな？」

森には害獣もいるのに、私は森の奥深くまで入ります。

目的は、山菜と果実と薬草。ただ単に、大好きな母に喜んでほしいから。

勿論、害獣に出会ったらすぐに逃げ出すつもりでした。子供の足では無理？　そんなこと、子供にはわかりません。

それに幸運なことに、その日は出会いませんでした。害獣どころか、鳥にも、野兎にも、出会いませんでした。

それをおかしいと思うほど、当時の私は頭がいいわけではありません。

かえって幸運を喜び、どんどん歩を進めます。

気付けば、私は目当ての薬草も山菜も果実も見つけられないまま、森の中で夕陽を眺める羽目になりました。

「……どうしよう」

収穫はなし。もしこのまま手ぶらで戻れば、確実に怒られるでしょう。

エレナにどんな顔をされるかわからない。でも夜になったら、もっと危険だということは知っています。

両親に怒られるのではないかという恐怖と、夜が迫ってくる恐怖が天秤《てんびん》に掛けられました。

どちらに重きを置くのかを子供ながらに考えて、でも結論は終ぞ出ませんでした。

なぜなら、聞いたことのない音が聞こえたから。

「……今の、なに？」

もし当時の私が、今の私並に語彙力があれば、きっとこう言ったでしょう。

『あぁ、今の爆発音はなんだろう』

と。

お母さんに、何かあったのかな？

お父さんがいるから、大丈夫だよね？

エレナは、おばさんのところでちゃんと大人しく待ってるよね？

私はそう思いながら、来た道を戻ります。

必死に走りながら目の前を見れば、そこにあるのはオレンジ色の光。でも太陽の光は、私の後ろから射しています。

数時間かけて歩いた道を、数時間かけて走って戻りました。

すっかり夜となり、明かりは燃え盛る炎だけになります。

「…………なに、これ？」

明かりは、村にあるほとんどの家についている炎だけになります。

私の家が、焼けています。

カニアおばさんの家も、当然燃えています。

村長の家は、火が消えて既に黒ずんでいます。

私の目に映ったのは、黒と、赤と、

「い……いや……あぁ……」

たくさんの、死体。

死体。

死体。

私の家の近くには、母と父が折り重なるように転がっていました。

カニアおばさんの家の近くには、カニアおばさんが火に包まれていました。

そしてエレナは——、

『おい、見ろよこれ。まだ子供だぜ！』

『勿体なかったな。ペットとして高値で売れただろうに』

『売るよりも息子の誕生日プレゼントにしたかったたな。でも、死体だけでも価値があるんじゃあねーか？　そういう変な物好きはいるし、これ見たところ、五歳くらいだろう？』

『犬っころの年齢なんてわかるかよ。にしても本当に頭から耳が生えてんのな。気持ちわりぃ』

当時の私には何を喋っているかわからない——でも今の私には何を喋っていたかわかるけど、理解できない——ことを喋る「人間」がいました。

人間は、体中から血を流し、白目を剥いて脱力している死体を持ち上げていました。

母と同じ髪色で、父から貰った髪留めをして、私と顔がそっくりな死体を。

それは、妹のエレナでした。

「エレ——」

妹の名前叫ぼうとして、でもできなかった。

突然背後から蹴飛ばされて、倒されたのです。起き上がろうとしても、背中を踏まれては何もできませんでした。

「がっ——あぁ——」

『生き残りはっけーん』

肺から息が漏れて、まともに呼吸の出来ない私を無視して何かを話す男の声。

こんな光景を前に、何が楽しくてそんな笑い声を出すのでしょう。

『隊長、どうしまし――って、それ』

『今日はついてるぜ。こんな辺鄙《へんぴ》なところに村があって食い物もある！　それに見ろよこれ、メスだぜ！』

『隊長って犬にも欲情するんですか？』

『さすがに動物に欲情しねぇけどよ。このキモい耳と尻尾切り落とせばまぁ、人間には見えるだろうよ。子供だから魔術とやらで抵抗されないしな』

『なるほど！　頭いいですね！』

『だろう？　って、お前らいつまでそんな汚いもん持ってるんだ？』

『あぁ、すんません。すぐ処分しますんで』

瞬間、エレナの身体が地面に落ちます。そしてエレナはピクリとも動かなかった。

「……エレナ」

やっと出た声は、私を踏みつける男の耳には届いてなかったのか、あるいは聞こえても理解できなかったのか、何もしませんでした。

エレナを放り投げた男たちは村を物色し、私を踏みつける男はそのまま煙草を吸います。灰が私の顔や背中に落ちますが、痛みも何も感じませんでした。

「お母さん……お父さん……エレナ…………」

あるのは、絶望でした。

これから私は死よりも恐ろしい体験をするのだと、子供ながらに考えていたのです。

『隊長、他には生き残りはいないようです』

『わかった。んじゃずらかるぞー』

その会話の後、私は背中の重みから解放されると共に、髪の毛を掴まれて持ち上げられました。

もう、痛みも感じませんでした。

『隊長、それ本当に持って帰るんで?』

『俺は貧乏性でな。おい、誰か拘束用の縄あるか?』

『軍用犬用の首輪ならありますぜ?』

『ハハハ、いいじゃないか。犬にはピッタリだ!』

何が楽しいのか、何がそんなに面白いのか。

焼けた屍肉の臭いがするこの村で、いったい何を面白がっているのでしょう。

こんな狂気の世界、夢であってほしかった。でも肌に感じる炎の熱は、確実にそれが現実であると知らせてきました。

夢じゃないなら、誰か助けて。

「誰か……誰か、助けて……!」

誰にも届かないとわかっていても、そう言うしかできなかった。

人間たちの手が私の首にかかりかけた、その時、

「ガァッ……」

私をついさっきまで踏みつけていた男が倒れました。背中に、大きな穴を開けて。

「えっ……?」

私は困惑します。一体何が、と。

ですが困惑の度合いは、私より人間たちの方がずっと大きく、

『な、なんだ⁉』

『まさか、このガキが……！』

人間たちが狼狽《うろた》え、彼らは杖《つえ》のような武器を構えました。

ですがその行動は無駄に終わります。

次の瞬間、彼らは大量の出血と共に地面に斃れます。悲鳴を上げる暇もなく、彼らは胸に大穴を開けて息絶えたのですから。

助かった、とは思いませんでした。

次は私だ、とは思いませんでした。

ただ、何もせずに呆けていました。

何もできずに、呆けていました。

数分して、私に話しかけてくる女性の声がしました。

「――大丈夫かい、お嬢さん。遅れてすまない、助けに来たよ」

その女性は父より背が高く、頭から禍々しい角を生やし、鮮血の色の長い髪を持つ美しい女性でした。彼女は何人かを付き従えており、すぐに周辺の探索を命じました。

「……だれ？」

「名を尋ねるときは、まずは自分から名乗るものだよ」

大仰に、凛とした声で話す様は、妙に偉そうでしたが不思議と嫌悪感は抱きませんでした。

「……私は、ソフィア、です」

「ソフィアか。いい名だな。私の名前はヘル・アーチェだ。よろしくな」

ヘル・アーチェ。

子供の私でも知っている名前。

人類が恐れ、魔族が畏れる存在。魔王、ヘル・アーチェ。

それが今、私の前にいる。

「魔王……陛下……？」

「よく、そう呼ばれるよ」

魔王の存在は、子供の私でも知っている。

魔王は、世に普くすべての魔術を使える存在であると。だから私は、叫んだ。

「陛下！　エレナを、エレナを助けて！」

必死に叫んだ。

必死に、妹の名を叫んだ。母ではなく、父ではなく、まず妹の名を叫んだ。

お姉ちゃんだから。

お姉ちゃんは妹を助けなくちゃいけないから。

私は近くにあった妹の身体を抱き寄せて、妹の名を叫びました。エレナ、エレナ、と。

「エレナ、起きて！　お土産、欲しいんでしょ⁉　あんなにせがんだじゃない。なら起きて！　起きないとあげないから、起きないと、お土産見せられないから……！」

エレナの目は、物理的には開いていました。

でもエレナの目は私も、世界も何も見えていないのだとわかります。だけど私は、必死に叫びます。

「陛下、エレナを助けて！　陛下なら使えるでしょ！　お父さんが言ってた。魔王陛下はなんでもできるって。だから陛下、エレナを……」

妹を、助けて。

そう続く言葉を放つことはできませんでした。

陛下が私の肩に手を置き、妹の瞼を閉じさせた後、母の様に優しく言ったのです。

「……ゆっくり、眠らせてあげなさい」

その言葉を聞いて、私は、目から溢れ出るそれを止めることはできなかった。

エレナは死んだのだと、理解したから。

◆

お母さん、お父さん、エレナ、カニアおばさん、そして村に住む私の友達、親戚、みんなのお墓を、私は作りました。

体中泥まみれになって、体中煤まみれになって、体中悲しみにまみれながら……私はひたすら穴を掘りました。

村にあった家は全て焼け落ちて、残ったのは、私と、お墓だけ。手元には、エレナが身に着けていた髪留めがある。それを私は、ジッと眺めるくらいしか出来ない。

「陛下。周辺地域に異常なし。人類軍はアッシュ峠まで後退した模様です」

「わかった。思念波で全隊に連絡しろ。撤収だ」

「了解しました」

陛下と、陛下の部下が何かのやり取りをする間、私は家族の墓の前で座り込んでいた。

何もかも失った。生きる気力でさえ、私は失ったのだ。

「ソフィアくん。これからどうするのだ？」

「……」

どうもこうもありませんでした。

家族も友人も故郷も失った私には、選択肢なんて用意されていません。

「………何もしたくない。もう、死んでしまいたい」

本心でした。

こんなにも「死んでしまいたい」と思うことは二度と来ないでしょう。

何もせず、ただここで家族と一緒にいたい。それだけのこと。

「……何もしない、か。確かにそれも選択肢のひとつではある。それを選ぶのは、君の自由だ」

何を言っているのだろう。

それ以外の選択肢があるのでしょうか。それとも、あれほどの高みの存在に至れば、多くの選択肢が見えてくるのでしょうか。私にはわかりません。

私のその、幼い疑問を知ってか知らずか――今にして思えば、絶対に知っていただろうと確信しています――陛下は僅か笑みを浮かべて、こう答えるのです。

「だが『何もしない』というのは勿体ない話だ。何もしないこと、死ぬことなんていつでもできる。だが『何かをする』のは死んでからでは無理だろう？」

正論でした。正論だから、なんだという話でしたが。

この状況で何をすればいいのか、私には一向にわからないのに。

そんな心境が伝わったのか、最初から続きがある台詞だったのか、陛下は言葉を続けます。

「何をすればいいのかわからないなら、私と一緒に来ればいい。お嬢さん？」

不思議なことに、何かを確信に至らせる魔力の込められた言葉でした。気付けば私は、陛下から伸ばされた手を握り、そして陛下と共に行動することになったのです。

その後、私は生まれて初めて魔都グロース・シュタットにやってきました。

初めて見る大都会に心を奪われる……余裕があるはずもなく、私は陛下の下で暮らします。

時間が解決してくれるのを待つしかない、という陛下の方針で、私は侍女見習いとして魔王城で働きました。

慣れないメイド服を着て、慣れない仕事をして、夜になれば家族のことを思い出して泣いて、陛下と共に暮らして、自分の身を守るため、陛下の身を守るために魔術を習い、そんなことを繰り返して、私は徐々に回復していきました。

陛下には、感謝の言葉だけでは足りません。

◆

それから何年も経ったある日のこと。

陛下に呼ばれたのです。

「陛下、如何なさいましたか？」

「あぁ、ソフィアくん。今日、召喚の儀を行ったのは知っているね？」

魔王軍を救うために異世界から救世主を召喚するための儀式。

陛下が私に出会うずっと前から描いていた魔術陣を使う儀式が、今日行われていたのです。

そして召喚された者の世話や補助を、私が行うことも事前に決定していました。

私はもう少し陛下のお世話をしたかったけれど、私以上に救世主殿の補助を勤めることのできる者はいない、そういう理由で。

陛下のお言葉とあれば、私はその要請を受け入れました。

「はい。それで、結果は……？」

「半分成功、と言ったところかな。召喚には成功したが、救世主ではなかった」

「では、誰が来たのです？」

私がそう聞くと、陛下は少し躊躇って、それを話しました。

「異世界に住む、人間だよ」

「に、人間……？」

「あぁ、人間さ」

陛下の言葉に、私の警戒心と不安感が頂点に達します。けれど陛下は逆に、いつか見た笑みを再び私に向けたのです。

「『何かをする』時が来た……そうは思わないかい、お嬢さん？」

◆

正暦1879年11月5日　連邦東部標準時13時0分

汎人類連合軍統合参謀本部第三会議室

「定刻となりましたので、これより『第Ⅶ方面管区における対魔王軍冬季攻勢作戦』の実現可能性に関する考察会議を始めさせて頂きます」

誰かの言葉で、静寂に包まれた会議室の雰囲気が僅かに変わる。

それは、人類の歴史、この世界の歴史が変わる瞬間でもあることを表していたのかもしれない。

議事進行役は、大佐の階級章を襟《えり》につけた士官。

そして彼の視野に入るのは、各国の軍隊において相応の地位につき、汎人類連合軍の中枢とも言える者達である。

汎人類連合軍は、その名の通り各国家が「魔王」という共通の敵に対して手を結んだ超国家的な組織である。

故にその構成は実には多種多様。白人、黒人、黄色人種、男性、女性、老人、若者。

しかし当然のことだが、人間しかいない。

人間以外の種族は、悪魔であり、蛮族であり、敵である。故に彼らは殲滅《せんめつ》しなければならない。

それが汎人類連合軍の思想であり、一種の宗教である。

「作戦は、北洋諸島連合王国軍参謀部が独自に立案し、我が汎人類連合軍統合参謀本部に提出されたものでございます。本会議はこの作戦案の可否を含めた具体的な議論を目的としています」

人類は、魔王という絶対悪がいても国家を統合し切れず、軍隊と言う枠組み中にあってはいわば二重構造となっていた。

しかしそれは二重のチェックと、一国の暴走に歯止めをかけ人類全体の意志を確認する手段としては有用だったことも確かである。

北洋諸島連合王国は人類の中でも最も古い国家のひとつで、連合王国軍もまた長い歴史を持つ軍隊である。

故にその思想は基本的には保守的であるが、時に大胆な作戦と革新的な兵器を立案して歴史を変えてきた軍隊でもあった。

そして今回の作戦もまた、汎人類連合軍の歴史を変えたことは間違いない。

「提案された『第Ⅶ方面管区における対魔王軍冬季攻勢作戦』――長いため、連合王国軍が命名した作戦名『オーケストラ作戦』を使用します――の最終目的は、我が人類の最大の敵であった『魔王』を討ち取り、全人類の悲願であった平和と秩序を取り戻すことにあります」

出席した会議参加者の中から、驚きの声が微かにあがる。

もとより、人類軍の最終目的が魔王の討伐であることは誰もが理解しているところである。

そのために技術を進歩させ、兵器を生産し、魔王軍の兵器を調査し、長い時をかけて一歩一歩確実に、魔王ヘル・アーチェが住む魔都グロース・シュタットへと近づいていたのだ。

しかし人類軍は未だに魔王ヘル・アーチェに勝てない。

彼女の持つ絶対的な力の前に、人類の科学力は無力だった。そのために、まだ人類は着実な進歩を遂げていた。

その進歩を、一気に早めることに「オーケストラ作戦」は主題を置いていた。

それは人類の進化は科学力の進化だけに留まらないということ。

つまり、魔王軍に対する戦術や戦略も確実に革新を遂げているということである。

連合王国軍らしい、堅実で、しかし革新的な作戦案は誰の目にも新鮮に映った。いくつかの国の将軍が称賛の声を上げる一方で当然、疑義の声も上がる。

「このような作戦、前例がない。成功の可能性の前に、実行の可能性を論じるべきではないのか」

それは当然の反応だった。

なにせ「オーケストラ作戦」は汎人類連合軍の総力を挙げて遂行する作戦だったからである。

数ヶ国が共同で作戦を取ることは今までにもあったが、しかし連合軍参加国のほぼ全てを作戦に投入すると言う前代未聞の規模を前にして、当然慎重論が出た。

しかしその当然の反応に対しても、予想済みであると言わんばかりに連合王国軍参謀部の将官が発言する。

「今まで北大陸で行われてきた対魔王軍作戦の情報を精査した結果、我々は十分可能だと考えております。この『オーケストラ作戦』は全体像として見れば革新的ですが、その基礎となる部分は今までの作戦の積み重ねであり、既存の戦術理論の上に成り立っているものです。無論多少の修正は必要でしょうが、小官と致しましては十分可能という結論を出させて頂きます」

机上の空論ではないことを積極的に主張する連合王国軍の理論もまた正しい。

なぜならば、机上では完璧な作戦よりも、実際の戦場において蓄積されたノウハウによって組み立てられた作戦の方が遥かに現実的であるから。

その点で言えば、この作戦の実行可能性は高いと言わざるを得ない。

そしてそれが実行できるとするのならば、魔王個人の才覚はともかく魔王軍という組織の実力を鑑みる限りにおいては、成功の可能性は十分にあった。

それだけで、多くの諸将の関心を引き、賛同に立つ者も多くいた。

数時間程の検討会議の結果、「オーケストラ作戦」は多少の修正を経て完成され、採択された。

最後まで実行反対を声高に叫んだのは、歴史的に長く連合王国と対立関係にあった国家のみであったという。

会議が終われば、あとは佐官レベルの参謀と実戦指揮官を交えた大規模な作戦検討・修正会議が待っている。

今日はとりあえずは解散となるが、これがさらなる大きな会議と戦闘を呼ぶことになることは多くの者は承知していた。

仮にオーケストラ作戦に何か反対がある者は、その会議で提言した方がまだ意見が通るというものである。その会議の場は国籍や階級に関係なく自由な発言が許されているため、階級が低い人間ほどその会議を重視する。

「閣下、本当によかったのでしょうか」

それだけに、連邦軍作戦部所属の士官であるジョシュア・ジョンストン少佐が自分たちの仕事場に戻る道の途上で、彼自身の上官に対してそのように述べたのは少しおかしな話だった。

当然上官は、後日の会議でその不安を述べればいいという回答をするのだが、ジョンストンが求めたのは作戦の修正ではなく作戦の撤回だった。

つまり、どこぞの連合王国の仇敵《きゅうてき》のように、そしてその国とは違い、まともな理論でオーケストラ作戦を否定したのである。

「オーケストラ作戦は確かにすばらしい作戦案だとは思います。現実に即した内容で、机上の空論とならないよう注意し、綿密に計画された作戦案であります。しかしその一方で、魔王軍の実力を軽視しすぎているのではないかと小官は考えています」

曰く、直近数ヶ月の魔王軍の様子がおかしいと言うこと。

前線部隊からの報告で、些細にその変化が報告されていた。しかしそれは前線指揮官の主観であるという指摘もあり、殆ど見向きもされていない報告だった。

「もし魔王軍が何らかの、急激な改革を行っているのであれば、このオーケストラ作戦は失敗すると考えます」

だが、上官はその言葉を否定する。

前線指揮官の主観が多分に含まれた報告書に、少佐の主観をさらに振りかけた提言など誰が重要視するのだろうか。

上官はまだジョンストン少佐に理解があったために聞くことは出来たが、他の者であれば聞く耳を持たなかっただろう。

それにたとえ何らかの改革が行われていたとしても、成功する確信が各国の高級士官の脳内にはあった。状況変化に対する作戦も後日の会議で検討されるであろうし、何も問題はないはずだ。

だが少佐は諦めずに食い下がる。なにか大きな存在に急かされるかのように、彼は一心不乱に反論する。

曰く、

「オーケストラは、劇場で奏でる音楽と野外演劇上で奏でる音楽は同じ譜面であれど全く異なる音を産み出します。環境の違いが、違った結果をもたらすのです」

それは正論である。

同じ譜面、同じ楽器、同じ演者であっても結果が異なる。それが音楽であり、戦争にも当てはまる話である。

元音楽隊志望の上官に対する説得としてはかなり有用な弁舌だっただろう。

だがしかし、上官は既に連邦軍大将という地位に上り詰めている。音楽隊の夢などとうの昔であり、彼の頭にあったのは「他国との衝突を極力回避すべき」という祖国からの圧力である。

魔王軍との戦争が終われば、今度は人類軍同士の戦いが始まるだろうと、上官は言う。

そのときにどれだけ人類軍の中で我々が活躍できたかによって、今後構築されるだろう世界秩序の中で存在感を発揮できるかが決まるのだ。

だからこそ連邦軍は、成功確率の高いこのオーケストラ作戦に積極的に参加するのである。

戦術云々よりも政治が優先されることがあるのは、人間社会の特徴だった。

あらゆる反論が上官の前に跳ね返され、ジョンストン少佐は打つ手をなくしてそれ以上言葉を発することはなかった。

上官は臆せず反対論を唱える彼を見て、かえって評価を上げた。

しかし、オーケストラ作戦発動に関する準備を早急に行うことに専念することになったために、その評価が人事に反映されることになったのはだいぶ先の話となる。

◆

早いもので、俺が召喚されてから1年が経った。

兵站局は今や魔王軍の中でもかなり大きな組織である。

兵站に関しては文書主義が浸透し、文書管理も（割と）スムーズに行くようになった。

経理部門も人事局から完全に切り離され、輸送隊が新しい拠点に移った事を機に輸送隊倉庫の管理権限を完全に兵站局に移行した。

陛下に提言した戦時医療体制の構築はまだその途上だけども、後方支援部隊として「魔王軍戦時医療局」が新たに設立。

ちなみに局長は治癒魔術を得意とする天子族のイケメンである。

特に意味はないが殴りたい。

イケメンを全員殴れば顔が変形してイケメンではなくなり評価が下がり相対的に俺がイケメンになるから殴りたいとか全然、本当に全然思ってないけど殴りたい。

なお、その天子族のイケメン、リドワン・ガブリエル戦時医療局長の才についてだけど……彼が兵站局に、戦時医療局の設立挨拶に来た時、こんなことを言っていた。

「『戦時医療局』は戦時医療に限定せず、市井医療の改革と発展を推進していきたいですね。具体的には医学や治癒魔術の研究を推進し、知識を分け与える魔王軍医薬科学校を設立すること。医科、薬科、看護科を設けますが、一方で市井での医病院開業も推進します。また魔王軍で推し進めようとしている医療体制改革のノウハウを民間にも開放する予定です」

と。

魔王軍戦時医療局の設立提言をした俺の目の前で、あえてそのような事を言ったのは自分を信用に足る人物であると宣伝するためなのだろう。

実際、信用はできた。

能力の高さと人柄の良さをバッチリ売り込まれてしまったわけだ。

ちなみに戦時医療局は兵站局の近くにあるので、何かと顔を合わせることが多い。戦時医療局の兵站管理を兵站局が行っているため、あちらとの調整会議が多く割と便利。

ともあれ、こうして変貌《へんぼう》していく魔王軍の様子を見るのはなかなか楽しい。

無論、順風満帆なわけはないのだけれど。

◆

「補給の責任者は誰だァ！」

ある日のこと——と言っても毎日のようにあるのだが——魔王軍陸戦部隊の士官が兵站局の執務室に怒鳴り込んできた。

「私ですが」

「貴様、人間か！」

「はい。それが何か」

「だと思ったわ！　この程度の仕事もできんとは人間がやりそうなことだな！」

現状、魔王軍唯一の人間であるためこの手のいちゃもんはもう慣れた。

1年もやってると神経が図太くなる。

「人間、これはなんだ！」

と言いながら士官が懐からジャラジャラと出したのは、赤色の石である。

言うまでもなく紅魔石系の魔石であることは間違いないのだが、問題は数種類ある紅魔石の内のどれか、という点。

魔像魔石削減計画はまだ途上だ。

というのは、魔石や魔像の生産の種類を絞っているだけで、現在ある魔像の廃棄までは予定していないから。

これは現場ではどんな役立たず兵器でも使える物はとことんこき使いたいからである。

まぁ、そのおかげで倉庫にある魔石の在庫を一掃することができるのだが、問題はやはり多種多様で見分けのつきにくいということである。

兵站局長として、ここは間違えられない。

「……純粋紅魔石、ですか？」

「そうだ。純粋紅魔石だ！」

よかった、あってた。

暖を取るための燃料として紅魔石を頼んだのに純粋紅魔石が届き、保有魔力量が多すぎて暖炉が爆発すると言う恐ろしい話が冬になると頻発していたのだ。

今回もその手の手合いだと思ったのだが……、

「改良鐵甲魔像Ⅳ型用の純粋翠魔石を寄越せって言ったのに、なんで純粋紅魔石が届くんだよ！　色全然違うだろ⁉」

「……すみません」

赤と緑を間違えると言う、見分けがつきにくい以前の問題だった。

一応、色覚異常の検査はしているため重度の色覚異常者に魔石の選別作業など、色を使う仕事はさせていない。

というのはレオナが先日言ったように、魔力量の高い翠魔石を、容量の少ない紅魔石系の魔像に使用すると最悪爆発する危険があるからだ。

だから赤と緑を間違えると言うミスはあってはならない。

とは言っても、兵站局設立からまだ1年、魔像魔石削減計画発動から数ヶ月なためミスが出るのは仕方ない。

恐らく書類上の不備か疲労や訓練不足による選別ミスが原因だろうと思う。

とりあえず、

「このような事が今後起きないよう局員に対する指導を徹底し再発防止のための施策を実施すると伴に、異なった魔石が届いた時の対処法を各部署に通達致します。この度はご迷惑をかけ大変申し訳ありませんでした」

という、現代日本で週に1回は聞く台詞と共に腰を曲げると、相手の矜持《きょうじ》が保たれて大抵はなんとかなる。

俺も今更こんなんで傷つく矜持を持ってはいないので最も穏便な方法だ。

当然例外もある。

「あぁ⁉︎　謝ってどうにかなるもんじゃないだろうが！　この落とし前どうするつもりなんだ！」

額に血管を浮かばせながらガン飛ばしてくるおっちゃん。怖いっちゃ怖いけど毎日経験するとむしろ微笑ましい光景にも見える。

嘘です。凄い怖いです。足ガクガクです。

　このように穏便に行かなかった場合は——、

「うっせぇぞこのクズが！　オレにもう1回言ってみろよ、陛下に頼るしか能のない陸軍の給料泥棒が！」

「んだと、このガキィ！」

「誰がガキだ、この無能！」

　ハーフリングで渉外担当でオレっ子ロリでついでに喧嘩っ早い上に喧嘩に強いユリエさんが、思い切り相手の股間を蹴りあげたのちドヤ顔で中指を立てるのである。しかも両手で！

　そして痛みに耐えられず悶絶する士官をご近所さんの戦時医療局所属の局員が医務室に運ぶまでがテンプレ。

　相手が階級上でもお構いなし。たぶん元帥相手にも同じことをやるだろう。

　当たり前だがやっちゃいけないことだ。

「ユリエさーん、今日は自室で謹慎しといてくださーい」

　と、形だけの罰を与えてはいる。まぁ、個人的にはありがたいことをしているので本当に形だけだ。

　ユリエさんもそれを理解しているので、

「休暇ど〜も！　お先失礼しま〜す！」

　と堂々と言う。

　……もしかしてユリエさん、喧嘩すればするほど休みが貰える制度が実在すると勘違いしているんじゃなかろうか。

　しかしバカみたいに喧嘩に強いハーフリングの子供（子供じゃないけど）がいるということで、最近は堂々と兵站局に喧嘩を売る奴はいなくなった。

そのために徐々にユリエさんの休暇は減り、それと反比例して彼女がぶーぶー言う回数が増えた。だから休暇じゃねぇっつうのに。

「うぅ……すみません、局長様……。わ、私の管理が行き届かなかったばかりに……」

謹慎するユリエさんと入れ替わりにやってきたのは、兵站局管理担当のリイナさん。

輸送隊倉庫の管理を任せているので、今回のミスは確かに彼女のミスでもある。しかし先述の様に組織設立から日が経ってないことも確かだ。

「気にする必要はない……わけないんですが、そこまで塞ぎ込むことはないでしょう。徐々にミスを減らしていけば問題ないです」

「ご、ごめんなさい……」

すぐに謝るなんてリイナさんも日本人の才能あるんじゃなかろうか。

「謝る必要性はないですって。それよりも、今後の対策を検討しておいてください」

「は、はい！」

個人のミスは組織で減らす。

個人のミスを追及してその責任を問うだけではいつまでも改善しないものだ。個人のミスは個人の責任ではなく連帯責任である。

……。

そんなことより、謝罪の為とは言えリイナさんの方から俺に話しかけてくるなんて数ヶ月前まではなかったよね。

やっと、やーっと慣れてくれたのだろうか。レオナの言う通り、やはり放置して正解だったかな？

「コホン」

「ひぃ⁉」

隣から聞こえる咳。

読心術の使い手、ソフィアさんである。

どんな意図があっての咳かは知らないが、話題の方向転換をした方がいいのは明らかである。

そして空気の読めるエルフこと経理担当のエリさんがメガネを光らせながら、

「にしても魔王軍戦闘部隊というのは、どうしてあんなに態度が大きいんでしょうねぇ……。なんら戦果を挙げていない役立たずの集まりですのに」

などと危ない事を言う。敵を増やす発言はやめたまえ。

「まぁ、兵站が滞って戦闘に支障が出る……というより出ているのが嫌なんでしょう。予算も無限にあるわけじゃないのに、兵站局や戦時医療局が新設されてさらに少ないパイの奪い合い。そらネチネチ言いたくもなりますよ」

どこの国でも陸海空軍の対立というのは少なからずある。

魔王軍の場合は、通常の戦闘部隊と我ら兵站局、さらには指揮系統が独立して存在する親衛隊とも垣根がある。

魔王親衛連隊あるいは単に「親衛隊」は、元々は魔王ヘル・アーチェ陛下の護衛部隊である。

だが魔王陛下自身が規格外の強さを持っているために近年では護衛隊ではなく、陛下と共に行動し、人類軍が突破した戦線の穴埋めを担当する精鋭の緊急展開部隊である。

ぶっちゃけて言えば、親衛隊は彼らの為に戦線の維持と時間稼ぎをしている。

魔王軍は海上優勢も取れていないし、航空優勢も当然取れていない。

それでも魔王軍が壊滅していないのは、彼ら魔王陛下直属の魔王親衛連隊の力があってこそである。

彼らこそ真の魔王軍と言っても過言ではない。

しかしそれでも穴を塞ぐのが精一杯で、人類軍はじわじわと戦線を押し上げているのだが。

……益々魔王軍戦闘部隊の立つ瀬がない。

「そう言えばよー。親衛隊の奴ら、この前酒場で戦闘部隊のことを堂々と批判してたぜ。そんで居合わせて戦闘部隊の連中と殴り合いの喧嘩になってた」

と、証言するのは自室謹慎の準備のために部下に仕事を押し付け始めるユリエさん。

謹慎から復帰したら彼女の仕事増やして部下の分を減らしてやろうか。

「魔族ってのはみんな喧嘩早いんですか？」

「リイナの顔見てみろよ」

「個性ってすごいですね」

「せめて顔見て判断してやれ」

いや、見るまでもない事だよ。まぁ不必要にいじるのはやめておくとして。

「親衛隊はなー。こっちもこっちで嫌な思いしてるからなぁ……」

「そうなのか？　陛下は優しいぜ？」

「そうですけど、魔王陛下が誰もが認める人格者だからと言って、部下がそうだとは限らないでしょう？」

「いや、まぁ……そうだな」

「そう言えばこの前、兵站局で管理している物資の一部を貸せとかなんとか言ってましたね」

と、ソフィアさん。

「え？　そうなんですか？　聞いてないんですけど」

「報告すべき事案ではないと判断しました。兵站局と親衛隊とでは命令系統が別なので責任者を通してから然るべき文書にて正式に要請してくださいと断りましたので」

「縦割り対応ありがとうございます」

あゝ無情。

広がる軋轢は魔王軍にとって災厄《さいやく》となるだろう。でも親衛隊の横柄《おうへい》な態度は腹が立つので聞かなかったことにしよう。

「で、その件についてなのかは知りませんがアキラ様、魔王親衛連隊のダウニッシュ様が面会を要請しています」

「はい!?」

ちょっと待って、縦割り対応で追い出した魔王親衛隊が面会ってどういうことだよ！

確実に出入りじゃん！　殺されるんじゃないか俺！

「……補給の要請なら文書を通してくださいよ」

とりあえずソフィアさんと同じ要領で逃げてみるが。

「補給の要請ではないのでしょう。どうしますか？」

逃げられなかった。

……補給の要請ではないのだとしたら、全く無関係の話かもしれない。

それに親衛隊とはいつかは話し合いをしなければならないのだ。いい機会だと思おうか。

あぁ、胃が痛い。

「ダウニッシュさんというのは、どういう方なんです？」

「親衛隊に所属するエルフの士官ですね。いわゆる『大魔術師』です」

「ほほう」

ということは、かなりの大物。

しかもエルフの大魔術師と言えば、１２０トンの物資を収納できる収納魔術を使える人物ということでもある。

なかなか興味がある。

こんな機会でなければそんな奴と会うことはできない。

「いいでしょう、会いますよ。いつですか？」

◆

「お初にお目にかかります、ダウニッシュ様。私は魔王軍兵站局長の秋津アキラです」

「噂は聞いているよ、アキラ局長。親衛隊所属のガウル・ダウニッシュだ。よろしく頼む」

ダウニッシュという士官は他のエルフと同様、長い金髪と耳を持つ男性だった。

それ以外の見た目は……日本にあった某奇妙な冒険漫画に登場していた身体の一部を変身させることができる自称宇宙人によく似ている。

「噂ですか。碌《ろく》な噂じゃなさそうですね」

「そう自分を悲観する物ではないぞ。確かに人間だから、という理由で根も葉もない噂も流れてはいるが、私が関心を寄せている噂は別物だよ」

いや、どっちにしろ碌な噂じゃないと思うんだよね。

ちなみに俺自身が聞いた俺の噂は以下の通り。

『秋津アキラなる人間は魔王陛下を取り込んで公費でハーレムを作っている売国奴《ばいこくど》である』

とかなんとか。

いっそそれが本当であればよかったとか思ってないよ？

事の真相は御存知の通り、頼んでもないのにハーレム作る魔王陛下に悩まされている俺という構図である。

最近は男の比率も増えてきたけども、まだまだ女性優勢である。

「碌な噂が広まらないよう、精進しましょう」

「期待しよう。親衛隊も君の働きに関心を寄せているよ」

「身に余るお言葉です」

魔王軍にしては――正確に言えば魔王軍ではないが――物腰が柔らかく、第一印象としては良い人であった。

その後もダウニッシュさんから魔術と親衛隊の話を、俺は日本の話や今後の兵站局の話をして盛り上がった。

腹の探り合いもせずに割と普通に雑談を楽しんでいるのは、迂遠な会話を嫌う魔王軍の特徴でもある（一部除く）。

「それで、今回はどのようなご用件で？」

そんな大魔術師がどうして兵站局に来たのかが疑問である。まさか雑談をしにきたわけではあるまい。

「少し頼み事があって来たのだ」

「頼み事？」

「あぁ。兵站局にしか頼めない事さ」

はてな？

兵站局にしか頼めない仕事なんざ事務と補給だけな気がするが。

魔王親衛連隊は、魔王軍とは別の組織だ。

魔王陛下直属で、魔王陛下が直接率いて敵を掃討する精鋭の部隊。その任務の特性上、独自の指揮系統と補給手段を持っている。

勿論、兵站組織を着々と構築している我が兵站局ともそれなりに連携している。

レオナが開発した輸送用石魔像Ⅰ型の優先配備とか、緊急支援物資の手配とか。

「一体どんな頼みでしょうか？」

「無論、兵站さ」

「しかし兵站については、親衛隊も独自のものを持っているはずですよね？」

「そうさ。しかし少し不具合が発生してな」

「不具合？」

「そうだ。我が親衛隊で補給を担当していた士官が……いや迂遠な言い方はやめるか。補給を担当していた私が、急用で外れることになったのだ」

なんとも、驚くべきことを2つ同時に聞いてしまった。

「……ダウニッシュさんが補給担当だったんですか？　ということは収納魔術で？」

「あぁ、やはり知らなかったか。まぁ親衛隊は秘密主義だから仕方ないが……。親衛隊の補給は私がやっていた」

「しかし急用で外れると言うのは……？」

俺が聞くと、ダウニッシュさんの顔が少し曇る。

どうやら地雷を踏んだらしい。親族が亡くなって、その葬儀に参加するというのだろうか。だとしたら核地雷級だが。

だからあれほど鶏《にわとり》で制御する核地雷はやめとけって言ったんだ。

「……故郷の孫娘が、結婚すると言う話でな」

全然違った。

ダウニッシュさんにとっては、めでたい話でもないかもしれないが。

しかし若く見えるダウニッシュさんに孫がいるあたり、やはりエルフは長寿すぎる。

「……おめでとうございます？」

「めでたいもんか。まだまだ子供のあいつが結婚など100年早い。しかも相手は……っと、君に言っても仕方ないか」

いやいや、大丈夫ですよ。

どこの国でも娘の結婚で悩むのは同じなんだなって思っただけですから。この人の場合は孫娘だけど。

「というわけで陛下に事情をお話し、休養を取ることになった。すぐに戻るつもりだが、1週間から半月は帰ってこない。その間、もう1人の補給担当者が親衛隊の腹を支えることになる」

「なるほど。1人では心許ないからその支援をしてほしい、ということですか」

「御名答。話が早くて助かる」

「であれば、喜んで引き受けましょう。もとより、兵站局はそのためにあるのです」

「すまないね、アキラくん。ここ最近の敵の動きは鈍いから、大したことにはならないと思うが……。まぁ、よろしく頼むよ。この埋め合わせは必ずする」

「いえいえ、構いませんよ。仕事ですから」

冠婚葬祭《かんこんそうさい》休暇をちゃんと与えて仕事の引き継ぎをスムーズに行う魔王軍は、多分そこら辺のホワイト企業よりも驚きの白さを持っているに違いない。

◆

親衛隊の朝は早い。

戦いが始まる前から兵站局にはあらゆる仕事が舞い込む。

「カリッシュ方面で人類軍が攻勢開始との連絡が入りました！」

「状況は!?」

「攻勢正面はハイヴァール陣地。現在、第一一四人馬族騎兵連隊と第五五〇歩兵連隊が交戦中の模様ですが、敵軍が優勢の模様。救援要請が出ています！」

魔族特有の強い「思念波」で遠く離れた陣地に対する攻撃が瞬時に伝わるのは便利である。

しかし通信の高速化は得られたが兵力の高速化はまだまだで、補給もまた然り。

だからこそ工夫しなくては陛下の部隊は補給切れを起こす。

「わかった。親衛隊を呼集、ハイヴァール陣地に急行する！　アキラ！」

陛下が俺の名を叫んだ。俺の方も、既に準備は出来ている。

「了解です。近隣の陣地に警報を発令。物資の融通を要請します」

ダウニッシュさん以外にも収納魔術が使える魔術師はいるが、出来るだけ彼らを頼らない形で補給を完成させる。

無論無理はしないが、限られた魔力リソースを戦闘に直接影響しない収納魔術に割くのは勿体ないだろう。

そのための兵站局だ。

「要請ではなく『勅令《ちょくれい》』だ」

「ハッ。畏まりました。リアルド、ブラスト両陣地にその旨を知らせます」

「頼むぞ。では、私は出る！」

「御武運を！」

陛下を見送りながら、俺は方々に連絡する。

純然たる俺は思念波なんてものは使えないし、通信魔術なんてものも出来ない。

無線の作り方はなんて知らないし、電話ってなにそれ美味しいの？

兵站局には俺以外にも思念波も通信魔術も使えない者がいる。

そのために、開発局が開発した通信用魔道具を導入した。本当はもっと早く導入したかったのだけど、何分高級品で時間がかかったのだ。

俺は手早く回線をリアルド陣地、次いでブラスト陣地に繋げる。

ハイヴァール陣地に対する緊急支援物資輸送の「勅令」が下ったことを。

物資輸送の勅令は、多くの場合人類軍の攻勢があって陛下自身が出撃したことを意味する。

『ブラスト陣地、勅令の発令を確認。どの物資を送ればいい？』

「魔像用の真紅魔石が足りません。それと医療品も少し不足していますね。そちらに在庫は？」

『どちらもたくさんあるというわけではないが、余裕はある。少し回そう』

「感謝します！　早急に、地点三五七に輸送して親衛隊と合流してください。緊急事態につき、文書による手続きは省略します」

『了解、直ちに輸送する。通信終了』

さすがに緊迫した事態で、俺が人間であることに文句を言う奴はいないらしい。両陣地共に素直に要請に応じてくれた。

「……リアルド、ブラスト陣地に近い後方補給拠点はガイアーレ補給廠《しょう》か。……ソフィアさん、ガイアーレ補給廠へ物資を送付してください」

「畏まりました。直ちに」

「エリさん！　エリさんはその旨をガイアーレ補給廠に連絡をお願いします」

「了解です、局長」

あとやることは……。

「リイナさん」

「ひゃ、ひゃい！　なんでしょうか、局長様！」

「そんなにあわてなくても……まぁいいや。それよりも新輸送隊倉庫の在庫状況は？」

「み、3日前の情報なら、こ、ここに！」

「ありがとうございます。……小麦の量が減っていますね」

「さ、最近、人類軍の攻勢が多くて、いくつかの物資の減りが早くて……」

ったく、真面目に戦争しやがって。

ま、ぼやいていても仕方ない。

「ユリエさん。出番ですよ」

「おうよ！　任せな！　公定価格まで値切ってやるぜ！」

「それはいいですけど、小麦とライ麦間違えないでくださいよ？」

「その間違いしたの局長さんの方だろ!?」

「てへ？」

「何が『てへ』ですかアキラ様。それよりもヴィーゼル補給廠より例の件で連絡が来ていますよ」

「あ、すみません。すぐにやります」

◆

2日後、ハイヴァール陣地に対する人類軍の攻勢は魔王陛下直率の親衛隊の活躍によって頓挫《とんざ》した。

……はずだった。

なぜなら、勝利の美酒を味わう暇もなく、人類軍は再び攻勢に出たからである。

しかもハイヴァール陣地とは異なる地点、ゲリャーガ方面からの攻勢だった。

これも親衛隊が直接鎮圧するために派遣されたが、全く異なる方面に展開していたこともあって、最前線の陣地は陥落《かんらく》した。

しかし悲しんでいる余裕もなく、人類軍はまたしても攻勢に出る。

今度は数日前に防衛し切ったはずの、ハイヴァール陣地への再攻勢の情報が入ってきたのだ。

その攻勢は苛烈《かれつ》を極め、陛下が当地で防衛行動をして数日経っても未だ終わりを見せない。

「……波状《はじょう》攻撃か？」

その時俺は、魔王城の兵站局からその報告を受け取っていた。

さすがに、短期間で3回も大規模な攻勢があるのは異例のことだった。

地球でも大規模な攻勢というのは大国が血を吐きながら行うと相場が決まっている。

しかしそうは言っても、俺は戦術の専門家と言うわけではない。

そしてそのことに詳しい人間は兵站局にはいなかった。だってソフィアさんが知らないんだもん。

なら誰も知らないだろう、という理屈。

だが、兵站上の問題であればある程度予想はつけられる。

「どういう理由で波状攻撃しているのかサッパリ検討つきませんけど、これほどの大規模な攻勢は何度も続くものじゃないでしょう。いつか兵站上の問題が出てくるはずです」

「ではアキラ様は、これが一時的なものだと？」

「それは人類軍に聞いてみないとな……。俺にだってわかったんだから、人類軍も兵站の対策しているると思うし」

「頼りになるのかならないのか……」

いやそれを考えるのは兵站局の仕事ではないと思うのだけれど。

ともかく、現在直面している問題には対処しなければならないのは事実。

「ソフィアさん。親衛隊はなんと？」

「ハイヴァール陣地の防衛戦力と、親衛隊の疲労が重なり、かなり不利な状況となっているようです。おそらく陣地は放棄されるかもしれません」

「となれば、私たちの仕事は陣地放棄後の後処理ですか。補給計画の再検討と、戦線整理に伴う物資の引き上げの計画策定《さくてい》を――」

と、言ったところで、ソフィアさんの顔が強張った。

この表情は、何度か見たことのあるものだ。

それは緊急の思念波を受信した時の顔だ。

そのような緊急事態の思念波は力が強く、頭痛を伴うのだとかなんとか。

思念波を使えない俺にはわからないのだが、しかし思念波を受信できる兵站局員が皆同じように眉間に皺を寄せている。

その様子は、ハッキリ言って異常。

異常事態を知らせるという意味では、頭痛を伴わせるというのは理解できる。

だけど、その後が理解できなかった。

信じられないという表情を、誰もがしていた。

思念波を受け取れない俺が尋ねると、ソフィアさんが唇を震わせながら言った。

「陛下が――」

魔都グロース・シュタットの天気が、崩れはじめた。

◆

その時、魔王ヘル・アーチェは戦場にいた。

魔都グロース・シュタットの居城には戻らず、鋼鉄の雨が降り注ぐハイヴァール陣地で、彼女は持ちうる全ての力を思う存分に開放していた。

「――地獄に落ちろ。『ジェノサイド・バーン』！」

ヘル・アーチェの腕の動きと共に、大地が燃え上がる。

爆炎と爆風が人類軍を覆い尽くし、その進撃を停止させる。だが、それでも人類軍は攻撃を止めない。

「陛下、上です！」

「ぬっ⁉」

親衛隊の1人が叫びながら指差す方向には、鉄の塊が落下していた。

アキラが言うところの「砲弾」である。

その砲弾は、ヘル・アーチェの近く、十数メートル前方の地点に着弾、その次に後方数メートルという極めて至近に着弾した。

寸前のところで親衛隊の1人が防御魔術を展開しそれを防ぐが、しかしそれ以上のことはできなかった。

砲弾の威力が、強すぎるからだ。

「陛下、このままではジリ貧です。後退を！」

「そうだな。僅か数日で2つも陣地を陥落させるなど失態も良い所だが死ぬよりマシだ。ハイヴァール陣地を放棄する。守備隊は撤退、我々が殿《しんがり》を務める！」

「「「御意のままに！」」」

だがそうは言ったところで、人類軍の猛撃は凄まじい。

親衛隊員の言う通り、彼らはジリ貧だった。

しかし守備隊の撤退には時間がかかる。少しでも時間を稼がなければ、損害は陣地の放棄だけに留まらない。

「ジンツァー、君は右翼を。クロイツェルは左翼だ。ローゼンは私と共に。隙を見て攻撃、牽制して敵の足を止めろ」

「「「ハッ」」」

ヘル・アーチェは部隊を指揮し、自らは隙を見てありったけの魔力を敵にぶつける。

だが人類軍は地平線のむこうから攻撃を仕掛けている。

それを成しているのは「砲兵《ほうへい》」と呼ばれる兵。10キロを超える射程を持ち、高位魔術師が使う難易度の高い火魔術並の威力を持つ砲弾を毎分5～6発戦場に届けると言う画期的な兵器。

親衛隊の防御魔術で以てしても、防ぐのがやっとだ。

また防御魔術は爆風を完全に防ぐことはできないし、してはならない。

完全に密閉してしまうと酸素の供給ができないからである。……もっとも、砲弾の雨あられの中にあっては貴重な酸素も一瞬で燃焼してしまうわけだが。

「クソッ……！　地獄の業火、彼の者を射抜け！　『ファイアーシュート』！」

魔王はその鉄の雨を何とかすべく射程の長い魔術を放つものの、地平線の向こうにいて視認できない敵にはなかなか当たらない。

「やはり無理か……。人類軍というのは、卑怯極まる！　姿を見せないで戦うとは！」

ヘル・アーチェはそう言うが、彼女の視界には別の敵が映っていた。

だが、彼女が脅威と見做《みな》していないため後回しにされていただけだ。

それは上空を飛ぶ鉄の竜、アキラの言うところの「飛行機」であり、もっと細かく言うのであれば「着弾観測機」である。

そしてやはり魔王は知らないが、砲兵による遠距離射撃においては着弾誤差を「観測」して「修正」する者の存在こそが最も重要で脅威である。

実際上空の機は、硝煙と黒煙と多少の曇天の切れ間からその重要な仕事をしていた。

『こちらマーリン03、魔王と思しき目標への至近弾を確認。公算誤差範疇《はんちゅう》内と判断します。目標は停止して防御魔術を展開した模様。修正の必要なし、効力射を始められたし』

『コルベルク08。了解、任務を遂行する。全力射撃は１２０秒後に行う。流れ弾に注意』

『マーリン03了解』

上空の機が待避したことに、ヘル・アーチェは気付かない。

それが数分後に「豪雨《ごうう》」が降る予兆を意味することも当然知らなかった。

「――クソッ！」

風切り音の後に、轟音《ごうおん》。

大地が爆発し、黒煙が上がり、生半可な術式では突き破られるほどの威力を持ったエネルギーが解放される。

「全員無事か!?」

「こちらジンツァー隊。部下数名が負傷しましたが、死者なし！」

「クロイツェル隊も死者なし。負傷2名！」

「わかった。全員、無理をするな！」

しかしそうは言っても、彼らもこの状況下であっては何もできない。

敵に急接近して砲兵隊を叩くのが最善の手段であるが、人類軍が既に全力射撃を始めた時点でそれを困難にさせた。

さらにここ数日の疲労感が、彼らの判断力を鈍らせる。

「陛下、長くは持ちません。後退を！」

「しかし、まだ味方が残っている！」

ヘル・アーチェや親衛隊員の脳内には、ハイヴァール陣地守備隊が発した思念波が受信されていた。

曰く「負傷者が多く、撤退しきれていない」と。

「しかし陛下。陛下の身に何かあれば元も子もありません！」

「魔王たるものが真っ先に逃げては味方の士気に関わる。それに私が死ぬと思うのか？」

「万が一ということもあります！」

親衛隊と魔王の議論は続くが、総重量17キロの107ミリ砲弾の雨も止むことはなく、彼女らは一歩も動くことはできなかった。

ヘル・アーチェが反撃しても雨は止まず、得たのは「反撃しても無駄」という純然たる事実だった。

◆

一方で人類軍は、消費した弾薬の量に比しては魔王直率の親衛隊に対する損害を与えられていなかった。

だがそのことについて、悲観する者は人類軍の中にはいない。

『こちらマーリン15。観測任務を引き継ぐ。目標は未だ動かず。修正の必要はなし』

『コルベルク07、了解。射撃を続行する』

事務的な会話が観測班と砲兵の間でやり取りされる。

砲兵が撃ち、観測機が観測し、魔王以下親衛隊はそれを魔術で防ぐ。

断続的に降り注がれる砲弾の雨は親衛隊の動きを封じ込めることに成功し、戦線は膠着《こうちゃく》したままさらに3日が過ぎていた。

しかしこのままでは、アキラが言うように兵站上の問題、つまり砲兵隊が使用する砲弾や観測機用の燃料が尽きてしまう。

その前に何らかの手を打たなければならないが、それこそが「オーケストラ作戦」の主軸だった。

この時、人類軍側では鳴り止まない砲兵の演奏とは別の動きがあった。

ハイヴァール陣地の対面、人類軍が構築した陣地の前線指揮所《CP》。

そこである士官が報告のために前線指揮官に会っていた。

「第一特種車両小隊『アーサー』、準備完了しました」

「報告ご苦労。観測機の報告によれば、目標は現在停止中で目立った損害は受けていないらしい。だが砲火が交わされてから既に3日経っている。敵の疲労とストレスは極みにあるだろう」

淡々と告げるは明瞭な事実。

それがオーケストラ作戦の初期目標でもある。

第一段階として、離れた地点にて時間差による攻勢を行い、緊急展開部隊である魔王親衛隊に短期間での長距離行軍を強いる。

その後、第二段階として大規模な攻勢を仕掛ける。

潤沢な砲兵による射撃で親衛隊の機動力を殺して、さらに敵を疲弊《ひへい》させる。

全ては、魔王討伐という人類の悲願の為に。

そしてそれは半ば成功した。

第二段階までは問題なく遂行している。

魔王軍の増援も認められず、ハイヴァール陣地の守備隊はほぼ撤退し終えているが親衛隊は後退ができず、疲弊している。

「いよいよ、ですね」

「そうだ。司令部より『オーケストラ作戦』第三段階移行の指令があった。諸君らの出番だ。作戦開始時刻は一四〇〇《ヒトヨンマルマル》。全人類の生存と平和の為に——健闘を祈る」

「ハッ」

アーサー小隊は作戦のための「必要な準備」を既に終えている。

全力射撃中の砲兵隊も同じく、準備完了。入念に計画された作戦に、今の所穴はなかった。

「小隊傾注！　これよりオーケストラ作戦第三段階に移行する！　各員必要な装備をチェックしておけ！　それと念のためだ！　マスクとパムの準備も忘れるなよ！」

「「了解！」」

ハイヴァール陣地周辺の天気は良くも悪くもない曇天で、ほぼ無風状態。

作戦決行には、最高の日だった。

◆

人類軍統一時間　14時0分。

魔王ヘル・アーチェ、そして魔下の親衛隊はあることに気付いた。

気付かない方がおかしい変化。

今まで彼女たちを苦しめていた鉄の嵐が、突然止んだのである。

「……どういうことだ？」

ヘル・アーチェは呟くが、明確な答えを知る者はいない。

だが推測をする者はいた。

「敵も疲労した、ということでしょうか。我々が起こす魔力切れの様に、敵も同じ事態に陥っているとか」

「ありえる、か」

魔術は、無限に使えるわけではない。

個人が持っている魔力量によって、1日に使える魔術に制限が掛かっている。

魔王たるヘル・アーチェもその例外とはなり得ない。一定時間の休息が必要だ。特に、今回の様にかなり長時間に亘《わた》って攻撃を受けた場合は。

「いずれにせよ、これは好機です。陛下、この隙にずらかりましょう」

「そうだな、速やかに撤収する。飛竜隊との合流地点に急げ。ただし、罠《わな》の存在に留意せよ」

「「「ハッ」」」

敵の疲弊を待ってから油断させて奇襲の一撃。卑怯な人類軍であればそれくらいのことをやってのけると、ヘル・アーチェは考えた。

力による圧倒的な制圧を、いつだって人類軍は巧みで卑怯な戦法で跳ね返してきたのだ。

今回も、同じような事をする可能性はある。そんなことは容易に想像できる。

だが如何に魔王と雖《いえど》も、想像力を無限大に膨らませられるわけではない。

◆

14時2分。

上空を飛ぶ物体、人類軍観測機「マーリン02」が対象をよく観察していた。

いつ強大な力を持つ魔王に察知され撃墜されるかわからない危険な任務の中、この飛行機は割り当てられたコールサインに相応しく『英雄を導く存在』として任務を遂行する。

『こちらマーリン02。目標を目視にて追尾中。現在目標はポイントE38を北西方向に移動している』

『アーサー01からマーリン02へ。目標の速度はわかるか?』

『アーサー01、我と目標とは距離が離れているため正確な速度は割り出せないが、それでも構わないか?』

『問題ない。概算で良い』

『了解。――目標は、北西方向に毎時約10キロで移動中の模様』

『感謝する。それなら追いつけそうだ』

『貴隊の活躍を祈る。通信終わり』

時速10キロというのは、とんでもなく速い。

魔王親衛隊は砲弾の雨を受けて重傷を負った者もいる。なのに馬や飛竜などの騎乗動物を使用していないのにも拘らず、人間が全力で疾走する以上の速さで走っている。

そこに魔王親衛隊の規格外の強さがあるのだが、しかし人類は既にその規格外の強さを克服しようとしていた。

『コルベルク砲兵隊から前線の観測機へ。目標の現在地情報を求む』

『こちら観測機マーリン02。目標は間もなくポイントR29に到達する』

『コルベルク砲兵隊、了解。これより観測射撃を行う』

最初は1発。観測の為の1発。

観測機から提供されたデータに基づいて砲兵隊が地平線の向こうから射撃を開始する。

惑星の自転、磁場、風向、風速などによって多くの場合狙った場所に着弾しない。そのために、観測機からの情報に基づいてさらに誤差を修正する。

だがこの作戦の為に投入された砲兵隊と観測機は優秀そのものだ。

『マーリン02よりコルベルク砲兵隊へ。観測射の着弾を確認、至近弾と認《みと》む』

それが人類軍にとっては幸運で、魔王親衛隊にとっては不幸なことだった。

「なんだ、今のは？」

「爆発していない……？　どういうことだ？」

親衛隊は、至近に落ちた物体に反応して足を止めた。

だが何も起きない。

不発弾、というのは時代を下っても存在する。

肝心な時に作動しない信管は、いつだって戦争当事者の頭を悩ませてきた。

だが今回の場合は、意図して信管を抜いた砲弾だった。

敵にこちらの意図を読ませないための、観測のための砲弾。

『繰り返す、観測射撃は至近弾。効力射に移行せよ、効力射に移行せよ！』

『コルベルク砲兵隊、了解。直ちに「特殊弾」による効力射を開始する。上空の観測機は速やかに退避せよ』

『マーリン02、了解。高度を上げて退避する』

砲兵隊の全力射撃時には、観測機は誤射されないために当該空域から退避する必要性が出てくる。

だが今回は砲兵隊の言う「特殊弾」に影響されない範囲に退避するという意味合いもあった。

特殊弾、そう特殊弾である。

文字通り、特殊な弾。

徹甲弾でも榴弾でもなく、特殊弾である。

徹甲弾と榴弾を相手によって変えるように、特殊弾は魔王討伐という高貴な使命の為に生み出された兵器。

◆

「陛下、また来ます！　至近です！」

「クソッ。我を護れ！　『マジック・シールド』！」

だが攻撃を受けている側にとって、それは永遠に知り得ぬことだったろう。

特殊弾は魔王ヘル・アーチェが直々に展開した防御魔術のおかげで、目に見えない壁にぶち当たって空中で爆発する。

だが、そこからが特殊弾の神髄だった。

爆発しても、爆炎が上がらない。爆風も少ない。

それは爆発というより、風船に針を刺して破裂したような、奇妙な現象だった。

そして風船の中には、色付けされた煙が入っていた。

「……煙幕か？　なんのために？」

この状況下で煙幕を使う意味を、ヘル・アーチェは訝しんだ。

完全なる奇襲という状況下、通常の砲弾であれば彼女らは致命傷を負わなくとも軽い傷は負ったのに。

だがヘル・アーチェの望んだ事の真理は、すぐに明らかになる。

最悪の形で。

異常を起こしたのは、彼女の傍にいた親衛隊のローゼン。

彼は着弾から暫くした後、急に咳き込むようになった。

「ローゼン、どうした？　煙を吸ったのか？」

「い、息ができないッ——喉がァッ——アアッ」

声にならない声で悲鳴を上げたローゼンは咳き込み、息苦しく悶え、悲鳴を上げ、暫くして地面に倒れ、胃の中のものを吐き出し、もがき苦しみ始めた。

そしてそれは、ローゼンだけではない。

彼の部下、さらにはジンツァーやクロイツェルと言った親衛隊の精鋭が次々と同じ症状に倒れていた。煙の中で姿を確認することはできなかったが、それでも悲鳴は聞こえる。

無事なのは、魔王だけだった。

「どうしたんだ、いったい何があったんだ⁉」

魔王は叫び、近くで倒れるローゼンに向かって叫ぶが、最早彼は何も認識できない。

ローゼンは喉や目、皮膚の痛みに耐え兼ね、胃液を吐き続けている。

暫く経ち、風によって煙が散る。

すると魔王は地獄の中にいることを認識した。

ローゼン以外の親衛隊員は更に重篤《じゅうとく》だった。

誰もが錯乱し、症状を訴えることもできず悲鳴を上げる。呼吸困難に陥り、失禁、縮瞳《しゅくどう》、痙攣しながら昏倒《こんとう》する者も現れた。

事ここに至って「やっと」と言うべきだろうか、ヘル・アーチェは身体に違和感を覚えた。

その変化を感じながら、彼女は何が起きたかを理解した。

そしてその変化が、自分では最早どうしようもない事を理解した。

出来ることは唯一つ。知らせることだけ。

我、危急《ききゅう》にあり。と。

◆

「本当ですか？　陛下が危機に陥っているというのは……」

我、危急にあり。

魔王陛下からの直接の思念波を受け取った兵站局のメンバーは、そんなまさか、という目をしていた。

ソフィアさんはさらに体を硬直させたまま動かないでいた。

いつものソフィアさんであれば、俺の質問に真っ先に返答するのに、ショックのあまりそれを放棄していたのだ。

だから代わりに答えてくれたのはエリさんだった。

「間違いないわね。そんな冗談を言える戦況ではないことは、局長も知ってるはずよ」

「そうですけれど……」

ヘル・アーチェ陛下とは短い付き合いだが、素直に信じられない。

人類軍一個師団を弄《もてあそ》んで余裕綽々《よゆうしゃくしゃく》で帰ってくる方だ。

そんな陛下が、危機の中にある。

「詳細は？」

「わからないわ。でも親衛隊の通信担当からの連絡じゃなくて、陛下自身からの連絡ということを考えると、ある程度想像できるわ」

「……まさか、親衛隊が全滅したと？」

「その可能性が高いわ、残念なことに。陛下からの思念波なんて初めてだしね……」

エリさんの言葉に、魔王軍に長くいた局員からも同意の言葉が放たれた。

つまりエリさんの予測が正しいということだ。……嘘であってほしかったが。

なにせ魔王軍は魔王陛下魔下の親衛隊の力によって戦線を維持してきたのだ。それを一気に失えば、魔王軍はないも同然。

人類軍に蹂躙され、絶滅する。

それは敵もわかっていた。

だからこそ敵は、人類軍は魔王を討伐すべく本気を出したということだ。

生半可な火力で倒せない魔王を、どうやって討伐しようとしたのかはわからない。

でも、それを議論している暇はない。

「他の魔王軍の状況は？」

「前線は既に崩壊ね。指揮系統も混乱し周囲の陣地が司令部に指示を求めている状況よ」

「……いよいよまずいですね」

魔王が危機で、指揮を執るべき者がいないということ。

これはどう考えてもまずいだろう。烏合《うごう》の衆と化してしまったのだ。

「局長、指示を」

エリさんら局員が、毅然とした表情で俺の目を見る。

だが……そう言われても困る。

というのが真っ先に思ったことだった。俺らには戦闘部隊を動かす一切の権限はない。陛下を助けようにもできないのだ。

「ひとまず、待機していてください」

だがそう俺が言った瞬間、肩を力強く掴まれた。

「今すぐに救援に駆けつけるべきです！」

「……ソフィアさん？」

ついさっきまで放心状態だったソフィアさんが、そう怒鳴ったのだ。

俺の知る彼女はそんな怒鳴るようなことはしない。

戦時医療体制の話をした時も、ショックを受けていたようだが冷静に応対していた。

「陛下を見捨てるなんて、そんなことは許されません！」

なのに陛下が危機に陥ったと知った時に魂が抜けたように呆けて、そして怒鳴るなんて。

いや、魔王陛下に対して忠実な魔王軍の一メンバーであることを考えれば、普通なのかもしれない。

でも彼女の鬼気迫る表情は、その裏に何か別の物を内包しているような気がした。

「ソフィアさん、落ち着いてください」

「落ち着いていられますか、この状況で！　陛下が、陛下の命が危ういのですよ⁉」

「わかっています。だからこそ落ち着いてください」

ソフィアさんの肩を掴んで、平静を取り戻させようとしたが、それも無駄に終わりそうだ。

人狼族の持つ鋭い犬歯が、今にも俺に刺さりそうだ。

でもそんな殆ど脅迫まがいのことをされても、俺は意見を変えない。

「ソフィアさん。質問があります。『私たちはなんですか？』」

「魔王軍です。陛下に忠誠を誓う、魔王軍の一員です」

彼女の答えは明確だった。当然、と言わんばかりに。

無論それは間違いではない。だけど、

「結構ですが、もっと細かく言いましょう。私たちは『魔王軍兵站局』の一員です。故に私たちの仕事は『魔王軍の兵站を維持すること』にあります。違いますか？」

「違いません。しかし兵站局である以前に、我々は魔王軍です。陛下が危急とあれば……」

「助けるのが筋と？」

「筋違いだと言いたいのですか？」

「いいえ。粗筋はあっていますよ」

筋は通っている。だがしかし、というやつだ。

「我々は兵站局であって戦闘部隊でも、医療部隊でもありません。陛下を助けることは私たちの仕事に入っていませんよ」

兵站部隊の仕事は戦闘部隊を支えること。

戦場で人類軍の猛攻撃の中にある陛下を救うというのは、今魔王軍の中で右往左往している戦闘部隊の仕事だ。

俺らは何もできない。

「しかし我々は――」

それでも反論しようとするソフィアさんの口を、俺はさらに言葉を重ねて無理矢理塞いだ。

「じゃあ聞きましょう。助けるとして、具体的に何をするんですか？　まさか剣を持ったこともない様な俺みたいな人間に戦場に出向け、と言っているわけじゃないでしょうね？」

俺じゃなくても良い。

兵站局の構成員は民間出身者が半数以上を占めている。戦闘なんてできやしない。

いや、やれと言われたら肉壁くらいの仕事はできるかもしれないけどね。機関銃陣地に向かって突撃して犬死にするくらいしか能のない俺らだ。

「それは……」

ソフィアさんは小声でそう呟いた後、何も言わなくなった。

それと共に、彼女が持っている独特な耳と尻尾がシュンと垂れ下がる。

やっぱり狼と言うより犬だな、と不謹慎《ふきんしん》ながら思った。言わないけど。

「でもよ」

そこで、俺とソフィアさんの口論だか会話だかを聞いていたユリエさんが割って入ってくる。

「でもよ、ソフィアの言うこともわかるぜ。生粋の魔王軍じゃないオレだって、陛下のことは尊敬してるし、戦場に出向いて助け出したいと思う」

「私も、ユリエに同意します。局長、私たちに『陛下を救え』と命令してください」

「わ、わたしも、同じです！」

ユリエさんの言葉に、エリさん、リイナさんが続く。

兵站局にいる全員が俺の指示を待っていた。

しかし、俺の意見は変わらない。

「ダメです。私たちの仕事ではありません」

「局長！」「局長さん！」「局長様ぁ……」

「何を言ってもダメですよ。専門外のことをやったところで私たちには何もできません。私たちの仕事は『兵站』で、それ以上でもそれ以下でもありません」

事務屋が最前線で武勲《ぶくん》を立てることができるわけがない。

そんなことができるなら、わざわざ金をかけて兵を育成する意味もないし士官学校なんて潰れてしまえばいい。金の無駄だ。

「やっぱり……」

目の前にいるソフィアさんが、不意に何かを言った。

「やっぱりあなたは『人間』です……！　陛下が危機にいるというときに、何もしないなんて！　呆れましたよ、アキラ様！」

ソフィアさんが、そう叫んだ。

怒りと哀しみと絶望とをコンクリートミキサーにかけてぶちまけたような表情で、そう叫んだ。

「あなたは非情で、非道な『人間』なんです！　だから陛下を見捨てて……！」

涙を浮かべ、彼女は俺に背中を見せて駆けだそうとした。

恐らく命令を無視して、自分だけでも陛下の下に、という考えなのだろう。

でもその前に、俺はソフィアさんの腕を掴んで止めた。

「離してください！　私は、陛下の下に行かなければならないんです！」

「行ってどうするつもりですか。何もできず死ぬのがオチですよ」

「それでも構いません！　私は、私たちには陛下に多大な恩があるんです！　それを、それを返さなくて何をしろと言うんですか！　こんなところで何もせずに陛下が死ぬのを待てと言うんですか⁉」

彼女は泣き叫び、怒鳴り散らした。

まったく、綺麗な顔が台無しである。

「ソフィアさん」

「なんですか。命令違反で拘禁でもす――」

「私が『何もしない』なんて勿体ない事、するはずないじゃないですか」

「――るつもり――って……えっ？」

ソフィアさんの表情が、一転して困惑に変わった。

目を白黒させて、固まっている。クール系と思わせて意外と彼女は表情が豊かなのかもしれない。

「ソフィアさんとあろう者が、『何もしない』なんて言うものではありませんよ？　副官失格です」

「え、あの……でも、アキラ様は……」

「私はただ『待機しろ』と命じただけですよ。『何もするな』とは言っていません」

軍事用語での「待機」とは「何があっても即応できるだけの態勢を整えろ」という意味である。

ボケッとして突っ立てろという意味はまったくない。

今はまず待機するのが仕事……なんだけど、

「まぁ、一向にあの人が来ないのもどういうことなんでしょうかね」

「……？」

ソフィアさんは困惑の度を増しているが、俺も困惑しているのだ。

まったく、魔族と言うのは時間にルーズな生き物なのだろうか。寿命が長いとそうなるのか……。

と、その時、兵站局執務室の扉が開け放たれた。

ここは「やっと来たか」と言うべきだろうが、タイミングがいい。

「アキラくんはいるか!?」

「遅刻ですよ、ダウニッシュさん」

「すまんね。道が混んでたものでな」

「なら仕方ないですね」

孫娘の結婚式の為に故郷に帰っていた親衛隊所属のエルフ、ダウニッシュさんがようやく到来である。

飛竜で飛んで来たんだろうに道が混んでたってなんだよ、と突っ込んではいけない。

「結婚式はどうでした？」

「まあまあだな。相手も少し見ない間に成長……と、また話が逸れたな。概要はだいたい聞いている。すぐに準備しよう」

「わかりました。手配します。さっそく各部署に通達を――」

「ちょっと待ってください！」

しますと言いかけたところでソフィアさんが叫んだ。今日は随分元気だなー。

「い、いったい何の話をしているんですか⁉　ていうかなんでダウニッシュ様が……」

「何の話もなにもないが……。それに私は、陛下が危急と聞いてここに来ただけだぞ？」

ソフィアさんの疑問の叫びに、ダウニッシュさんもまた困惑した。

そして俺の方を見て「どういうことなの」と目で聞いてきた。

俺に聞かれてもわかりかねるが、まぁ事情説明は直属の上司である俺の仕事か。

「決まってるでしょう。陛下を助ける準備ですよ」

その瞬間、兵站局にいた全員がハテナマークを頭の上に浮かべた後に、一斉に言った。

「「「はい？」」」

仲良いなお前ら。

「言ったでしょう。私たちの仕事は『兵站』だと。そして戦闘部隊の裏から彼らを支える。必要な物を、必要な場所に、必要な時に、必要なだけ提供する。それが私たちの仕事です」

そして兵站に支えられた戦闘部隊が、陛下を救う。ただ、それだけの話だ。

◆

魔王城大会議室。

いつぞや以来の、各部局勢揃いの会議である。

ただし前の時とは違い、メンバーは局長級だけに留まらない。

兵站局からは俺、ソフィアさん、エリさん、リイナさん、ユリエさんが参加。他の部局も大勢が来ていた。

それだけに、事態は風雲急を告げていると言うこと。

「時間がないので手早く行くぞ」

開会劈頭、そう言ったのはダウニッシュさん。

彼が音頭を取って、会議を仕切る。

「陛下が危機にあることは諸君も存じていると思う。そこで陛下の救出作戦を立案し実行するために集まってもらった」

「……それはいいが、まさか貴殿が指揮を執るのか？」

戦闘部隊の誰かが疑義を呈する。

親衛隊と戦闘部隊の間にある、複雑な思惑と言う奴だ。

「現状、それが最善であると信じる次第だ」

「何を言っている。現場で動くのは我々魔王軍だ。事情を知らぬ親衛隊は黙っていてもらおう」

「そうだ。親衛隊が我々の下で動かないからこうなるのだ！」

この期に及んで、責任回避と責任転嫁の応酬だった。

ソフィアさんなどの下っ端は勇み急いで陛下の下に行こうとしたと言うのに、上がこれでは動きが鈍いのはうなずける。

良くも悪くも、彼らは魔王陛下に依存していた。その弊害である。

陛下が危機に陥った時の指揮命令系統を決めていなかった陛下の怠慢でもあるが。

だがそんなことはどうでもいい。

これを続けている間にも、陛下の命は削れていく。

「黙れ！　いま大事なのは責任の所在に非《あら》ず、陛下を御救いすることであろうが！」

ダウニッシュさんが一喝。

魔王陛下を守らずして、なにが魔王軍であるか、と。

「し、しかしダウニッシュ殿。殊、戦闘部隊の指揮に関しては我々の……」

諦めの悪い戦闘部隊の誰かがまたひとこと。

この空気で反論なんて勇気あるな、とは思うがそれが自分の領域を犯されるのが嫌だと言う感情の上にあるのだから始末に負えない。

そんなことやってる暇あるか、畜生め。

というわけで、ダウニッシュさんが噴火する前に彼らを黙らせることにした。

俺だって暇じゃないしダウニッシュさんの怒るところが見たいわけじゃない。

「そのことなのですが……実は魔王陛下からもしもの時の指揮系統について言われたことがあります。

曰く『緊急時の指揮系統は親衛隊が統括すべし』と」

「な、何？　そんな話、我々は聞いてないぞ！」

「物資横領事件における大規模な人事異動があった直後のことですからねぇ……、もしかしたら通知が行き届いてないかもしれませんが」

彼らの弱みである、長年あった物資横領事件をチラつかせる。

何もかもお前らが悪いんだと信じさせることが出来ればこちらのもの。その罪悪感が勝手に首を縦に振らせるのだ。

「まぁ、事の真実は陛下に直接確認すればよいでしょう」

確認できれば、の話だけど。

事前にそう決まっていたのだと言ってしまえば、彼らに反論できる材料はない。

下手すれば彼らが陛下に弓引く逆賊となるのだから。

まぁ俺もそんなこと言われた記憶ないけどね!!

戦闘部隊が効率よく戦える環境を整えるのは兵站局の仕事だから許せ。

「ダウニッシュさん。どうやら彼らは納得したようです。進めてください」

「あ、あぁ……。では救出作戦だが、まず現在わかっていることを開示してくれ」

彼の言葉と共に、魔王軍戦闘部隊の面々、とくに若い魔族が情報を出す。彼らが情報開示を渋るということは見たところなかった。

なんだかんだ言って、彼らも陛下に忠誠を誓っているということかな？

さっきまで反論していた輩は口を尖らせたままというのを見ると世代間の意識の差と言うのもある

のだろうか。まぁいいや。

開示された情報を基に、書記係が会議室の真ん中にある大きな机の上の大陸地図に、魔王陛下を含めた親衛隊や相対する人類軍の推定位置などを書き込む。

その脇で、俺らは情報を共有する。

「現在陛下はここ、ハイヴァール陣地にいることがわかっている。陣地は既に壊滅状態で放棄されているが指揮系統は辛うじて保たれている」

「だが戦傷者の数が如何せん多い。戦闘は不可能だろう。指揮系統を保っていることが奇跡に近いとしか言いようがない」

「しかし今は危急の時。彼らにも戦線に参加してもらいます。偵察くらいはできるでしょう。戦傷者の治療についてはどういう状況ですか？」

「現在、守備隊附きの野戦病院が稼働していますが、容量を超えています」

「では戦時医療局魔下の医療隊を向かわせよう。飛竜を使えばすぐに到着するはずだ。ガブリエル局長、手筈を」

「畏まりました。魔王陛下や魔下の親衛隊の治療も考慮して、4個中隊を陸と空に分けて現地に派遣します」

「頼む」

天子族のガブリエル局長が部下に素早く指示した。やっぱり、彼は優秀だ。

こうなったら負けていられない。俺も近くにいた部下に指示して、必要な医療器具や薬品を手配するよう頼んだ。

また如何なる事態があってもすぐに用意出来るようにしろと指示を出す。陛下はどんな傷を負っているか、まだわからないからだ。

その脇で、ダウニッシュさんは会議を進める。

「肝心の人類軍の出方だが、どうなんだ？」

「情報不足としか言いようがない。飛竜による偵察も覚束《おぼつか》ないほどだ。空域は完全に人類軍が握っている」

「一時的にでもいい。陛下救出時に制空権を確保できないと何もできん」

「稼働可能な全飛竜隊をハイヴァールに向かわせる。だがそれでもできるかどうかわからんぞ」

「できるかできないかじゃない。やるしかないんだ」

「精神論などどうでもいい。具体的な戦術論を話してくれ」

「……では興味深い報告がある。ジルジッソ砦所属の偵察飛竜隊が人類軍の鉄竜に襲われた時、高度を下げたところ追撃を免れたそうだ。どういう理由で諦めたのかはわからんが、もしかしたら逃亡だけでなく浸透《しんとう》にも使えるかもしれん」

「なるほど。なら可能性はあるな。しかし低空飛行となるとかなりの練度が必要になるな……」

「では魔都防衛の飛竜隊も向かわせよう。出し惜しみもなしだ」

「人類軍地上部隊に対する防御はどうする？　飛竜隊だけでは止めきれんぞ」

「周辺陣地にある全ての地上戦力・魔像を投入するしかあるまい。別方面でも攻勢を仕掛けて敵方の戦力を少しでも分散させる。それと魔像の現地生産が可能な魔術師を集めて頭数を確保する。総力戦だ」

「物量に任せて力押しかね？」

「物量作戦も立派な戦術だ。問題は……」

そう言ったところで、全員が俺のことを見た。不意にそんなことをされると困る。

つい素っ頓狂な声が出てくるところだったじゃないか。

あぶねえあぶねえ。

「……補給が滞らなければ、の話だ」

あぁ、そのことね。

ハイヴァール周辺陣地にある魔像の種類は、削減を始めた今でも膨大。

前線を支える貴重な存在である魔像はおいそれと削減できないのが実情だ。だからそれを動かすための魔石も膨大となる。

ハッキリ言って、兵站担当者としてはやりたくない仕事だ。

今までの魔王軍だったらそのような大規模かつ効率的で的確な補給活動なんてできなかっただろう。

だから俺は正直に言う。

「あるよ」

兵站局が扱う魔法の一言。検事さんもビックリである。

「そのための『兵站局』です。信用してください」

なんのためにこの1年頑張っていたと思っている？

こういう時に頼られるために決まっている。

会議に同席していた輸送総隊司令官のウルコさんも、俺に続いた。

「事態は急を要します。通常の輸送では間に合いません。前線に向かう魔都の飛竜隊にも輸送を手伝わせて魔石を緊急輸送させてください」

「いいだろう。許可する。輸送隊と兵站局は魔都防衛隊と協力してハイヴァール陣地へ必要な魔石を緊急輸送させよ」

「ハッ、直ちに」

俺はソフィアさんらに向き直って指示を出そうとした時、ダウニッシュさんが「そうだ」と言ってから追加の注文をした。

「あとひとつ、頼み事をいいか？」

その注文はちょっと意外なものだった。

でもその理由を聞いたら、納得のいくものだった。

なるほど、親衛隊というのはやはり規格外の生き物らしい。俺はその注文を受け入れた。

それと共に、こっちも注文だ。

「では私からもひとつ提案が」

「なんだね？」

今回の陛下救出作戦が総力戦だと言うのなら、暇してる奴も引っ張り出すべきだ。

「開発局にも、戦線に参加してもらいましょう」

みんな、レオナを泣かしに行くぞ。

◆

それは「オーケストラ作戦」が承認される数ヶ月前のこと。

連合王国軍兵器開発局が、ある兵器を生み出した。

この世に生み出してはいけない兵器を、作り上げてしまった。

人類の科学力、あるいは化学力を結集して作り上げた新兵器。

「我が兵器開発局が作り上げた、砲兵隊向けの特殊弾頭がこちらです」

白衣の男が自信満々に、声高に、背広の男に説明する。

「……これで、悲願を達成できるかね？」

「運用次第でしょう。この特殊弾は、まさに使いどころが肝心です」

特殊弾、と彼らは名付けた。

だがここに秋津アキラがいれば、別の名を与えたに違いない。

「ガス砲弾」。

あるいは「化学兵器」と。

「この特殊弾には2つの薬品が別々に内蔵されています。信管が作動すると同時に薬品が混淆《こんこう》、反応して、生命体に対して毒となるガスを発生させます」

「生命体に対して毒となる、というが、奴らに……いや、奴に効くのか」

魔王に。

あのバケモノに。

背広の男は尋ねる。元軍人で、右腕のない背広の男はそう尋ねる。

「正直に言えば、あの生命体を凌駕《りょうが》したバケモノに効くかは半々といったところ……。しかし捕虜で実験したところ、効果はありました。彼奴らが使う『特殊な治癒方法』をもってしても治せないものですから……試してみる価値は、十分あるかと」

笑みを浮かべて、白衣の男は説明する。

捕虜を実験対象とするなど非人道的であり、化学兵器の使用など正気の沙汰ではない。人類同士の戦いであれば批判を免れないだろう。

だが、人類は魔族や亜人を人間だとは思っていない。

せいぜいが、マウスや犬猫に対する動物実験程度としか思っていない。だからこの特殊弾の使用も、人類軍は殺虫・殺鼠剤くらいにしか思ってないかもしれない。

戦争は常に理性と狂気の間にある。

だが彼らが狂気の中にいるのかは、誰にもわからない。

「前線部隊の報告によれば、魔王とやらが使う『非科学的防御隔壁』は全面防御ではないらしい。その隔壁を展開して対魔像砲や野砲の攻撃を受けても、奴らは爆風の影響を少なからず受けていたという。恐らく全面に展開すれば酸素欠乏に陥るからと考えている」

白衣の男は、度のキツイ眼鏡の縁を上げながら説明する。

彼の言う「非科学的防御隔壁」とは、一部の魔族が使用する防御魔術「マジック・シールド」のことである。

術者によってその防御力は変動するが、魔王親衛隊は野砲の直撃をも防ぐ術式を展開できる。

しかしその一方で、白衣の男が指摘する通りの欠点も持ち合わせていた。

「あるいは空気のみが隔壁を通るかもしれないが――いずれにせよ、この特殊弾でガスをぶちまけてしまえば従来の『非科学的防御隔壁』では受け止められない……。二〇三ミリ艦載砲の徹甲弾直撃をも耐え得る奴らの隔壁だが、特殊弾を使えば紙にも等しいでしょう」

白衣の男は説明を続ける。

特殊弾の中身は化学薬品。

人類には猛毒、魔族にも猛毒。

皮膚に触れれば炎症を起こし、煙を吸えば喉や肺を焼き、胃を焼き、吐血、嘔吐、失禁、痙攣、縮瞳、呼吸困難などの症状を出した後、絶望の際に立って死に至る。

直撃を受ければ、それらの過程を無視して即死する。

誰もが嫌がる死に方を提供する兵器が、特殊弾だった。

「……そうか」

背広の男は、感想らしい感想を漏らさなかった。

その代わり口に出すのは、さらなる要求。

砲兵隊向けの砲弾だけではなく、対魔像砲や迫撃砲などのあらゆる砲でも運用可能なように種類を作って欲しいという内容だった。

それがあれば、戦術の幅が増えるからだ。

開発局長である白衣の男が「お安い御用だ」と即答すると、最早杖なしでは生活できない背広の男は、答えの代わりにひとことだけ呟いた。

「……これで、彼らの魂は救われるだろうか」

その言葉は誰にも届かなかった。

彼らの信じる神だけにその言葉が届いたかどうかも怪しい。

だが彼は神が定めた道を外れることを決意する。

背広の男は兵器開発局から出て、連合王国軍参謀部へと向かった。彼にはやるべきことがある。

胸ポケットに仕舞った写真に手を当てながら、彼は神ではなく、かつての友に誓う。

魔王討伐のための一大攻勢作戦である「オーケストラ作戦」が連合王国軍参謀部によって作成されたのは、その1週間後のことだった。

◆

オーケストラ作戦は、最終楽章を迎えていた。

『こちらマーリン08。煙幕の切れ目から敵部隊を再視認。護衛と思しき魔族が倒れているのは確認できたが、魔王と思われる最優先目標はまだ立っている』

『コルベルク砲兵隊よりマーリン08。報告を感謝する。やはり敵はバケモノだ。あれだけのガスに見舞われてもびくともしないとはな。だが護衛には効果があったか』

特殊弾、ガス砲弾を雨霰《あめあられ》と降らせても、魔王に効果は見られないことに、彼らは改めて「バケモノ」に恐怖した。

だが人類はいつだって、その恐怖を叡智《えいち》によって克服してきた。

『アーサー01からCP。特殊弾の効果が出ない以上、通常弾による制圧射撃を上申します』

『こちらマーリン08、少し待ってください。最優先目標は立っていると言っても、なにも影響を受けていないわけではありません。効果はあると思います』

『――こちらCP、コルベルク砲兵隊は特殊弾による攻撃を続行せよ。アーサー小隊はそのまま前進して射撃位置につけ』

『コルベルク砲兵隊、了解。特殊弾による攻撃を続行します』

『アーサー小隊、了解。前進して射撃位置に。念のため、総員にガスマスクを装着させます。通信終了』

彼ら人類軍は、魔王討伐のためにありとあらゆる手段を取った。

◆

その科学力の前に、魔王は無力であったのか。

「……アキラの忠告は、本当だったと言うことか。人類は……進化、している」

答えは否。

魔王ヘル・アーチェは、まだ立っていた。

度重なる通常砲弾の攻撃によって身に着けていた衣服をボロボロにして、特殊弾による攻撃によって体に異状を発生させながらも、彼女はまだ立っていた。

ガスを吸い込むたび、彼女の身体を蝕《むしば》まれるものの、魔王の持つ強靭な肉体が倒れることを防いでいた。

だが特殊弾は、通常砲弾によって負う傷よりも厄介だ。

治癒魔術によって、ガスの効果が薄れないから。むしろ悪化するため、通常砲弾によって負った傷を癒せない。

それが毒のせいだとわかっても、何の毒かわからなければ解毒魔術のかけようがない。

「力なき敗者が、短期間で私を追い詰めた。私の力を凌駕した。——力以外の方法で」

この時、ヘル・アーチェは勘違いをした。

否、長期間にわたって致命的な勘違いをしてしまった。魔族の永い寿命の弊害とも言える勘違い。

人類は短期間で魔王を超えたのではない。

数千年の歴史を積み重ねて、今まさに魔王を超えようとしているのである。

そしてさらに重要な事がある。

それは人類が進化していたとき、魔王軍が進化できなかったということ。

つい最近まで、魔王軍は進化から取り残されていた。

「今や私が、魔王たる私が力なき者であり、敗者、か」

ヘル・アーチェは周囲を眺める。

親衛隊の仲間が、倒伏したまま動かない。

悲鳴も上げず、倒れたまま。だが彼らは、まだ息はある。

魔王と同じく、魔族には人間の科学力では説明のつかない強靭な生命力を持っていて、親衛隊は特に顕著だったからだ。

心優しき魔王は、そんな彼らを全員故郷に連れて帰るつもりでいた。

全員治癒させて、また一緒に酒を酌み交わしたかった。

その願望が、命取りだった。

「——ッ！　しまった！」

一発、着弾。

ガス砲弾。さらなるガスが、視界を包む。

『マーリン08よりコルベルク砲兵隊へ。着弾を確認。——いい腕だ、初弾命中。目標は未だ動いてはいない。同一緒元、効力射へ移行』

『コルベルク砲兵隊、了解。特殊弾による効力射に移行する』

鉄の雨が降る。

しかもガス到来前と違い、親衛隊はほぼ全滅状態にある。

彼女はひとりでそれを防がなければならない。さもなければ、無防備な親衛隊は砲弾の影響をもろに受ける。

中身が炸薬《さくやく》でなくとも、砲弾そのものが持つ運動エネルギーは即死レベルである。

人類軍は魔王討伐を意図して特殊弾による攻撃を開始したが、彼女は親衛隊排除のために人類軍が止めを刺してきたと考えた。

特殊弾の影響を受け、傷を負い、疲労し、満足に魔術を使えない中で、ヘル・アーチェは部下の身を護るべく努力した。

それにいつ爆裂する砲弾が降ってくるかわからない。

上方一杯に防御魔術を展開し、鉄とガスの雨を防いだ。

だがそこで、さらなる脅威に、魔王は出くわした。

「な、なんだ?」

それは、人類軍が用意した最後の一撃。

正真正銘《しょうしんしょうめい》、魔王を討伐するために到来した英雄。

それらが彼女の視界の端に映った。

この日初めて人類軍地上戦力を目視した彼女だが、それは初めて見たものである。

だが目視圏内にいるのであれば、攻撃は届く。

のこのこやられに来た奴がいると、彼女は笑みを浮かべて術式を展開する。

「――貫け！　『フレア・アロー』！」

傷だらけの彼女が砲弾の雨を防ぎながら、攻撃魔術に割り振れる魔力は多くない。

だが「フレア・アロー」だけでも、人間に対しては致命傷となる。

しかし人類は、常に進化している。

「なっ――んだと!?」

相手は、その程度の攻撃など織り込み済みということ。

◆

『こちらアーサー03。攻撃を受けたものの被害なし』

『さすが「戦車《タンク》」だ。なんともないぜ』

生半可な攻撃をものともしない装甲。

対魔像砲並の攻撃力を持つ砲。

不整地を難なく踏破する無限軌道を持つ、人類軍初の本格的な「戦車」の姿がそこにあった。

それを見た魔王は理解した。

あれは「人類軍が作り出した魔像」であると理解した。

そしてそれが恐ろしいものであると理解した。

『アーサー01よりマーリン08、目標の現在位置は？』

『マーリン08よりアーサー戦車隊《ユニット》へ。最優先目標の現在位置はポイントR31。現在、砲兵隊が特殊弾による制圧射撃を実施中。風向220、風速微風。そちらは風上にあるからガスの心配はしなくていいだろう』

『アーサー01了解。こちらも確認した。だが念のためマスクはつけておく。風向が変わったら教えてくれ』

戦車に乗り込む勇敢な英雄たちは皆、この時を待っていた。

安全な戦車の中から魔王を討伐できる。その絶好の機会を与えられたのだ。

『アーサー01より全戦車へ。――前進！』

彼らは進む。

全人類の悲願を達成するために、そして先に散った戦友たちの仇討ちをするために、彼らは鉄の騎馬を駆って前に進んだ。

◆

ヘル・アーチェは、それを前にして動かない。

否、動けない。

防御術式を展開せず、戦車に向かって「ジェノサイド・バーン」などの最強の攻撃魔術を仕掛ければ、恐らく倒せるだろう。

だがそれをすれば、無防備な親衛隊が鉄の雨に晒《さら》される。

そうなれば、彼らの身体がどうなるかわからない。

だからこそ、彼女は動けなかった。

その優しさで、彼女自身の身体に危険が及ぶと理解しても、彼女は動けなかった。

それこそが魔王ヘル・アーチェの弱点で、人類軍はその優しさにつけ込んだのである。

『全戦車に告ぐ。攻撃開始！』

『待ってました！　撃て！』

戦車の中で兵が叫び、魔王は見た。

自らの持つ人間離れした動体視力が、回転しながら自分に向かう多数の砲弾を見た。

数多の鉄の塊がヘル・アーチェの身体の近くに着弾、あるいは、ヘル・アーチェの身体を掠めた。

弾丸が通る衝撃波だけで、彼女の身体は大きく損壊する。

羽根は捥《も》げ、角は折れ、肉は抉られ、右半身は役に立たなくなるほどズタズタにされて動かない。

これだけの攻撃を受けてなお意識を保っているのは、偏に魔王というバケモノだからこそである。

魔王でなければ、バケモノでなければ即死だっただろう。

だが、即死かそうでないかは、人類軍にとってはどうでもいいことである。

『撃ち続けろ！　撃って撃って、撃ちまくれ！』

ヘル・アーチェの身体には、さらに多くの傷が刻まれる。

そして魔王に命中しなかった一部の戦車砲弾が無防備の親衛隊員の身体を跡形もなく吹き飛ばした。

それを見た魔王は全力で防御魔術を展開するが、最早彼女の身体では一度に展開できる魔術に制限があるため完全に焼け石に水。

「このままでは――クソッ。こんなところで――」

仲間を失うのかと、自分は死ぬのかと、彼女は恐怖した。

人類に対して初めて、魔王は恐怖した。

「……すまない。みんな」

そう呟いた直後、さらなる砲弾の雨が降り注ごうとした。

その一撃で、自分はいよいよ死ぬのではないかと恐怖した――その瞬間、

「――――えっ？」

空が、爆発した。

彼女は状況を把握できずにいた。

だが暫く経って、何が起きたのかを理解した。

自らの周囲に、見たことのある魔獣の――飛竜の鱗や肉片が散らばっていたから。

魔王は急いで上を確認する。

そこにあったのは、

「あれは……！」

魔王軍の飛竜。数多の飛竜が飛んでいた。

そして頭の中で、誰かの思念波が響く。

『こちら第一〇一飛竜隊所属のガガーラ！　陛下の御無事を目視にて確認！　これより「ペルセウス作戦」は第二段階に移行します！』

『野郎ども、行くぞ！』

視野一杯に、空を覆い尽くすほどに、飛竜が飛んでいた。

『陛下の為に――総員、命を散らせ！』

『『応！』』

勇ましい魔王軍の声が、脳内に響いた。

状況を理解するためには、時間を少し巻き戻す必要がある。

◆

魔王城兵站局執務室は、一気に慌ただしくなった。

大会議室には連絡要員としてエリさん以下数人を待機させて、俺やソフィアさん、ユリエさん、リイナさんらで魔王軍戦闘部隊を支援する。

戦闘部隊は既に魔王救出為の作戦行動に移り、武器を取り、詠唱し、空を駆け、大地を駆けて戦っている。

「アキラ様。戦時医療局への医療品の供与が完了致しました」

「さすがソフィアさん、仕事早いですね」

「……これが仕事ですから」

そして俺らはペンを握り、ペン先を走らせ、文字を書き、あらゆる物資を手配する。

「大変結構。では立て続けで悪いですが、陸路で現地に向かう騎兵連隊の物資の手筈を」

「畏まりました。直ちに」

ソフィアさんは書類に目を通し、通信して、各地の倉庫から物資を確保して輸送の手筈を整える。

集められた物資を連隊に引き渡して、次に移る。

俺らの武器は紙とペンとインクと通信用魔道具。

絵面は地味だが、それが俺らの神髄だ。

ペンは剣よりも強し、というやつである。ンッン～、名言だなこれは。

まぁ一般的な意味合いとは全然違うだろうけど。

「――っと。ユリエさん、作戦の為に必要な純粋紅魔石の数が不足しています。手段は問いませんから数を確保してください」

「予定数よりちょっと少ないくらいだ。問題ないだろ？」

「大問題ですよ。予定数を確保するのが我々の仕事です。やってください」

「はいはい。超過労働手当でるか？」

「陛下を救った後で上長のサインを貰った後エリさんに必要書類を提出してください」

「めんどくせえ！　ま、やってみるよ。ギルド連中泣かしてでも確保するぜ！」

「頼みます」

「おうよ！」

ユリエさんがそうサムズアップすると同時に、俺の執務机に置かれた通信用魔道具が鳴る。

原理はどうなってるのかは知らないが、魔道具の上に映像が出てきた。

倉庫管理担当のリイナさんだ。

『き、局長様！　魔都防衛隊所属の第一〇一飛竜戦闘隊が輸送する分の魔石の第一陣が、た、経った今出発しました』

「ありがとうございます。続く第一〇二飛竜戦闘隊の物資準備を願います。不足分は現在ユリエさんが確保しているので倉庫は空にして大丈夫です」

『は、はいです！』

うむ。相変わらず口調が変わっていないが、仕事の速度は上がっている。

娘の成長を見ているようで思わず涙が……、
うん？　なんか気になるものが画面に映ったような。

「ところでリイナさん。後ろのゴブリン、なに運んでるんですか？」

『は、はい？　なんのことで——ってちょっとゴブリンさん！　それ違います！　お酒は緊急輸送物資に入っていませんよ！　運ぶのは碧魔石で——ってそっちは紅魔石です！』

酒かよ……。魔石と酒間違えるのかと。

あと本当に赤と緑間違えてるのな。もしかしてゴブリンって色を判別できない人が多いのだろうか……。

『す、すみません局長様！　どうか許してくださいなんでもしますから！』

「……いや、大丈夫です。間違いを指摘するのも管理担当の仕事ですよ」

『ひゃ、ひゃい！　すみません！　では——ってそっちは軍靴で——』

と言ったところで通信が切れた。リイナさん大変だな。

しかし相変わらずリイナさんは淫魔らしくない。

淫魔って言うのはもうちょっと淫乱という印象があるのだが……もしかしてあれは演技で中身はビッ——、

「コホン」

「は、はい。すみません仕事します」

ソフィアさんが緊急事態でも相変わらず怖い。

彼女が何かを言おうとしたタイミングで、通信魔道具がまた鳴る。

出てきたのは会議室にいるエリさんからだ。

『局長。お忙しい所失礼しますわ。ハイヴァール陣地守備隊の斥候《せっこう》から最新情報が入ったようよ』

「なんですか？」

『えーっとぉ……人類軍が新兵器を使用してきたらしいわ』

「やはりですか」

ヘル・アーチェ魔王陛下を危機に晒したのだ。新兵器の存在があってもおかしくない。

「新兵器は地上兵器ですか？」

『わからないわ。でも、重要じゃないんじゃない？』

「……そうですね。陛下が危機なのは間違いありませんから」

でも、兵器の種類によっては対策を考えなくてはならないか。作戦司令部あたりの仕事な気もするが、こちらでも検討してみないと。

「陛下は無事ですか？」

『ダウニッシュ様の推察ですが、無事だと思うわ。もし討伐しているのなら、人類軍が今も大規模な攻撃を仕掛けているはずはないって』

「わかりました。『まだ時間がある』とわかっただけでも救いです。また何か新しい情報が入ったら連絡をください」

『はい。では』

エリさんからの通信が切れた後、ソフィアさんがほっと胸をなでおろした。

「……安心しました」

ヘル・アーチェ陛下とソフィアさんの間になにがあったかはわからない。

でも、彼女気持ちはよくわかる。俺も似たような気分なのだ。

ソフィアさんに何か気の利いたことを言おうかと悩んでいた時、部屋の扉が勢いよく開け放たれた。

こんなことをするのは知り合いでひとりだけだ。

なにせユリエさんはもっと自重するからな。

まったく、壊れるからやめてほしい。その壊れたドアを発注するのも兵站局の仕事なんだぞ？

「アキラちゃん！　準備できたよ！」

現れたのは狂信的魔術研究者《マッドマギスト》こと開発局のレオナ・カルツェット。

有事にも拘らず髪型はバッチリ決まっている。ホント、髪の構造がどうなってるのかが気になるわ。

レオナがドアに致命傷を負わせたせいか、俺の隣にいたソフィアさんの目と口調が少しきつくなった。

「……カルツェット様。少しは自重してください」

「ソフィアちゃん酷いよ！　折角会いに来てあげたのに！　あまり会ったことないけど！」

ないのかよ。

「そうですか。私は別に会いたくはありませんでしたが」

「もっと酷くない!?」

そんなに会ったことないと言いつつ、ふたりとも結構仲良いなー。

これがいわゆる犬猫の仲というやつだろうか。一般的には仲が悪いとされるけどさ。

「はいはい。2人とも仲良く遊んでないで仕事してください」

「「遊んでません（ないわよ！）」」

「仲良いね本当に……」

対照的な2人だが、まともに会話したらいいコンビになりそうである。

「ま、それはそれとしてレオナ。例の準備、できたのか？」

「バッチリ！　あれはまさにこの日の為にあったと言っても過言ではないわ！　駐屯地に移動させといたから！」

「そうかそうか。なら予算を挙げた甲斐があったよ。ちょっと待ってくれ」

通信魔道具で会議室にいるエリさん経由で「親衛隊のダウニッシュさん」を呼び出した。

「ダウニッシュさん。準備完了です。駐屯地に用意してありますので、よろしくお願いします」

『了解した。ここの指揮を魔都防衛司令官に引き継がせてから駐屯地に向かう。兵站局と開発局の協力に感謝する』

「これが仕事ですから」

『ふっ。そうだったな。……っと、そうだ。今回使う飛竜は私を含めて3人程乗れるのだが、乗りたい奴はいるか？　司令部からは私が行くから問題はないが……』

「はいはい！　私乗りたい！」

と、脇から割り込んだのはレオナ。

近い近い。息がかかるところまで近づいて割り込む意味はないよねレオナ。声だけ出せばわかるから。

「レオナが行くのか？」

「うん。あれに何かあった時に対処できるのも私しかいないよ？」

「なるほど。確かにそうだな」

「それに動いてるところ見たいし！」

「そっちが本音か」

いい笑顔で言いやがって。

まぁいいや。前半の理由だけでも乗せる価値はある。

「じゃあレオナ、ダウニッシュさんに同行してくれ。くれぐれも無理して死んだりしないように。まだ仕事あるんだから」

「わかってるわよ！　それに私も、まだまだ魔像作りたいしね」

うむ。やっぱりこいつはＭＡＤだな。こんな時にまで魔像開発で頭がいっぱいか。

『よし。じゃあカルツェット技師を乗せよう。あと１人、居るか？』

「あぁ、では兵站局から１人出します。現場で兵站がちゃんと機能するように見る人が必要だと思ったので」

さてと、問題は誰を乗せるかだな。

全体を統括する俺が行くわけにはいかないし、ユリエさんは渉外で忙しい。リイナさんはそんな余裕がある人には見えないし……とするとエリさんかソフィアさん。

……なら、決まりだな。

「ソフィアさん。ダウニッシュさんの飛竜に乗って現場で兵站の指揮を執ってきてください。何かあれば連絡を」

「……私でいいのですか？」

「はい。ソフィアさんが適任です」

ソフィアさんは何でもできる人だ。

事務も出来るし、肝も据わっている。能力も高く、俺よりも兵站局長になる器がある。

それ以外の理由もあるけれどね。

「ヘル・アーチェ陛下救出の支援を、お願いします」

「——はい！」

相変わらず、彼女は俺の心を読むのが得意らしい。綺麗に敬礼するソフィアさんの表情には笑みがあった。

「そう言うわけでダウニッシュさん。レオナとソフィアさんを同行させます。ソフィアさんに関しては適当なところで下ろしてください」

『わかった。仮の前線指揮所が設置されているベルガモット陣地に下ろそう』

「助かります」

『気にすることはない。「魔王陛下救出作戦」の要となるのだ。しっかり運ぶさ』

そう言って、ダウニッシュさんと俺は敬礼して通信を切ろうとしたが、またしてもレオナが割って入ってきた。

「ねぇアキラちゃん。『魔王陛下救出作戦』って、安直すぎない？」

「あのなぁレオナ。この緊急事態に作戦の名前なんてどうでもいいだろ……」

『いや、カルツェット技師の言う通りだ。響きの良い作戦名は士気を上げる効果がある。どうだアキラくん。作戦名を考えてくれないかな？』

「いやいや、ダウニッシュさんも何言ってるんですか。乗らないでくださいよ」

作戦名を考えたところで腹は膨れないのだ。魔王陛下救出作戦が一番簡単で何をしているのかがわかる。わかりやすさは重要だよ?

「それはそれ、これはこれ。アキラちゃんが嫌がるのなら、このレオナ・カルツェットが直々に作戦名を――」

「わかりましたダウニッシュさん。私が作戦名を付けます」

「アキラちゃん、私そろそろ泣いていい?」

「勝手に泣いてろ」

「うわあああああんアキラちゃんがいじめるうううううう!」

「うるせえ!」

本当に泣くとは思わなかった。

って、そんなことしてる場合じゃない。はやく出発してほしいのだが。

「お2人とも、遊んでないでさっさとしてください。急いでるんですから」

「その前に作戦名考えてよアキラちゃん」

『そうだアキラくん。適当でもいいから早くつけたまえ』

「あのですねぇ……」

あぁダメだこの人たち。俺が作戦名考えるまで本当に待つつもりだ。緊急事態なのに余裕ありすぎだろ!

それにレオナのネーミングセンスを批判している本人にネーミングセンスがあるとは限らない、というのは誰も考えていないのだろうか。

えーっと、士気を上げる作戦名ね。

こう、明朝体と特撮映画のＢＧＭが似合う作戦名がいいな。

「『ハイヴァール方面における魔王救出を目的とする飛竜隊と魔像隊の大量投入を主軸とした作戦要綱』とかどうでしょう」

『それは作戦名ではない。報告書だ』

「ですよね」

えーっと、状況にマッチしてて役所っぽくて士気を上げる作戦名ね。

なんで俺こんなこと真面目に考えてるんだろうか。これも兵站の仕事なの？　いいや適当で。

「……『ペルセウス作戦』で」

ギリシャ神話において、アンドロメダを救った英雄ペルセウスから取ってみた。

そして気になる評価だが……。

「…………」

『…………』

ソフィアさんとダウニッシュさんは無言で。

「ねぇアキラちゃん。私を非難する資格ないんじゃない？」

レオナからは手痛いコメントが飛んできた。

「適当でいいって言ったじゃないか！　ていうか早く行け！　さっさと行け給料泥棒！」

あとこれでもレオナなんかよりマシだと思います！

◆

ハイヴァール方面臨時前線司令部のある、ベルガモット陣地。ハイヴァール陣地が人類軍の猛撃に晒されて放棄されたため、今やここが最前線である。

そこで1頭の飛竜が、1人の女性を降ろしていた。

兵站局のメンバー、ソフィア・ヴォルフである。

彼女はここで降りて、前線の兵站を指揮する。

「ありがとうございます、ダウニッシュ様！」

「なに、気にする必要はない。これも仕事のうちだ。礼ならソフィアくんの上司に言いたまえ。陛下をお救いすることができるのは、彼のおかげでもあるのだからな！」

「はい！」

前線に近いだけあって、陣地は騒がしく、故にソフィアは声を張り上げて会話する。

「――それと、カルツェット様！」

そして彼女は、飛竜に同乗していたレオナ・カルツェットを呼んだ。

「ん、なに？」

「その……、御武運を！　必ず帰ってきてください！」

「…………」

レオナは、ソフィアの言葉に一瞬目を丸くした。

アキラの言葉ではないが、彼女たちは犬猫の仲であり、仲は決してよくはない。

それなのに、ソフィアはレオナに対して、皮肉も何も交えずに武運と無事を祈ったのだから。

彼女の態度が変わったことに、レオナは思わず笑みを浮かべた。

「ねぇ、ソフィアちゃん！」

「な、なんでしょう？」

「私のこと名前で、レオナって呼んでよ！」

仲良くなりたいという、レオナの純粋な願いだった。

が——、

「嫌です!!」

ソフィアは殆どノータイムで全力で拒否した。

「なんで⁉　ちょっと雰囲気的に呼んでくれる流れだったじゃん！」

「私はあなたのこと苦手なので！」

「酷くない⁉　それって『嫌い』って意味だよね⁉」

困惑するレオナを余所に、ソフィアはいい笑顔で叫んだ。

「すみません。でも私は余程年下とかではない限り他人のことを姓で呼ぶので！」

と。

照れ隠しなのかな？

と、レオナは考えなかった。

私のことを他人呼ばわりって酷いな。

とも考えなかった。

いつもの彼女ならそう思ったかもしれないが、今の彼女はそう考えなかった。

なぜならこの時レオナは、『彼』のふとした台詞を思い出したからである。

それはレオナと彼が、初めて出会った時のことだ。

「確かあの時、アキラちゃんは…………ふーん、ふーん。そういうことかぁ」

「……あの、どうかなさいましたか？」

「いやいやいや、なんでもないよ！　ところでソフィアちゃん！　実は伝えなきゃいけないことあるんだ！」

「今度はなんですか？」

「私ね、余程目上じゃない限り他人を『名前』で呼ぶんだよ！」

元気よくそう言った後、レオナはダウニッシュの背中を叩いて出発の合図をする。

飛竜が羽ばたき砂塵が舞い上がる中、レオナの言葉を受け取ったソフィアは、
筆舌《ひつぜつ》に尽くし難《がた》い珍妙な顔をしていた。

「……はぁ。って、は？」

それがどうしたのだ、という顔である。彼女は暫く、レオナの言葉の意味を掴み損ねていた。

そんな困惑し続ける物わかりが悪いソフィアに対して、レオナは飛竜の羽ばたく音に負けじと大声で叫んだ。

「意味はアキラちゃんに聞けば分かるよ！」

「……はい？　あの、それってどういう――」

ソフィアの疑問の言葉は、飛竜の羽音に掻き消され、レオナには終《つい》ぞ届くことはなかった。

急速に遠ざかる飛竜を眺めながら、彼女は暫し考え込む。

『私ね、余程目上じゃない限り「名前」で呼ぶんだよ！』

『意味はアキラちゃんに聞けば分かるよ！』

レオナ・カルツェットの台詞を一言一句思い出し、頭の中で咀嚼《そしゃく》して……、

「…………あっ。えっ、あの、えぇ⁉」

ソフィアは、事の重大さをようやく理解した。

◆

ダウニッシュは、飛竜に跨り空を飛んでいた。

先発の第一〇一、一〇二飛竜隊と違い、彼は単騎で飛んでいた。

そして彼の後ろには、作戦を支援する女性の姿がある。

「カルツェット殿、大丈夫か？」

「大丈夫大丈夫。それよりも人類軍の飛竜ってどういう構造してるんだろうね」

「さあな。それよりも私は、ソフィアくんがどうしてるかが気になるね」

「んふふ。ソフィアちゃんって、案外鈍感だよねー。ま、アキラちゃんもそうだけど」

レオナ・カルツェットにとって初めての最前線だったが、彼女は平然としていた。

そのおかげかどうかはわからないが、ダウニッシュは平常心を保つことが出来た。

そして彼は前線を飛ぶ指揮官として、やるべきことをする。

『全将兵に告ぐ』

彼は思念波で、通信魔術で、通信魔道具で、その声を届けた。

『全将兵に告ぐ。こちらは、作戦指揮官のダウニッシュだ。どうか、聞いて欲しい』

戦いが始まる前に、彼は伝えるべきことを伝えようとしていた。

繰り返されるダウニッシュの言葉に、文字通り全将兵がその言葉に耳を傾けていた。

『まもなく、戦いが始まる。

まもなく、全魔族の命運を決する戦いが始まる。

戦いの目的は唯《ただ》1つ。

我々は、今まで陛下に救われてきた。陛下が救ってくださった。

強大な力で前線を支え、負傷した兵を決して見捨てず、死者に対して最大限の敬意を払い、敵に対しても温情で、幾度となく我々を、魔族を、獣人を、亜人を、救ってくださった。

我々には、陛下に大恩がある。

そんな陛下が今、窮地に立っている。

敵の、人類軍の力は強大で、故に陛下は窮地に立っている。

諸君。

偉大なる戦友諸君。

陛下に忠誠を誓う、同志諸君。

今こそ、我らが救世主、ヘル・アーチェ魔王陛下の恩に報いるときである。

今こそ、我らが救世主、ヘル・アーチェ魔王陛下をお救いするときである。

かつて陛下が我々にしてくださったように、今度は我々が、陛下をお救いするのである。

人類軍の力は強大である。決して油断できるものではない。

多くの者は、ここで戦死するだろう。指揮官である私も、命を散らすかもしれない。
だがそうであっても、我々には、すべきことがある。
我々には、やるべきことがある。
我々の希望、ヘル・アーチェ魔王陛下をお救いする義務がある。
我々は種族も、出身も、年齢も、性別も、戦う理由も、所属も、何もかもが違う。
しかし我々には共通した思いがある。
守るべき方がいる！
諸君！
戦友諸君！
陛下に忠誠篤き同志諸君！
命を散らせ！
魂を燃やせ！
持てる全てを使い果たせ！
我々の目的は、我々の思いは唯1つ！
我らが陛下をお救いし、全魔族の未来を守ることである！
戦いに臨む全ての戦友諸君に、我らの未来を！』
ダウニッシュが全てを語った後、残ったのは暫しの静寂。
空気を切る音だけが、ダウニッシュの耳に聞こえた。
そして暫くして、彼の脳裏に誰かの言葉聞こえる。

多くの思念波が混信する。熱狂の嵐が、彼の脳裏に、全魔王軍兵士の脳内で再生された。

『我らの陛下のために！』

『未来を守るために！』

『今こそ、命の使い時だ！』

全将兵の言葉が、全将兵の脳内を駆け巡る。

それを聞きながら、ダウニッシュの後ろにいるレオナがぽつりと小声でつぶやいた。

「ガウルちゃん、結構演説上手いね？」

脳内で流れるシュプレヒコールをものともせず、雰囲気度外視でそんなことを言った。

彼女は褒めているつもりなのだろうが、ダウニッシュの見解は些か異なった。

「フッ。何せ戦闘部隊をあらゆる面で支援するのが『兵站局《かれら》』の仕事だそうだからな」

そう言って、彼は笑った。

「そうかー。ハハッ、やっぱり面白いね」

言葉の意味を理解したレオナも、お腹を抱えて笑った。

戦場とは思えない、呑気な笑い声が空に響く。

だが一通り笑い終えたところで、彼らの表情が一変する。

「では、私たちも私たちの仕事をするとしよう」

ダウニッシュが術式を展開し、

「そうね。待ちに待っていたわ……、この瞬間をね！」

レオナは満面のドヤ顔を決めた。

そして、魔王軍と人類軍の戦いの歴史の中で最大の戦いが始まった。

◆

『Mayday Mayday Mayday! こちらマリーン08、緊急事態発生、緊急事態発生！ 多数の飛竜が此方に――クソッ！ 右翼に被弾した！ 高度が維持でき――』

『――アーサー04より作戦行動中の全部隊へ！ マーリン08は敵飛竜によって撃墜された！ 繰り返す、マーリン08は撃墜された！ 現在我が部隊上空に、多数の飛竜が飛んでいる！』

『なにがどうなっている!? 誰か状況を！』

戦場は、阿鼻叫喚《あびきょうかん》となる。

余裕ムードだった人類軍はその急激な状況の変化について行けず、混乱の極地にいた。

いや、余裕ムードだったからこそ、混乱を極めていた。

最前線にいたアーサー小隊が、その混乱の最大の犠牲者だった。

『敵影視認！ 小隊全車、対空射撃開始！』

アーサー小隊が駆る戦車には、防御用の対空機銃が存在する。

防御が貧弱な飛竜に対しては有効であるものの、機動力があるため命中させるのは難しい。

それでも敵の攻撃を抑止する程度の効果はある。

『隊長、最優先目標はどうしますか!?』

『できるだけ攻撃を続行、でも無茶はするな！ 上を常に見ていろ！ すぐに援軍が来る！』

濃密な対空弾幕射撃を行うこと60秒、最初の増援がやってくる。

しかしその間にも飛竜は最優先目標、即ち魔王に近づこうとしたり、小隊を攻撃しようとして低空に降りる。

『こちら哨戒中の第三一五制空小隊、コールサインは「リーガル」。哨戒任務を中断して邀撃行動に移る！』

『助かる、リーガル隊！』

人類軍増援第一陣は、布張りの複葉戦闘機がたったの4機。

しかしそれでも、アーサー小隊にとっては救世主に見えただろう。

エンジンを積んだ戦闘機隊は、速度と機銃の威力を生かした一撃離脱に努めて精一杯迎撃する。その戦法によって、幾度となく人類軍は魔王軍飛竜隊を退けてきた。

しかし飛竜も、体を自在に動かして揚力を自在に変化させることができる。旋回性能に勝る飛竜は格闘戦において無敵であった。人類軍戦闘機の1機が、飛竜に騎乗する魔族の火焔魔術に運悪く命中し火達磨になって墜落する。

しかしここで人類軍の増援第2陣である、2個制空中隊が到着。

それと同時に、魔王軍飛竜隊の主力も戦域に到着した。史上空前の空中戦が、アーサー小隊、そして魔王ヘル・アーチェの上空で行われる。

人類軍の戦闘機の銃口が火を噴き、一方の魔王軍の飛竜は文字通り火を噴いた。魔術師も、攻撃魔術を使用して人類軍の戦闘機を撃ち落とそうとする。

『ウィスール隊、右翼から行くぞ！　各騎散開！』

『一対一で戦うな！　数の利を生かせ！』

『陛下のために！』

『陛下の恩に報いるために！』

『たとえ死んでも、陛下は守る！　吶喊《とっかん》！』

『相手の格闘戦に乗っかるな！　馬力と高度を使って叩きのめせ！』

両軍兵士の声が空の中でこだまする。

さらに人類軍は周辺の戦闘機隊を呼び寄せる。

戦場は、魔王軍飛竜２００騎に対して人類軍戦闘機１２０。しかし速度性能において人類軍戦闘機は飛竜を軽く凌駕し、徹底的な一撃離脱に専念した甲斐もあって人類軍に分があった。

しかしそれでも、明らかな士気の差はいかんともしがたい。

『ヘル・アーチェ陛下のために！』

魔王軍は死を恐れず吶喊する。

長きにわたって自分たちを守ってくれた魔王の恩に報いるために、彼らは命を賭して戦った。

しかしそれでも、飛竜は魔王に近づけない。

近づこうとするたびに、アーサー小隊の戦車が攻撃を加えて寄せ付けないのである。

運の悪い飛竜は騎乗者ごと、戦車砲によって粉々に爆砕されてしまうほどに。

魔王軍はジリ貧。

このまま航空優勢を維持できれば、いずれ攻勢を再開できる。

人類軍の誰もがそう思っていた。そのはずだった。

『アーサー01よりＣＰへ。魔王は未だ動かず。航空優勢は疑いようもなく確保できている。砲兵隊に射撃再開の準備をさせてくれ。観測は我々が行っても良い。風が強くなってガスが散り始めている！』

アーサー小隊は再び余裕を見せて連絡するが、しかしなぜか応答がない。

『CP、応答せよ。繰り返す、応答せよ』

しかし、返事はなし。

『おい、聞こえているのか！　こちらアーサー01。CP、応答せよ！』

そして今度は、応答があった。

いや正確に言えば、CPからの応答はなかった。

無線に入ってきたのは、方面軍司令部からの悲鳴であった。

『第Ⅶ方面軍司令部より警報！　T、V各戦域に100以上のゴーレムが襲来！　稼働可能な航空隊は全て離陸し防衛行動を取れ！　繰り返す。T、V各戦域で魔王軍の攻勢だ！』

「なっ……」

それを聞いた全ての人類軍は、当惑し、混乱に拍車がかかった。

魔王軍が200以上の飛竜隊と、200以上の魔像を一気に投入してくるなど、今までなかったことである。しかもそれを多数の戦域で、同時に行ったのである。

そんな大規模な攻勢を実行できるだけの胆力と、なによりそれを維持する兵站能力が、時代に取り残された魔王軍にできるはずがないのに。

だがそれは、悲劇の序章に過ぎなかった。

人類軍の予備戦力が各々の戦域に向かう中で、さらなる悲鳴が第Ⅶ方面軍司令部にもたらされたのだから。

『ダレンハウル陣地より第Ⅶ方面軍司令部へ！　緊急事態発生、緊急事態発生！』

『こちら司令部、どうした⁉』

『巨大なゴーレムが襲来！　指揮所が壊滅し――クソッ、ダメだ。こっちに――』

通信は、そこで終わる。

『何があった⁉　報告せよ！　ダレンハウル陣地、応答せよ！　繰り返す――』

それは、人類軍が魔王討伐という悲願に、ついに構っていられなくなった瞬間である。

◆

後世、人類軍が「ダレンハウルの悪魔」と評し、魔王軍が「機械仕掛けの軍神」と賞したとある魔像の、鮮烈なデビュー戦。

「ふふふ、アハハハハハッ！　これよこれ！　これが見たかったのよ！」

笑うレオナの眼下、その巨大な魔像が動いている。

巨大な魔像は人類軍ダレンハウル陣地を暴れ回り、指揮所を破壊し、野砲を薙ぎ払い、人類軍兵士を踏み潰し、あらゆるものを破壊し続けている。

人類軍は対魔像砲や野砲で反撃するも、突如現れた魔像を前に対応は常に後手に回る。

超巨大魔像の装甲は並大抵ではなく、多少の損傷を受けても問題なく戦闘行動を続ける。

R戦域前線指揮所のあったダレンハウル陣地で暴れ回るのは、レオナ・カルツェットが生み出した怪物である。その名も――、

「その名も、マジカルスペシャルレオナちゃん参号《さん》！」

である。

「……やはり作戦名はアキラくんに任せて正解だったな」

そしてここまでマスレ参号（アキラ命名）を収納魔術で運んできたダウニッシュは、レオナのネーミングセンスを間近で確認して溜め息を吐いた。

このマスレ参号は、マスレ弐号をベースに開発された改良型の超巨大魔像。

魔像性能評価試験で明らかになった欠点を修正して、さらに魔石（と予算）を投じて作られたのである。

「ん？　ガウルちゃんなんか言った？」

「いいや、別に」

そして阿鼻叫喚の地獄絵図と化しつつあるダレンハウル陣地の上空で、レオナとダウニッシュは呑気に会話をしていた。

「それよりもカルツェットさん。重要施設を破壊したらもう用はない。さっさとずらからないとやられるぞ」

「えー……。ま、仕方ないか。愛する娘とはいつか別れなきゃいけない……でも活躍は十分見せてもらったよ」

そう言って、レオナは魔像操作術式を展開。

マスレ参号に使う専用の操作術式はレオナにのみ扱える代物である。それが、彼女がマスレ参号を娘と表現する理由だった。

「操作術式展開。魔像の思考回路を自動に変更。モード『ジェノサイド』に移行」

そして彼女の作ったマスレ参号改は、間違いなく強力な兵器である。

「ジェノサイドモード」という文字通りの虐殺命令は、たとえ開発者のレオナでさえ制御が難しくなるモードなのだから。

「さぁガウルちゃん！　さっさと逃げないと巻き込まれるよ！」

「言われなくとも！　巻き込まれるのはごめんだ！」

怪物は、箍《たが》が外された。

あらゆるものを破壊する事だけに専念した魔像は、まさに「破壊神」となって人類軍を襲う。

レオナとダウニッシュが飛竜にしがみついて一目散に逃げようとしたその時――、

「――待ってガウルちゃん！」

レオナが叫んだ。

その手に、自らが開発した通信用魔道具を握りながら。

◆

ヘル・アーチェは、信じられないものを見ていた。

自分が何とかせねば絶滅してしまう、そう信じて今まで必死に守ってきた魔王軍が、上空で命を散らしている。

それは自分を守るため。

でもそれは――とても美しい光景だった。

子供の成長を見ているようだった。

手のかかる子供が、成長して、今まさに自分を助けようとしている。

多くの者が打ち倒されている光景が、なぜか美しいものに、ヘル・アーチェは見えた。

人類軍戦車隊や砲兵隊からの攻撃は、既にない。

人類軍戦闘機隊も、統制を失いつつある。

その光景に、魔王は見惚れていた。

そして数瞬後、一騎の飛竜が降りてくる。

「陛下、乗ってください！　あなたを助けに来ました！」

あぁ、なんと美しい光景なのだろう。

そう思いながら、誰かが手を差し伸ばしたその時――魔王ヘル・アーチェは気を失った。

◆

私は、ソフィア・ヴォルフは前線で戦っていました。

紙とペンと、通信用魔道具を持って。

「第七陣用の純粋紅魔石は第八五魔像部隊に。そちらの物資は第一一九人馬騎兵連隊への物資になります！」

私は前線で、必要な事をしていた。

前線で必要な物は多種多様。

しかし後方から運ばれてくる物資には限りがあり、また戦闘部隊付の兵站士官はまだまだ練度が低く、私が補う必要があった。

だからそれをどう効率よく分配するかが私の、兵站局員としての役目。

けていました。

「医療隊です！　負傷者が多く、包帯が足りません！」

「今、近隣の陣地から医療品の輸送を頼んでいます！　今は少し待ってください！」

血と土の臭いが充満するベルガモット陣地で、かつて魔王ヘル・アーチェに助けられた私は待ち続けていました。

ヘル・アーチェ陛下が無事に帰ってきたという報告を、待ち続けていました。

必ず帰ってきてほしい。

私はまだ、陛下に恩を返していない。

返しきれない恩を、返していない。

願い、祈りました。

そしてついに、通信魔道具から待ちに待った声が聞こえてきました。

『ワイバーン隊所属のフルールよりベルガモット陣地司令部へ！　陛下を救出した！　現在ベルガモット陣地に移送中です！　他の親衛隊員も僚騎《りょうき》が移送しています！』

ベルガモット陣地から、歓声が上がります。

「やった……陛下が無事に……！」

私もまた喜びました。

誰かが勝手に箱から酒を取り出して栓を開けるのを咎《とが》めない程、私は狂喜しました。

だがその喜びは、続く報告でシンと途絶えたのです。

『現在、陛下は意識を失っている！　医療隊の支援を！　繰り返す――』

「なっ……」

まさか、という嫌な予感が、私の、全魔王軍の脳裏を掠める。

まさかそんなことが、ここまで来て……と。

誰もが絶望の淵に立たされ、誰もが絶望に打ちひしがれようとしたその時、私は再び思い出しました。

自分が何者であるかを、思い出しました。

そうだ。

今は、誰もが己の職責の中で最大限の努力をしなければならないときなのだ。

「――医療隊の皆さん！　すぐに陛下の受け入れの準備を！」

私が叫ぶまで、絶望によって我を失っていた魔王軍が再び息を吹き返します。

「あらゆる医療リソースを陛下に！　医薬品を、医療品を、陛下に！　不足分があれば、すぐに私に報告してください！」

「は、はい！」

ありとあらゆることを想定します。

陛下が重傷だった場合、必要になるのは何か。

陛下が傷を負っていないのにも拘らず気を失っている場合、必要な処置は何になるのか。

そして陛下もそうだが、陛下を治療する間に戦線が突破されないように、自分は何をすべきなのかを考えた。

何が必要になるのか、先手先手で考えて、準備を尽くします。

「それと……輸送隊に、使える飛竜か高速馬車か輸送用魔像はありますか!?　陛下を後方に運ぶために！」

「飛竜はない。人馬族の高速馬車はあるにはあるが、重傷者の搬送には向かんぞ！」

「わかりました。ベルガモットの野戦病院で馬車に耐えるだけの治療をした後に後送病院に送ることになると思います！」

「わかった、すぐに準備しよう！　護衛の準備は――」

「私が回ります！」

「頼む！」

やるべきことをする。

「ベルガモット陣地のソフィアです！　リリルーカ要塞へ緊急の要請です！」

すべきことをする。それが私の仕事。

そして数分後、ベルガモット陣地に数騎の飛竜が到着します。

「陛下が来たぞ！」

「医療隊は急げ！　搬送の準備！」

素早い対応で、医療隊の天子族の治癒魔術師が陛下に駆け寄ります。

私もその天子族の後に続きました。

ですが治癒魔術師がヘル・アーチェ陛下の全身にある傷を癒そうと治癒魔術を始めた瞬間、陛下の容態が急変したのです。

「アァッ……カハッ」

ヘル・アーチェ陛下が吐血し、激しく痙攣したのです。

「陛下⁉　どうされたのですか⁉」

思わず、ヘル・アーチェ陛下の手を握りました。

そして治癒魔術師を見ます。まさかここに来て人類軍が止めを刺しに来たのかと、怒りを込めて治癒魔術師を睨みつけました。

でもそれに対する治癒魔術師の答えは明瞭。

「なんだ……これは⁉」

絶望的な声で、絶望的な言葉を放ったのです。

「どうしたんですか……？」

「わからない。こんな症状、初めてだ。いったい何が……」

医療隊が、さじを投げたのです。

未知の症状を発する病気、そして傷を治癒魔術で治そうとすれば症状が悪化する。

他の親衛隊員も同様で、治癒魔術によって死に至る者もいました。まさに絶望的な状況。

「まさか……これが人類軍の新兵器だと言うのですか⁉」

兵站局で聞いた、斥候からの報告はまさにそれを意味していたことに気付きました。

そんな重大な問題だとは、思っていなかったのに。

天子族の治癒魔術師は、陛下に識別魔術を掛けます。

辞書のような機能を持つその魔王で、陛下が何に罹《かか》っているかを調べようとしたのでしょう。

しかし治癒魔術師から出た言葉は単純で……そして厄介な結論でした。

「……毒、だと？」

「毒？　そんな古典的な……それに毒ならば解毒薬や解毒魔術があるはずじゃ……」

そうだ、そうなのだ。そのはずなのだ。

毒は、自然界にも存在する。毒を持つ動物や魔獣もいた。

魔族はそれに対して解毒薬や解毒魔術も作ってきた。ですが彼が陛下に識別魔法をかけてから告げられる言葉は、無情。

「毒が特定できない。私の識別魔術ではその毒を『毒ガス』としてしか認識できない。陛下程の力があれば特定できるかもしれないが……」

「でもそれは！」

「あぁ、無理だ。今、陛下はそれをできるお身体ではない」

そんな。

そんな、ここまで来てどうにもならないなんて。

人類軍の新兵器は、私を、魔王軍を絶望の淵へ陥れた。

人類にしか知り得ない原理を持つ毒を無効化することは、魔族に出来るはずはない。

……そう思ったところで、はたと気付きました。

人類なら、知り合いにいるじゃないか。

信頼できる人間が、近くにいるじゃないか。

「残念だが――」

諦めるしかない。そう呟きかけた治癒魔術師の口を、私は大声を上げて防ぐ。

「待ってください！　まだ、諦めるわけにはいきません！」

「何……？　しかし」

「諦めるわけにはいかないんです！」

必要な物を提供する、それが兵站の仕事だから。

「アキラ様！　応答願います！」

私は必死に、通信魔道具に向かって叫びます。

そんなに叫ばなくてもいいのに、叫びました。そして返事は、すぐに来ました。

『――兵站局のアキラです。どうしました、ソフィアさん？』

いつもと同じ、落ち着いた声で、応答しました。

でも私には、それはできません。

「アキラ様、陛下が――陛下が――」

涙を流しながら、必死に訴えようとしました。

言葉が喉でつっかえて、思うように伝えられなくて。

『落ち着いてください。ゆっくり、呼吸を整えてからお願いします』

優しい声で、そう諭してくれました。

そうだ、感情的になってはいけない。

戦場では冷静さが必要だ。必死に泣き叫ぶだけでは解決しないことなんて、私はとうの昔に知っている。

「――陛下が、毒に冒されました。識別魔法では『毒ガス』としかわかりませんでしたが」

『……人類軍の新兵器、ですか？』

「そうです」

私たちが驚愕した事実を聞いたアキラ様は、冷静でした。

やっぱり、知っていたのだと。

「お願いです、アキラ様。陛下を救ってください！」

懇願します。

アキラ様が知っていると信じて。

『情報が足りません。陛下の症状を見せてください』

「は、はい」

言われた通りに、陛下の身体を通信魔道具越しに見せます。

その脇で、治癒魔術師の方が症状の詳細を説明しつつ、他の親衛隊員の情報と合わせてアキラ様に伝えました。

症状は主に、嘔吐、失禁、高熱、呼吸障害、昏睡、痙攣、そして瞳が極端に縮小するなど。

通信魔道具の向こうにいるアキラ様の表情は……眉間に皺を寄せて、なにか嫌な物を思い出すような、そんな顔。

そして頭を手で抱えて、こう呟きました。

『最悪だ』

と。

『――ソフィアさん。それは神経ガスです』

知っていた。

私たちが知らないことを、知っていた。

「アキラ様の世界でも、あったのですか？」

『はい。どこぞの怪しい宗教団体がチカテツでばら撒《ま》く代物ですよ。死傷者が大量に出たクソッタレなテロ事件がありました。私の国じゃ、1番有名な化学兵器……恐らく「サリン」でしょう』

　心底嫌な顔で、そう言ったのです。

　瞳孔が極端に縮小する症状、即ち「縮瞳」は、そのサリンに冒された者の特徴的な症状であると。

「へ、陛下はその『サリン』とやらの直撃を受けたと思われます！」

『直撃って……軍用の化学兵器が直撃して、虫の息とはいえ生きてるって……どんだけ陛下頑丈なんですか……』

「呑気な事言っている場合ですか！」

『失礼。つい。——神経ガスは時間と共に症状は悪化します。まだ生きているとはいえ、至急に手を打たないと手遅れになります。サリンなんかは制限時間が5時間ほどしかありませんし、軍用兵器ならばもっと早いでしょう』

「そんな……」

『陛下の体力を信じるしかありません。とりあえず、すぐに薬を投与してください。痙攣が始まっているのは既に末期ということ。心肺停止となってもおかしくありません』

「し、しかし薬と言っても一体……」

『サリンは有機リン中毒の治療薬、プラリドキシムヨウ化メチル《PAM》やアトロピンを使用します。……まあ、魔王軍にあるとは思えませんがね』

　有機リン系農薬があれば別ですけど、と彼は続けます。

　聞いたことのない言葉の羅列で、治癒魔術師の方も首を横に振っています。

「それじゃ……陛下は助からないのですか？　無理なんですか？」

思わず、そう呟いてしまいました。

『………』

呟きに対して帰ってきたのは長い沈黙。

答えがわかったのに、何もできないということがわかってしまった。

アキラ様自身が、それをほぼ認めたのです。今の魔王軍では、陛下を救えないと。

「もう、陛下は助からないんですか？　で、でもここで『何もしない』わけには……一か八か、魔獣毒の解毒剤を――」

しかしそれは、医療隊の人に止められます。もし間違った解毒剤を使ってしまえば、さらに悪化する危険性があると。

けれど、どうすればいいのでしょう。何をすればいいのでしょう。何をするのが正解なんでしょうか。結局それを、誰も教えてはくれない。

――ただ1人を除いて。

『ソフィアさん。諦めたらそこで何もかもが終わりですよ』

「……で、でも」

『私に、薬の在り処について心当たりがあります』

力強く、自信満々に答えたのです。

「そ、それはどこに……どこにあるんですか？」

『さっきソフィアさんが言った「魔獣」のことで思い出しましたよ。毒を持つ魔獣は、確か自分が毒に冒されないように自らの腹の中に解毒薬を溜めていると』

「え、えぇ、そうです」

いつのことだったでしょうか。確かその話をしたのはだいぶ前……念願の新入りがやってきたばかりの頃だったような気がします。

「で、でもそれがいったいなんの関係が……？」

『それで思いついたんですよ。サリンの解毒薬の在り処を。恐らく――いえほぼ確実に――人類軍が持っています』

「……えっ？」

『考えてみてくださいソフィアさん。使用されたのは「毒ガス」です。風向きによっては自分たちがそのガスを浴びる可能性があるんですよ？』

確かに、その通りだ。

ガスは気体。

であれば、うっかり自分が吸ってしまうと言うことはあり得る。

魔王軍でも、うっかり自軍に攻撃魔術を掛けてしまうという事故がままあるのだ。毒を持つ魔獣も、うっかり自分の毒にやられてしまうことがある。

なら人類軍も、うっかりやってしまうことはあるかもしれない。

「つまりアキラ様は……人類軍の部隊を襲え、ということですか？」

『そういうことですね。簡単に言うと「現地調達」とか「鹵獲」ですね』

「…………」

後方からの輸送体制の構築に腐心し、現地調達や略奪と言う風習を少しずつ改善しようと努力した本人が、そんなことを言うなんて。

『ソフィアさん？』

「……いえ、ちょっとおかしくて」

こんな時なのに、笑ってしまいました。

『はぁ……まぁいいでしょう。とにかく治療が最優先です。兵站局から最前線にいるレオナや他の部隊と連絡を取って薬を確保します。ソフィアさんはその間に「それ以外のやるべきこと」をやってください』

「はい！　何をすべきですか⁉」

『まずは毒から遠ざけて。現場にもう味方はいませんね？』

「いません！　飛竜が上空を飛んでいますが……」

『飛竜も念のため退避をお願いします。患者については、まず服を脱がせてください。服に毒が染み込んでいる可能性がありますので。脱いだ服は必ず処分を。陛下を救出した部隊、ソフィアさんも含め、陛下や親衛隊員と接触した全ての人員についても、ガスを吸っている可能性がありますから同様に対処を。あとは――』

アキラ様は、必死に何かを思い出そうとしています。

確かこうだったはずだと、記憶を探りながら、必死に陛下を助けようとしていました。

『……あとは陛下の体力と運に任せるしかありません』

「わかりました。ありがとうございます！」

そう言って、私は通信を切りました。

大丈夫。

アキラ様なら、きっと私たちを助けてくれる。

「みんな、治療の準備だ！　なんとしても患者を救え！」

治癒魔術師の方たちが、陣地に号令をかけます。一刻も早く、陛下を救わなければならないと。

「「はい！」」

「飛竜隊、何騎か飛竜を借りるぞ！」

「どうする気だ⁉」

「陛下と、助かりそうな重傷者をより設備の整った後方病院に後送するためだ」

「なら人員も必要だな！　失神している奴を乗せて飛ぶのは至難の業だ！　予備騎手を叩き起こしてくるぞ！」

「頼む！　ソフィア殿、医療物資を後方病院に手配してください！」

「わかりました。手配しましょう」

「助かる。それと私も君も後方病院に行かなければならない。代わりの人員を手筈して――」

「安心してください。必要な物は全て兵站局が用意します」

そう言ってから、私は笑って空を眺めます。

視線の先にあったのは、リリルーカ要塞から飛来した数騎の飛竜。

疑問符を浮かべる治癒魔術師を余所に、飛竜の出迎えをします。その飛竜に乗っていたのは――、

「リリルーカ要塞所属の軍医だ！　支援に来たぞ！」

軍医と、看護師が数名。

さらには緊急用の医療物資が少し。その応援者らの姿を見て、天子族の治癒魔術師は驚愕しました。

「なっ……どうしてここに⁉」

「あぁ、『誰か』からの至急の要請があったらしくてな！　それよりも治療だ！　急げお前ら！」

「「はい！」」

彼らは素早く動き、ベルガモット陣地の指揮系統の確認をした後に素早く医療任務を引き継ぎました。

もしかしたらこうなるかもしれないと思って「誰か」が呼んだ。

ヘル・アーチェ陛下の移送に取り掛かる前に、治癒魔術師は私に尋ねました。

「……あれは君が？」

「はい。必要なものを必要な場所に届ける——それが、我々の仕事ですから」

それは、彼が言った言葉だ。

自分は陛下を助けない。

陛下を助ける部隊を助けるのが、私、ソフィア・ヴォルフに与えられた仕事であると理解しました。

「ベルガモット陣地からメメント後方病院へ。今からヘル・アーチェ陛下以下親衛隊をそちらに移送します。最優先事項です。治療準備を始めてください！　——はい、お願いします！」

アキラという人間の言葉を、私は理解しました。

一段落ついて、私はフッと息を吐きます。そして陛下を載せた飛竜が飛び立つ姿を見て、ふと呟きました。

「……ただ待つ身は辛いですね」

と。

◆

「……ただ待つ身は辛いなぁ」

ソフィアさんもユリエさんもエリさんも陛下もレオナもいない兵站局執務室は、忙しさはあるものの、活気と言うのはなかった。

――まぁレオナはいなくていいか。五月蠅いしドア壊すし。でも状況的に仕方ないとはいえ、空気が重いのは仕事に支障が出る。

にしてもソフィアさんとの通信の、最後のアレはなんだったんだろうか。まだ陛下が助かったわけでもないのに、あんなに笑って……。俺、何かおかしいこと言っただろうか。

「局長さん！」

そんな考え事をしていた時に、俺の執務机が喋った。

すげえな魔王軍、執務机型の生物もいるのか。

「おい局長さん、聞いてるのか⁉」

が、よく見たら違った。

「ん？　あぁ、なんだユリエさんか」

「んだよその言い方⁉　どういうことだよ⁉」

小さすぎてユリエさんの姿が机と堆く積まれた書類と本に隠れて見えませんでした、とは流石に言えなかった。

言ったらたぶん俺は死ぬだろう。

「あぁ、すみません。冗談ですよ。それよりも、どうしたんです？」

「この書類にサインしてくれ！　ちゃんと代金払えよっていう誓約書だよ！」

「あぁ、はいはい。俺のサインでいいのかなこれ……まぁいいや。――これでいいですか？」

「はい。どーも。それと、もうひとつ良いか？」

「なんです？」

「局長さんってさ、ソフィアのこと好きだろ？」

…………。

「……仕事増やしますよ？」

「やめろよ！　どうしてそうなるんだよ！」

「いや、急に変な事言うので」

唐突過ぎて思考が追いつかなかったからとりあえずユリエさんに仕事丸投げしてみる。

「だってよ、考えてみなよ。『待つ身は辛い』だぜ？　恋する乙女か！」

「それでどうして『ソフィアさんのことが好き』になるんですかね？」

「いや、状況的にはそうだろ？」

「文章的にはおかしいですよ？」

待つ身は辛いと言う俺は乙女だからソフィアさんのことが好き。

前半と後半が繋がってねぇな？

ユリエさんはいい仕事するのだが、たまに変な発言をするのが玉に瑕《きず》である。

「んじゃ、嫌いなのか？」

「なんでそうなるんですか。第一好き嫌いの話なんてしてませんよ？」

「じゃあなんで恋する乙女みたいなこと言ったんだよ！　わかりにくいだろ⁉」

そこでキレられても困る。

「そんな深い……深い？　意味はないですよ？　ただ単純に、兵站部隊は『待つこと』しかできないってだけです」

兵站は、いつだって結果を待つのが仕事だ。

計画を立てて、準備して、必要な軍需物資をかき集めて、書面の上では完璧な仕事をしても、最後の詰めは戦闘部隊の仕事。

治療法を提案し、治療薬の在り処を教えても、最後は医療隊の仕事ぶりにかかっている。

成功とか戦果とかを自分たちの手で手繰り寄せることができるのは彼らの特権だ。

でも彼らが失敗するときに、何らかの兵站の失敗がある場合も多い。

「私たちに出来ることは、作戦の成功を祈ること。そしてソフィアさんたちの無事を祈ること。それだけです」

「よくわかんねぇ！」

「聞いといてそれかよ」

バカなんだか頭いいんだかよくわからないハーフリングである。

その後しばらくして、通信用魔道具が鳴った。

受信すると、現れてきた映像は先程まで前線で兵站の指揮を執っていて……そして今は患者用の別の服を着ているソフィアさんの姿だった。

『報告します』

いつもの調子で状況を説明しようとする彼女の姿は、どこか違和感があった。

なにがどうとは言わないが、何か大変なことが起きたのかもしれないと深読みしてしまった。

でも、

『――戦闘部隊がヘル・アーチェ陛下を救出。すぐさまメメント後方病院に後送した後、カルツェット様が運んできてくれたパムを投与、その後戦時医療局の適確な治療のおかげで、死は免れました』

違和感の正体は、すぐにわかった。

『――陛下は、無事です！』

ソフィアさんは泣いていたのだ。

恩人が無事だとわかって、彼女はそれを報告する嬉しさのあまり泣いたのだ。

無論、俺も嬉しくてほっと一息ついた。

よかった、と。

『アキラ様、その……ありがとうございました。私、ようやく「なにをすればいいか」というのが、わかったような気がします』

「え？　はぁ、そうですか」

何を今更……という感じだが、涙を浮かべつつ笑うソフィアさんは「こっちの話ですよ」と言うだけで答えてくれない。

……まぁ、いずれ聞かせてくれる……と、良いなぁ。

その後の司令部からの報告によれば、既に作戦は最終段階に移行。

最終段階は、今回の作戦で投入した魔像を機密保持の観点から、撤退を支援する陽動を兼ねて自爆処理させるというレオナ発狂ものの作戦である。

名付けて「無人在来魔像爆弾」である。

よし、景気づけにミュージックだ。そしてトランペット演奏者は酸欠で死ぬ。

作戦会議の席でダウニッシュさんから自爆用の魔石の発注を頼まれた時は流石に俺もビビった。だがそれが必要な事だとはすぐわかった。

なにせ倉庫の中にたくさん詰まっている魔像とか魔石とかの在庫を一気に処分できるいい機会だったからね！

まぁ、レオナにはあとで追加予算与えてお茶を濁しておこう。

「大変結構。ソフィアさんも身体が治ったら、こちらに戻って報告をお願いします。でもこの際、休暇だと思ってゆっくりしていってください」

『はい、畏まりました。では――』

うっすらと目を赤くしていたソフィアさんは、綺麗な敬礼をしてから通信を切――、

『ちょっとソフィアちゃん！　私にもアキラちゃんと話させてよ！　大変だったんだから！』

れなかった。どうにもちぐはぐな光景に、ちょっと笑ってしまう。

『何を言っているんですか！　これでも私たちは忙しいんですよ！　どいてください！』

『やだやだやだ！　私今回大変だったんだからね！　いきなり最前線で「人類軍を襲ってパ・ム・を確保しろ」なんて無茶は言うし、病院に来たら来たで「おいレオナ、空気清浄魔法で陛下に綺麗な空気を吸引させてくれ」って変なことは言うし！』

いや、人工呼吸器がないから仕方ないじゃないか。いいところにちょうどいい代用品があってさ。お前の無駄技術と謎魔法って役に立つことあるんだな。

「でもそのおかげで陛下は助かった。ありがとう、レオナ。君のおかげだ」

『どういたしまして！　ふふん、兵站局だなんだで威張ってるけど最終的にはやっぱり私がいないと
――って、そうじゃなくて！』

チッ、いい感じに話が流れなかったか。

『なによあの作戦！　私の愛する魔像ちゃんを返して！』

「よかったなレオナ。新しい魔像の研究予算が下りたぞ」

『本当⁉　じゃあはやく戻って研究しないと！　試作改良装甲戦闘輸送用魔像の新型が私を待ってるわ！』

おいちょっと待て今不穏な単語が聞こえたぞ⁉

『カルツェット様！　いい加減にしてください！　あなたも魔力の使い過ぎで安静にするよう言われてるんですから少しは大人しくしてください！』

『えー……』

『えー。じゃありませんよ、もう！　――アキラ様、見苦しい所を見せました。これで本当に失礼します！』

そう言ってソフィアさんは慌ただしく通信を切った。

……なんだか戦争しているとは思えない和やかさだ。

「局長さん、なんかいい顔してたぜ？」

そして一部始終を聞いていたユリエさんがそんな一言。

「当然です。作戦が上手くいって陛下が無事。笑みを浮かべるのは当然――」

「違う違う、そうじゃなくてな」

ユリエさんは「言わなくちゃダメかなー？」と呟きながら頭を掻いて、散々迷った挙句、思ったことを言うことにしたらしい。

「局長さん、『ソフィアが戻ってくる』ってわかった時が一番いい笑顔してたぜ？」

「…………まぁ、なんだかんだ言ってこの世界で一番付き合いの長いひとですから」

「そういうんじゃなくてだな……」

「また好き嫌いの話してます？」

「悪いか！　オレだって一応女の子！　恋愛トークしたいじゃんかよ！」

意外と乙女なのはユリエさんだったようだ。

思えばユリエさんは背が小さいロリと思っていたが、オレっ子でずぼらで男勝りが合わさり、なんか年端のいかない男の子と会話している気分になっている。

……面倒な女の子もいたもんだな。

「はいはい。私はソフィアさんのこと大好きですよ。じゃ、仕事しましょうかユリエさん」

「どうしてそうなるんだよ！　ていうか作戦がもう終わりなら仕事ないだろ⁉」

「何言ってるんですか。作戦がそろそろ終わりだから増えるんですよ」

負傷者や引き揚げ物資の後送に必要な荷馬車や輸送用魔像の割り当て、戦死者に対する弔慰《ちょうい》金や作戦参加者に対する特別俸給の算定、戦闘で損壊した装備の補修に補充などなど。

兵站に暇はないのだ。

たぶん戦争が終わっても暇にならないのが、兵站という仕事だ。

「ていうか局長さんよ。さっきの言葉、嘘なのか？　本当なのか？」

「さて、どっちでしょうね。……じゃ、変な事言った罰としてユリエさんの仕事の割り当て増やしておくんで、しっかりと片付けてくださいね」

「横暴だあああああ！」

あー、早くソフィアさん帰ってこないかな。

エピローグ

アキツ・アキラ。

それが異世界から召喚された救世主、もとい人間の名前。

黒い髪、黒い瞳。不思議な衣服のそれは、確かに異世界から来たものを思わせるもの。

しかし異世界から来たとは言え、彼はやはり人間でした。

無礼な物言い、飄々《ひょうひょう》とした態度。

真面目なのか不真面目なのかわからない仕事姿勢。

私のことを最初「犬」と呼んで侮辱するなど、私の知っている人間そのものでした。

言い出すことは突飛で実現不可能なものばかり。

……でも仕事をしていくうちに妙な説得力がついてきて、いつの間にか、私はそれに振り回されていました。

でも彼は人間です。

私の家族を殺した人間と同じ種族なのです。

だから私は彼と距離を置いて仕事をしていました。そんな彼と、いったい「何をすればいいのだろうか」と自問自答する日々でした。

わざと失敗してやろうかと思いましたが、それはこの仕事につかせた陛下に対する侮辱でもありますし、それに、何かをさせようとしていた陛下の意に反する行為です。

ですから私は逆に、人間に獣人の優秀さを見せつけてやろうと完璧に仕事しました。

そうすれば、彼の軟《やわ》な矜持をへし折ることができる。

そう思った。

けど、アキラ様はそんなこと気にせず次々と案を出します。

革新的な案は、誰もが平然と受け入れる案ではありません。

既得権益は、いつだって改革を遅らせるものです。

それでもアキラ様は無理を言って案を通すのではなく、最初は話し合いによって決めようとしたのです。

陛下の威を借れば、無理矢理通すことは可能だったのに、彼は調整会議を開いてその革新的な改革案を魔王軍各部局に提示しました。

そして当然、アキラ様は罵倒されます。

人間ですから。

彼らは、私と同じく人間を憎んでいます。

戦友を失くした。

家族を殺された。

恋人を目の前で痛めつけられた。

彼らは、人間に並々ならぬ恨みを持っていました。

だから彼らの口から出てくる言葉は罵倒。

私が立場上言えずに胸の中に秘めていた罵倒の言葉を、彼らが代弁してくれました。

でもなぜか、心は彼らに追従しません。

私の良心が言うのです。

間違っているのは、彼らだと。

私は間近で、アキラ様の仕事ぶりを見ていました。

真面目じゃなかったかもしれません。

事務仕事しかできないと言っておきながら事務仕事が私より遅いということも、あるかもしれません。

でもアキラ様は、真摯《しんし》に仕事をしていました。

真面目じゃなくても、彼は仕事に、職責に、真摯に取り組んでいました。

魔王軍を少しでもよくしたいという強い意思を、私は毎日彼から感じ取っていたのです。

私はアキラ様のその姿勢に、知らず知らずのうちに感銘を受けて、人間に対する恨みを、彼にぶつけなくなりました。

それどころか、罵倒を繰り返す各部局長らに反論して、アキラ様を擁護《ようご》したのです。

「私たち兵站局は、陛下からの勅命によって創設された部局であり、この会議は陛下より直々に出席を言い渡されました。その点に対しなにか異議があるのであれば、後日改めてヘル・アーチェ陛下に言上されるが良いかと思います」

今思えば、かなり勇気のいる行動だったと思います。

しかしアキラ様の努力虚しく、会議は平行線のままに終わりました。

◆

後日のこと。

私はずっと気になっていたことを聞きました。

「……ひとつ、良いですか?」

「なんでしょう?」

「アキラ様がそのような努力をして、もしその努力が実ったとしたら、あなたは同族である人類を間接的ながら殺した重罪人ということになります。そのことに関して、罪悪感はないのですか?」

気になっていたのです。

私が人間を憎んでいたように、アキラ様も魔族に対しては良い思いをしていないはずです。

面と向かっての罵倒なんてしょっちゅうです。

そんな魔族に義理立てする意味なんてないのではないか。

そして戦線の向こう側では、彼と同じ人間たちが住まう国があります。

そちらへ行った方がまだいいのではないかと。

アキラ様は並々ならぬ発想力と改革案を出す方、人類軍に行っても職には困らないだろう、と。

「……難しい質問ですね」

彼は人間です。

そして、既に間接的に同族を殺した重罪人でもあります。

改革が成功すれば、もっと死体は増えるでしょう。

いくつかの問答の後、アキラ様は私の質問に答えず、こう返してきました。

「……こう考えたことはありませんか、ソフィアさん」

「はい？」

「もしソフィアさんが人類軍の一員として戦っていたら、あなたは魔王陛下に、あるいはソフィアさんの良く知る魔族・亜人・獣人たちに仇なして剣先を向けることに、罪悪感を抱きますか？」

「そ、それは……」

「ま、本当は前線に立ってソフィアさんや陛下たちを守れたらいいんですけどね、男としては……」

頭を掻きながらそう付け足すアキラ様の言葉を聞いて、私はハッとしました。

あぁ、彼は同じなのだと。

私たちは同じなのだと。

私は、これ以上大切な人を失いたくなくて、必死に努力していたから。だから彼の言葉が、よくわかりました。

種族がどうとか、過去がどうとか、今自らが拠って立つ居場所とか、自分が誰であるのか、そういったことに縛られて想像を拒否し続けていた現実を、今更ながら理解しました。

「これで答えになりましたか？　どうにも哲学的な話でして、自分でも答えがハッキリと言葉に出せないというのが本当のところですが……なんていうか纏めれば……」

そう言って一度言葉を区切って、アキラ様は付け足しました。

「私たちは同じなんですよ。たぶん」

自信なさげなその短い言葉こそが彼の真意であり、真理なのかもしれません。

その答えも、その意味も、アキラ様が抱える苦悩も、矛盾も。そしてそれは、同時に私たちが抱えている問題でもあるという事も。

私も彼も——いえ、魔族も人類も、戦争が大好きだから戦っているのではありません。大切な誰かを護るために戦っています。

人類と魔族は根本的には同じ境遇にあり、けれど正反対の場所にいた。

だからこそ、同じであるはずの私たちは同じ矛盾を抱えながら、永遠に続くかのような争いに身を投じなければならなくなって……。

その不幸を真に理解できたのは、光と闇の間に生きる異世界から来たアキツ・アキラという名の人間だけだったのでしょう。

「アキラ様。補佐として、秘書として、貴方様に全力で協力いたします」

この時初めて私は、アキラ様を認識したのだと思います。

人間のアキツ・アキラにして、魔王軍のアキツ・アキラを——、夕闇に立つアキツ・アキラ様の姿を見たのです。

◆

あの日から、1週間が経った。

私はその1週間、病院のベッドの上にいた。

人間共の使った新兵器の傷を癒すのに少し手間取ったのだ。

「まさか化学兵器を使ってくるとは……これからの対策が大変ですよ」

見舞いにやってきたアキラは、そう言った。

「アキラなら、やってくれると思ったよ。化学兵器とやらの対処法を知っていたとは、さすがだと言うしかない」

「いえ、偶然ですよ。私が日本人で……祖父が、あれに巻き込まれかけたから、興味を持って調べるようになった……。それだけです」

「……アキラの祖父は、兵士だったのか？」

「いえ、普通の人でしたよ。幸運なことにたまたまその日が休みになって、あの憎たらしい事件――『地下鉄サリン事件』に遭わなくて済んだ」

彼の故郷では、「サリン」という毒ガスは有名な兵器らしい。

民間人に多数の犠牲が出た卑劣なテロ事件に、それが使われたからだと言う。

「日本では、テロと言えばサリン。訓練でもサリンの使用を前提としてシナリオが作られているくらいには、有名な物質です」

「だから君は詳しかった、というわけか」

「えぇ、まぁ。……普通なら役に立たない知識なんですけど――なんの運命の悪戯《いたずら》なんでしょうね」

アキラは、そう言って少し微笑んだ。

しかし私は、これが運命の悪戯だとは思えない。

私は彼を、アキツ・アキラを救世主として召喚した。我ら魔王軍を救う存在として、異世界から召喚した。

そして彼は、救ってみせた。

私という存在、ひいては魔王軍という存在を。救世主召喚の儀式は、成功したということだ。

だから私は、彼には礼を言わなければならない。

アキラが召喚されて兵站局と言う組織を立ち上げていなかったら、私は死んでいたのだから。

「アキラ」

「はい？　なんでしょう、陛下？」

だから私は言ったのだ。

「――ありがとう。感謝するよ」

心の底から、そう言ったのだ。

アキラは私の命の恩人だ。

この恩は、返しきれないかもしれないな。

もっともそれを言ったら、彼は「これが仕事ですから」と笑ってごまかされてしまったが。

でも、私は幸運だった方だ。

私の護衛であり、緊急展開部隊であり、精鋭だった親衛隊は大きな損害を受けた。

親衛隊の死者及び戦闘不能者は合計で38名。大きすぎる損害だった。

親衛隊は連隊とは名ばかりの少数精鋭の部隊で、50名程しかいないのだ。

しかし彼らのおかげで、私は生きている。

動いている自分の手を見て、それを実感する。彼らを思い、私はこれからも生き続けよう。この大陸から戦が消える、その日まで。

そのことをアキラに呟いたら、彼が言ったのは弔意《ちょうい》の言葉ではなく、仕事の話だった。

「魔王軍戦死者の墓を作りましょう。現状、専用の墓はないんですよね？」

「あぁ、やはり墓は家の者と一緒がいいと思ってな」

「それも良いと思いますが、しかし戦いの中で芽生えた友情を死んでも大事にしたいという考えもあります。それに……祈りの場にもなります」

アキラのその言葉には、実感がこもっていた。

つまり、アキラの元いた世界でも同じようなものがあって、それがどういう効果があるのかを身を持って経験していると言うことだ。

彼の言葉に、恐らく間違いはないだろう。

祈りの場は必要だ。戦死者を思う場所が、生き延びた者、生き延びてしまった者には、それが必要なのだ。

「場所を検討しなくてはならないな。かなり大きな墓になるだろうから」

「……はい。今後も、戦争は続きますし」

これからも続く戦争。それに必要な墓地の広さ、そしてそれを埋める墓石の数を彼は想像したのかもしれない。それがどんなに悲惨な光景なのかということも。

だがそれもまた、兵站局の仕事……という事なのだろう。

そう考えているアキラの顔は、とても印象的だった。

◆

そして私が退院して真っ先に向かったのは、兵站局だった。

今回の最大の功労者と言っては過言ではない彼らの功《こう》に報いるために。

魔王暦５０３年産のユトレヒトの葡萄酒を持ってきた。

アキラは酒に弱いらしいが、そんなものはどうでもいい。

私が酒を珍しく奢るのだ。飲んでもらわなければ困る。

彼らの仕事がひと段落したであろう夕刻時を狙って、私が兵站局執務室の扉を叩こうとした時、中からは騒がしい声が聞こえた。

何か緊急の案件が飛び込んだのかと不安になり聞き耳を立てた所、そうではなかった。

『というわけで、ペルセウス作戦から暫く経ってだいぶ情報が整理できたところで今回の作戦の反省会を開催します』

と、局長のアキラが言う。

『いいじゃんかよー。何もかも上手くいったんだからさー』

面倒くさそうな、早く帰りたさそうな声はハーフリングで渉外担当のユリエ。

『何も問題なかったわけじゃないのよー。大規模作戦は今回が初めてだったから、得る物は多いと思うわよー』

『そ、そうですよユリエちゃん！　ちゃんとお仕事しないと……！』

これは経理担当のエリと、管理担当のリイナ。

『今回出た課題はかなり示唆《しさ》に富んでいると思います。今後の組織改革、ひいては魔王軍全体の質の向上に繋がるものですし、ユリエさんの仕事にも直結しますよ』

と、私がアキラの秘書に任命したソフィア。

でも、彼女の声は私の知るソフィアのそれではない。声の質が変わったのが、扉越しに伝わる。

『具体的な課題ってなんだよ?』

『それはやっぱり、臨機応変な兵站というのが難しいってことじゃない？　中央から全ての兵站を管理するって、無理よ。司令部は状況を正確に把握できてるわけじゃないもの』

『それは現場に行った私も実感しました。また通信網が放射線状になっているせいで、横のつながりが殆ど遮断されていました。それを一から構築するのは大変でしたよ』

『それは作戦遂行上の弊害でもありますね。方面単位で指揮系統をある程度区切るしかないでしょう。魔王城の兵站局は、魔都周辺の兵站に特化しましょうか』

『し、食料はまさにそれだと思いましゅ！　ます！　えっと、食料は劣化して腐敗しやすいから、その、現地調達が1番安定する、んです！』

『でも過度な現地調達は地元に負荷がかかるのも確かねぇ……』

『そこらへんの塩梅《あんばい》も問題だなぁ……。食料以外も、例えば魔都でないと生産できない魔石もあれば、ある程度生産地が散らばってる魔石もあるし』

『魔石の購入先は慎重に選ばないと駄目かもしれないぜ。下手にやると市価が跳ね上がっちまうし不公平感が半端ないってギルドの連中が嘆いてたぞ』

『あー……』

『それと、そのア、アキラ……様。前線としては規定量を輸送するだけでいいとは限らないみたいです。やはり予備があると安心感があるというのがよくわかりました』

『なるほど。ソフィアさんの言う通り、それはあるかもしれませんね。予備が確保されてるからこそ思い切りのいい行動ができる……というのは戦闘だけには限らないか……』

『そ、それに最後のかがくへーき？　でしたっけ？　あれの対処法をもっと研究しないとだめじゃないですか？』

『もうそれは兵站局の役割じゃないわね。専門の部隊を新しく作らないと』

『ですね。草案を纏めて陛下に提出しないと。病み上がりですけど、陛下。まぁでも、大した障害もなく短期間で完治するって流石というかなんというか……』

『我らが偉大なる陛下ですから』

その後も彼らの会議は終わらなかった。

兵站局は、成功した作戦に浮かれることなく、前に進んでいた。

話し合い、反省し、実行して、改善点を見出して、組織をそれに合わせて変えていく。

そんな彼らに対して「勝利の美酒」を渡すなど、出過ぎた真似だろう。

「……それに、彼らのほうがいい酒を持っているに違いない」

ならこれは生き残った親衛隊の連中に渡して、私も反省会とやらをするかな。

私は扉を叩くのをやめて来た道を戻ろうとした時、どうやったらそういう髪型になるのかわからない猫耳の少女がこっちに向かって歩いていた。

「どうしたんですか陛下、こんなところで。お酒なんて持って」

「いや、なんでもないよ、レオナくん。気にすることはない。それより君はどうしたんだ？」

「私は単純に兵站局に報告。今回の作戦で私の研究心にビビッと来たからね、開発案を提出しに行こうかなって。……魔像、たくさん壊れちゃったし」

そう言って彼女は遠い目をした。

今回の作戦では１００以上の魔像が破壊され、その中にはレオナ渾身の超巨大魔像も含まれていただけに、彼女の意気消沈具合は凄まじかった。

切り替えが早くいつも快活な彼女が、今でも少し尾を引いているくらいだ。

「でもどうせ、肆号《よん》の開発に着手してるのだろう？」

「まあね！　肆号ちゃんはまだ設計段階だけど、凄いですよ！」

「期待しているよ」

やはり彼女の切り替えの速さは見習いたい。

そんな時、扉の向こう側で気になる会話が漏れ聞こえてきた。

『ところでソフィアさん。なんで私の名前呼ぼうとしたときちょっと詰まったんですか？』

『い、いえ。大した意味はないんですよ、その。……アキツ様』

『えっ？』

ふむ。どうやらソフィアくんは真実を知ったらしいな。

世界というのは意外と広いのだ。

「じゃあ、そういうことなんで陛下。お大事に！」

「あぁ、君も溢れ出る研究心を自重せずにアキラにぶつけたまえ！」

「当然です！」

レオナはそう言って廊下を走って、ノックもなしに兵站局の扉を開ける。若干引くレベルで豪快に。

あぁ、兵站局の扉は相変わらず綺麗だなと思ったら、どうやら彼女が原因らしいな。

全壊になった扉から、元気な彼らの声が漏れる。

魔王城にいれば、どこにいてもよく聞こえる彼らの声。

「レオナァ！　だからいつも言ってるだろうがァ！」

「いいじゃん、どうせ予備のドアあるんでしょ！」

「予備のドアがあることがおかしいことに気付けよおおおおお！」

「お、落ち着いてください、局長様！」

「おうおう、相変わらずレオナさんはよくわかんない髪の毛してるなー」

「ユリエが髪型に興味なさすぎるだけよ？　あなたもう少し伸ばしたら？」

「めんどい」

「あなたねぇ……」

「みなさん五月蠅いですよ！　それとカルツェット様、今我々は仕事中で――」

「なによー。真実を知って赤面してるソフィアちゃんに言われたくなーい」

「な、なにを言っているんですか！　私は別に何も――」

「え、何々？　何の話してるんですか？」

「ア、アキツ様！　仕事とは全く関係ないです！　全く！」

「ならいいんだけど、なんでソフィアさん急に余所余所しい呼び方になったんですか。ちょっとへこむんですけど……」

「い、いや、あの、それはこの、深い事情が――」

「そんなことないでしょ？　単にそれはソフィアちゃんが勘違――」

「カルツェット様！　それは言わないでください！　お願いします！」

「大丈夫だってソフィアちゃん、言わないから」

「ホッ。ありがとうございー——」

「ソフィアちゃんは親しい間柄の人にだけしか名前でしか呼ばないのに『アキラ』を姓だと勘違いして『アキラ様』って呼んでたことなんて誰にも言わないから安心して！」

「何を言ってるんですか———!!　アキラ様、これは違うんです！」

「あ、今戻ったな」

「戻りましたわね」

「も、元の呼び方に戻りましたねっ」

「親しい仲になりたいっていうソフィアちゃんの本心が透けて見えるね」

「あなた達は少し黙っててください！」

「俺も仲良くなりたいからそのままでいいですよ、ソフィアさん」

「だから違うんです!!」

「何が違うんですか……」

「とにかく違うんですううう！」

彼らの声は、魔王城でもよく聞く。

五月蠅いほどに、彼らの声はよく響く。

まったく……これからの人生が非常に楽しみだよ、アキラ。

番外編　賢い子

「賢い子なのはわかるんだけれど……それ以上に気味が悪いわ」

「あぁ、昼夜問わず変なものばかり作っている。あれでは将来が不安だ」

「血が血だけに……ってことなのかしら」

今日も、おばさんたちがわたしの話をしている。

話す内容はいつも同じだ。どれだけわたしが異質な存在か、どうすれば厄介払いができるだろうか、そんな話。

だから1週間後、おばさんたちが、

「あなたは賢い子だからわかるわよね？」

と言って、わたしを施設に預けたときは驚かなかった。

「……うん、わかってる」

でも1番悲しかったのは、わたしがそう返事したとき、おばさんが初めてわたしに対して笑ってくれたことだった。

家からずっと離れた施設。そこは、わたしと同じような境遇の子……親がいなかったり、面倒が見られずに捨てられた子がたくさんいる施設だった。

でもそこでのわたしの生活は、おばさんの家でやったことと変わらない。

頭の中で考えて、紙に起こして、拾ってきた木や石を組み合わせて、お手伝いして稼いだお金で買った魔石を埋め込む。

そして組み上がったものが想定通りに動くかどうか、見つめるのが好きだ。

うまくいったら「もっとよくするためにはどうすればいいだろう」と考えるのが好きだ。

うまくいかなかったとき「どうすればうまくいくだろう」と考えるのは、もっと好きだ。

失敗すればするほど、楽しいと感じる。

でも、周りの反応はいつも同じ。

「おいおい、あいつまた変なの作ってるぜ！」

「あれなんだよ！　車輪か何かか？」

「あんなの作って楽しいとか、陰惨《いんさん》女の考えることわかんねー！」

毎日同じことの繰り返し。

……楽しいもん。

みんながわからなくても、楽しいんだもん。本当に……。

「おんやぁ？　なに作ってるの？」

その時、上から言葉が降ってきた。

それがわたしの運命を変えた人との出会いだった。

◇　◇

「………あー」

「どうしました、カルツェット様？」

「いや、ちょっと昔を思い出して……って、なんでソフィアちゃんいるのかなぁ！　アキラちゃんをまいたと思ったのにぃ！」

「あぁ、そのアキラ様より伝言です。『ソフィア《わたし》さんからは逃げられない』と」

「アキラちゃんはソフィアちゃんのことなんだと思ってるんだろうね！」

「さぁ？」

そんなわけで、レオナ・カルツェット、ただいまソフィアちゃんに監視されてます。

その理由は――、

「それで、あなたは何をしようとしているんですか？　どうも最近『開発局の物資の動きが不自然だしレオナの行動が不明瞭』とアキラ様が言っているんですが。それに、そんな大荷物……」

です。

ソフィアちゃんは私が持ってきた荷物を指差す。中には、まぁ、アキラちゃんが怒りそうなものが色々と入ってます。言わないけど。

「そんなことないよ？」

「そうですね。カルツェット様の行動がおかしいことなんて今に始まったことじゃありませんし」

「そんなことないよ？」

「あと変なことに物資と予算を食いつぶすのも今更ですし」

「マジカルスペシャルレオナちゃんは『変なこと』じゃないよ!!」

「十分変ですよ……」

ぐぬぬ。どうやってソフィアちゃんに私の発明品が如何に素晴らしいかを認めさせ……って違う違う、本題それじゃない。私がここに来たのは別のことだから！

「ねぇソフィアちゃん」

「ダメです」

「だよね」

私とソフィアちゃんは以心伝心《いしんでんしん》。何も言わずともソフィアちゃんに思いは伝わる。

伝わるだけだけどね。

「まぁ、まぁまぁまぁ。可愛い女の子を助けるためと思って」

「どこに可愛い女の子が……」

「あ、私のことじゃないからね？　確かに私も華麗で可憐で可愛さ抜群の天才だと思うけれど」

「………」

うーん、この可哀そうな人を見るソフィアちゃんの顔……。アキラちゃんはソフィアちゃんのこの顔好きらしいけれど、結構精神的にも来るものがある気が……。

「で、結局どの子なんですか？」

「あ、うん。そうそう、そういう話だったね。んじゃついてきて！　面白い子がいるんだよ！」

◇　◇

「………？」

聞いたことない声が上から降ってきた。

ふと見上げたら、そこにいたのは白衣を着た知らない女の人。

「なに作ってるの？　ちょっと見せて！」

「え、あの……」

否応もなく、この人は私の作ったモノを持ち上げて観察する。

本当に誰なんだろう、この人……。白衣を着ているなら、お医者さん？

「ふんふん。材料は貧相だし魔石も廃棄寸前のボロ……だけれどこの構造は興味深い……。これなんて名前なの？」

「ふぇっ⁉ や、名前は……かんがえてないです……」

別に誰かに見せる訳じゃないし、完成したとしても置く場所ないから壊しちゃうし……。

「勿体ない！ いい作品なのに！」

その人は、私の作ったモノを覗《のぞ》いたり、いじったりしている。何をするんだろうと考えていたら、急に活き活きとした声で、

「うーん、発想は凄いけれど、このままだとエネルギーの保持が悪いかなぁ。ほらココ。ここの導線部分が露出しているから魔力が漏れやすい。なんでもいいから覆いがあると良いかな？ あと、手作りだから仕方ないとしてももうちょっと精緻《せいち》に作らないと、ロスが多くなる。魔石もタダじゃないんだぞー、ってアキラちゃんとかに怒られちゃうわよ？」

「え、だ、だれ……？ そもそもあなたは……？」

知らない人に、知らない名前の人に怒られる、なんて言われても……。

「あー、ごめんごめん。つい、興奮しちゃって」

その白衣の女の人、猫人族の女の人は胸を張って高らかに自己紹介を――、

「私こそが、魔王軍随一の天才発明家こと、レ――」

「あなた！ そこで何をしているんですの⁉」

遮《さえぎ》られた。

「むっ、そこにいるのは誰だ！」

「あなたこそ誰ですか！　敷地内に勝手に入り込んで……しかもうちの子になんの……！」

「あ、お母さん？　……じゃ、なさそうだよね。種族違うし」

「わたしはこの施設の責任者ですわ！　あなたは、ここに勝手に入り込んで何を……まさかこの子を誘拐するつもりじゃ！」

「いやぁ、そんなことはないですよー？　攫《さら》いたいくらい可愛くて賢い子だとは思——あぁ！　冗談だから！　冗談だから石を投げる準備しないで！　い、痛い痛い！」

施設長さんに石を投げられて、退散する謎の女の人。

「全く、攫うなんてことされたら評判が悪くなりますわ……。ほら、行きますわよ。そんなガラクタで遊んでないで、中に入りなさい」

「……うん」

施設長さんに促されて、わたしはアレを残して帰ります。

そして翌日、わたしが作ったモノは消えてなくなってました。


でも、それから1週間後。

「いえーい！　また来たよー!!」

「ちょっとカルツェット様？　獣道《けものみち》より酷い抜け道を通ったと思ったら、ここ何かの施設の中ですよね？　なんで——」

「いやここの施設長さんに顔覚えられて正面から入ると怒られるからさー！」

「なにをやっているんですか⁉」

白衣の人は、新しい人を連れてもう1度ここに来た。

「はろはろー？　元気にしてたー？　前に会った時より背が伸びたかにゃー？」

「あ、あの……なんで……？」

混乱します。あんなに酷く追い払われたのに……。

「カルツェット様、事情説明ありますよね？　その狐人族の女の子は一体――」

狼の人はもっと混乱してた。

そしてまた施設長さんが、騒いでる白衣の人たちに気付いて近づいてきた。

「またあなた、勝手に侵入して‼　しかも仲間を引き連れて――」

「あぁ、なんだかもっとややこしいことに！」

「ソフィアちゃんはこのためにいる！　あとは任せたよ！」

「えぇ⁉」

白衣の人は狼の人に丸投げして、わたしに近づく。

狼の人は「違うんです、これは侵入とかではなく」と必死に説明してるけど、施設長さんの許可がないからどう見ても侵入なんだけど……。

「よし、ソフィアちゃんが引きつけてる間にさっさと用事すませるよ！」

「あの……あなた一体……？」

「まぁまぁそれはいいから。はい、これ。あなたにプレゼントね」

そう言って、白衣の人はわたしにあるモノを渡してきた。

わたしが1週間前に、施設長さんに「ガラクタ」と言われたモノ――に、改良が施されたモノだった。それをしたのは白衣の人だろうことは、容易にわかる。

「あと、これがうちで使ってる魔石に、オリハルコンに、ミスリルに……高価だから盗まれないようにしてね？」

「あ、あの？　ど、どうして……？　こんな、ガラクタ……」

施設長さんは、わたしの作ったモノをよく「ガラクタ」って呼ぶ。

周りの子たちも「ゴミ」とか、「変な奴が作った変な物」って呼ぶ。わたしも、これがそんなにいいモノじゃないってわかってる……。

けど、白衣の人はそう言わない。

「ガラクタだから、何だって言うのよ？」

「えっ？　で、でも役に立たないもの作っても意味が……」

「あなた、役に立とうと思ってモノを作ってるの？　たぶん、違うんじゃないかなぁ。役立とうとしてモノ作る人が大半だと思うけれど、そうじゃない人もいくらでもいる。私みたいに」

なに言ってるんだろう、この人。

「それにこれを作ってた時のあなたの顔、とても楽しそうに見える。それだけで、価値あるモノになる。それが趣味ってやつよ」

「……よくわかんない」

「ようは気にするなってことよ、価値とか役立つとか、そんなものにはね」

「アキラちゃんは価値あるモノじゃないと意味はない」とか言いそうだけど……と小声で白衣の人は

付け足した。たぶんそれが正しい認識だと思う。

白衣の人に頭を撫でられながら、わたしは白衣の人が言っていたことを考えていたけれど……よくわからない。本当によくわからない。でも……衝撃的だった。

ガラクタでもいい、なんて言われるなんて思いもしなかった。わたしの価値観が、この瞬間すべて変わってしまったと思う。

「――あの、カルツェット様！　用事終わりましたか!?　これ以上はちょっともう――」

「あなた達、これ以上変な事をすると言うのなら軍に通報しますわよ！」

「あぁ、実は私たちはその魔王軍の一員で――」

「嘘仰い！　なぜ魔王軍が孤児院に不法侵入を図るんですの！　意味がわかりません！」

「私もそう思います！　カルツェット様、行きますよ！」

「あ、ちょっと待って、まだ攫ってないのに！」

「なにしようとしてるんですか!?」

白衣の人は、狼の人に引っ張られて、ついでに施設長さんに塩を撒かれて退散します。嵐のようにやってきて、嵐のように去った人。帰り際、こんなことを言い残して。

「また来るからねー!!」

当然、施設長さんと狼の人には怒られてたけれど。

「全く、一度ならず二度までも……ほら行きますよ。……って、そのガラクタ、まだ捨てていなかったんですの？　いい加減――」

「……ううん。これは捨てない」

白衣の人が――いや、わたしが作った、大切なガラクタだから。

「…………はぁ。ヤヨイは相変わらず、変わっているわ」

施設長さんは相変わらずだったけれど、わたしはちょっと、嬉しかった1日。

でも白衣の人はその日以降、施設に来ることはなかった。魔王軍と人類軍の戦いが激化して施設は閉鎖されて、わたしたちも疎開することになったから。

だから今度はわたしの方から白衣の人に――カルツェットさんのところに行ってみようと思う。

◇　◇

一方その頃、魔都の兵站局本部。

「で、ソフィアさん。結局レオナは何をしていたんですか？」

「意味不明な事をしていました」

「なるほど。いつも通りですね」

「あとカルツェット様が幼女を攫おうとしてました」

「は？」

アキラは状況を掴めず、混乱する。

しかしソフィアとて、あの状況を把握できていたわけではない。

「いえーい！　アキラちゃーん!!　予算超過したから新しい予算頂戴！」

「やるか！　ってその前にレオナ！　お前は一体何をやったんだ！」

「なにもしてないよ、まだ！」

「『まだ』ってなんだよ！」

全てを知っているのはレオナのみ。でもそれを彼らに伝えることは終ぞなく、

「天才幼女を救うためと思って見逃して！」

「まるで意味がわからんぞ！」

「あの、お2人とももう少し静かにできませんか？　ここ、仕事する場所なんですが」

事の顛末《てんまつ》が明らかになるのは、もう少し先の話である。

あとがき

はじめましての方ははじめまして。そうでない方はおはようございます。

毎度毎度、あとがきになにを書けばいいかわからない悪一です。読み方は「わるいち」です。「あくいち」ではありません。そこんところよろしく頼むわね。

この度は『魔王軍の幹部になったけど事務仕事しかできません』を手に取っていただき誠にありがとうございます。

この小説は、小説投稿サイト『小説家になろう』にて投稿・連載しているものを書籍化したものでございます。なのですが、この本が出るまでにとてつもない遠回りをしました。一体何があったのかを説明するにはあとがきの枠が足りないので一行で申し上げますと……。

会社経営って、難しいね。

現場からは以上です。え、これじゃわからないって？　そこにスマホがあるじゃろ？

さてこの『魔王軍の～』の話に戻します。この物語は、タイトル通りの事務仕事話であり、もっと掘り下げると軍隊における兵站《へいたん》業務のお話です。兵站が何かは各々調べてください。詳しく書こうとすると本が一冊完成します。ていうかこの本がそうです。本編読んでください。

元をたどれば、某有名作家さんが某所で数年前に呟いた「(WEB小説で)十万の兵力を結集させると兵站警察が飛んでくる」という言葉から始まりました。「ファンタジー兵站ラノベ」で検索していただくとヒットすると思います。

当時既に戦記小説を書いていた私は「じゃあ俺が書いてやるよ!」と意気込み、書き始めました。それがこの『魔王軍の幹部になったけど事務仕事しかできません』になります。

そして何故か書籍化が決まり、諸般の事情ありつつTOブックス様にてこのような形で皆さんに本としてお届けできること、読者の皆さん、編集さん、出版社さん、その他関係者の皆さんには感謝し切れません。

もしよろしければ、今後ともよろしくお願いします。

二〇一八年九月吉日　悪一

魔王軍の幹部になったけど事務仕事しかできません

2018年12月1日　第1刷発行

著　者　悪一

発行者　本田武市

発行所　TOブックス
〒150-0045
東京都渋谷区神泉町18-8　松濤ハイツ2F
TEL 03-6452-5766（編集）
0120-933-772（営業フリーダイヤル）
FAX 050-3156-0508
ホームページ　http://www.tobooks.jp
メール　info@tobooks.jp

印刷・製本　中央精版印刷株式会社

ISBN978-4-86472-748-8

Printed in Japan